KB114235

내 손끝의
탑스타

내 손끝의 탑스타 14

박꼴 장편소설

초판 1쇄 찍은 날 § 2018년 11월 13일
초판 1쇄 펴낸 날 § 2018년 11월 20일

지은이 § 박꼴
펴낸이 § 서경석

총괄팀장 § 최하나
편집책임 § 신보라
디자인 § 신현아

펴낸곳 § 도서출판 청어람
등록번호 § 제387-1999-000006호
등록일자 § 1999. 5. 31
어람번호 § 제1-2974호

주소 § 경기도 부천시 부일로 483번길 40 서경B/D 3F (우) 14640
전화 § 032-656-4452 팩스 § 032-656-4453
http://www.chungeoram.com
E-mail § chungeorambook@daum.net

ISBN 979-11-04-91868-1 04810
ISBN 979-11-04-91513-0 (세트)

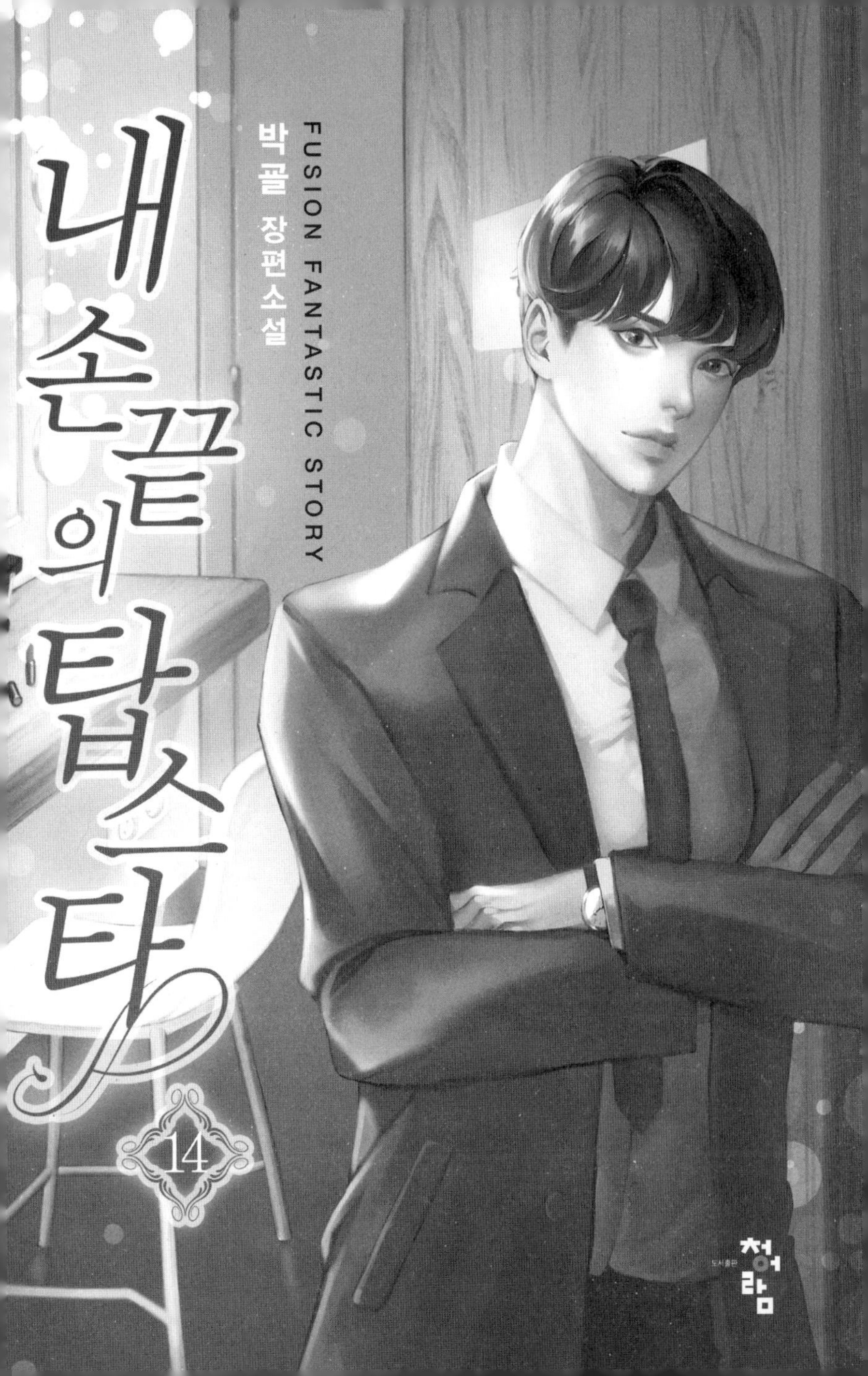
내 손끝의 탑스타
FUSION FANTASTIC STORY
박골 장편소설
14
도서출판 청어람

Contents

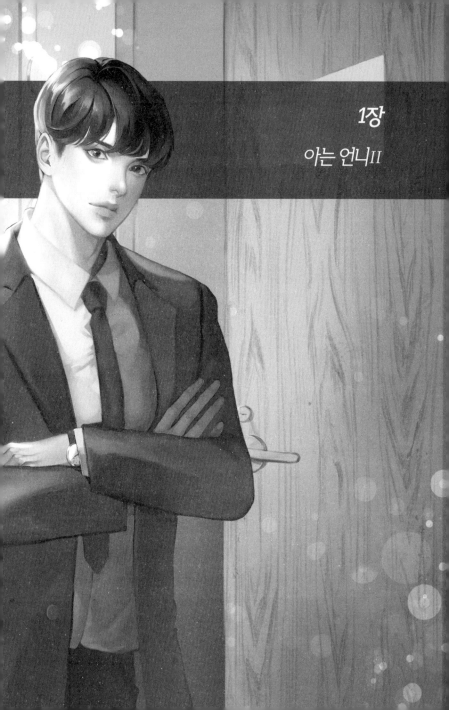

1장

아는 언니 II

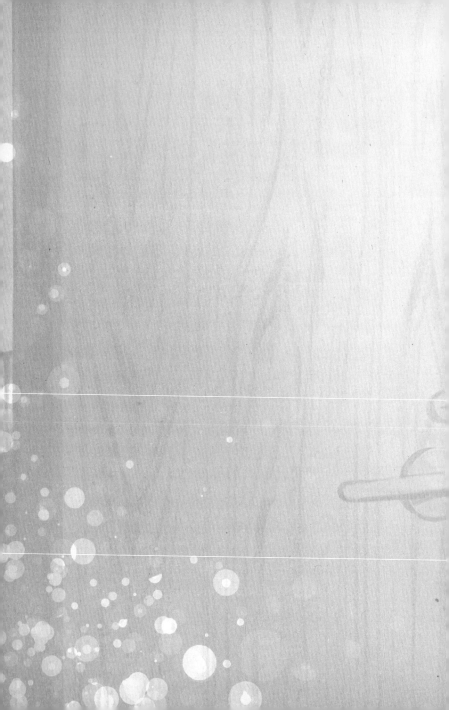

　H 호텔 스위트룸. 테이블 여기저기에 맥주 캔들이 아무렇게나 흩어져 있었다. 남경로 거리에서 사온 길거리 음식 박스들은 대부분 텅 비어 있었다.

　커다란 침대 위엔 현우와 손태명이 아무렇게나 뒤엉켜 있었고, 그 옆 소파에는 최영진이 뻗어 있었다.

　떵동, 떵동. 스위트룸 안으로 벨이 울려 퍼졌다. 떵동, 떵동. 계속되는 벨소리에 현우가 눈을 찌푸렸다.

　"으음… 나가봐, 태명아."

　"네가 나가… 죽을 것 같으니까."

손태명의 목소리가 가라앉아 있었다.

"으으."

현우가 머리를 부여잡았다. 두통이 밀려왔다. 회식 자리에서 고량주까지는 좋았다. 하지만 그 뒤 숙소에서 이어진 맥주 파티는 확실히 무리였다. 드르륵, 그때 핸드폰 진동이 느껴졌다. 현우가 급히 침대에 앉아 핸드폰을 확인했다.

송지유였다.

"응, 지유야."

―뭐 하는데 문도 안 열어줘요? 코코넛 톡도 확인 안 하고?

"이제 일어났어."

―혹시 나 재우고 술 마셨어요?

"아니? 밤새 일했지. 누가 보면 내가 알코올중독인 줄 알겠다. 하하."

―은정이가 새벽 2시까지 같이 술 마셨다고 자백했어요.

"그래? 하아… 열어줄게."

마침 손태명과 최영진이 잠에서 깨어났다. 두 사람도 현우처럼 머리를 부여잡았다. 현우가 와이셔츠 단추를 잠그며 두 사람을 쳐다보았다.

"지유 왔다."

"헉! 지유요?"

최영진이 화들짝 놀랐다. 최영진이 서둘러 테이블을 치우려

했지만, 현우가 고개를 저었다.

"서두를 것 없어. 프락치 김은정이 다 불었다. 그러니까 애당초에 프락치는 받아주는 게 아니라니까?"

"언제는 은정이가 만드는 폭탄주가 최고라며?"

"그랬냐?"

현우가 어깨를 으쓱했다. 손태명과 최영진이 두통을 느끼며 재빨리 스위트룸을 치우기 시작했다. 현우도 서둘러 문을 열었다.

송지유와 김은정, 그리고 신지혜에 이어 화류 영화사의 밍밍도 함께였다.

"이 술 냄새는 대체 어떻게 할 거예요?"

송지유가 현우를 지나치며 스위트룸 곳곳을 확인하곤 두 눈을 찌푸렸다.

"은정아?"

"여기."

송지유가 프랑스제 향수를 건네받곤 스위트룸 여기저기에 뿌렸다.

"중국이라고 마음 놓고 술 마시는 거예요, 지금?"

송지유가 따지고 들자 세 남자가 굳게 입을 다물고 불쌍한 표정을 지었다.

"그런 표정 지어도 소용없어요. 매니저가 술에 취하는 건

직무 유기예요. 알아요?"

"맞아! 직무 유기야, 삼촌들!"

신지혜까지 송지유를 거들었다.

"술에 취한 건 아니지. 어젯밤 그 분위기에 취한 거였으니까."

"지금 그걸 말이라고 해요? 도대체 요즘 왜 이렇게 능글맞아졌어요?"

송지유가 한숨을 내쉬었다. 신지혜는 언제라도 귀를 막을 준비를 했다.

"안 웃겼어요, 밍밍 씨?"

"별로요, 대표님."

"그래요? 지유야, 봐줘. 어제 상해 시사회가 너무 성대하게 끝나서 한잔했어."

송지유가 팔짱을 꼈다. 그러고는 입을 열었다.

"알았어요. 그동안의 정을 생각해서 정상참작 해줄게요. 대신 보름간 금주예요."

"오케이."

"이거나 먹어요. 셋 다."

송지유가 손에 들고 있던 봉투를 내밀었다.

"네가 만들었어?"

현우가 대번에 물었다. 송지유가 고개를 저었다. 세 남자가 일제히 안도의 한숨을 내쉬었다. 가뜩이나 속이 울렁거리고 있었다.

송지유가 눈을 가늘게 떴다.

"뭐예요, 지금?"

"어? 아, 아냐. 아쉬워서!"

현우가 빙그레 웃으며 봉투를 받아 들었다. 차오면이었다.

"해장이나 해요."

"오케이. 고마워."

"형님, 주시죠."

최영진이 서둘러 차오면을 세팅했다.

해장을 하는 동안에도 세 남자는 바빴다.

"밍밍 씨?"

"네, 대표님!"

밍밍이 세 사람 사이에 자리했다. 노트북 세 대가 일제히 빛을 발하기 시작했다. 그리고 세 남자들이 진지해졌다.

세 대의 노트북 속에 한 중국 포털 사이트가 떠올랐다.

"오호. 여기 있네."

현우가 중국어로 된 기사를 클릭했다. 남경로의 최대 쇼핑 몰인 화류 쇼핑몰에서 벌어졌던 '아는 언니' 시사회에 대한 기사가 대문짝만하게 걸려 있었다. 현우가 씩 웃었다. 마침 소소 연예신보의 백소정 기자가 쓴 기사였다.

역시나 메인 사진으로 송지유가 걸려 있었고, 중국어로 된 기사가 빼곡하게 서술되어 있었다. 밍밍이 노트북을 들여다보았다.

"상해 남경로 화류 쇼핑몰에서 다국적 합작 영화 '아는 언니'의 시사회가 열렸다. 시사회에는 시사회 정원 500명 외에도 무려 수천 명의 인파가 몰려 대성공을 거두었다. '상해의 별'이라고 불리는 한류 스타 송지유를 향한 중국 내 영화 관계자들과 팬들의 칭찬이 끊이지 않고 있다. 상해 푸동 공항에서는 역대 한류 스타 중 가장 많은 팬이 몰려 송지유의 인기를 실감하게 했다. '아는 언니'의 중국 내 흥행 열풍이 심상치 않을 것으로 보인다. 대략 이런 내용이네요, 대표님."

소소 연예신보 외에도 상해를 비롯한 중국 여러 언론 매체에서 '아는 언니'에 대한 호의적인 기사를 쏟아내고 있었다.

"후우."

현우가 길게 안도의 한숨을 내쉬었다. 국내 시사회에 이어 대륙에서도 '아는 언니' 시사회가 폭발적인 반응을 보인 것이다.

손태명이 살펴본 중국 대형 커뮤니티에서도 '아는 언니'에 대한 관심이 치솟고 있었다.

할리우드까지 진출한 중화권이 자랑하는 감독인 장삼우, 그리고 한국의 국민 소녀이자 상해의 별이라는 애칭으로 불리는 송지유, 이 둘의 케미가 폭발하고 있었다.

"이제 내일인가?"

현우의 말에 주변 분위기가 일제히 진지해졌다.

내일 한중 양국에서 '아는 언니'가 개봉된다. 보통 시사회에서의 반응이 흥행 성적으로 이어지긴 했지만, 그래도 온전히 마음을 놓을 수는 없었다. 늘 변수는 있게 마련이었다.

*　　　*　　　*

"대표님!"

회의 도중 로이 황이 급히 스위트룸으로 들어왔다.

"실장님?"

현우가 일어서서 그를 반겼다. 어제 상해 시사회도 빠지고 급히 어딘가로 사라진 그였다. 로이 황의 표정이 묘했다. 상기된 것 같기고 하고 조금은 곤란해 보이기도 했다.

밍밍도 어딘가 모르게 진지해 보였다.

"일단 보시죠."

로이 황이 서류 봉투에서 서류 한 장을 내밀었다. 서류는 티끌 하나 없이 백지였다. 현우가 팔짱을 꼈다. 화류 영화사라고 적힌 서류 봉투에서 백지가 한 장 덩그러니 나왔다.

"이게 뭡니까?"

"대표님, 그리고 지유 씨. 화류 C&C에서 정식으로 제시하는 계약 서류입니다."

"계약 서류라고 했어요?"

송지유가 고개를 갸웃하며 되물었다. 현우와 손태명이 서로를 보며 헛웃음을 흘렸다. 말로만 듣던 '백지수표'를 화류 영화사의 모계 기업인 화류 C&C에서 제시를 하고 있었다.

"백지수표라… 솔직히 당황스러운데요?"

말 그대로 어울림에서 원하는 모든 조건을 수용하겠다는 뜻이었다. 초특급을 넘어선 파격적인 대우에 현우를 비롯한 모두가 당황스러웠다.

"저희 화류에서는 지유 씨의 가치가 무궁무진하다고 판단을 했어요. 정식 중국 진출도 아니었는데, 상해 남경로를 들썩이게 만들었고, 북경 CATV 연애 대열차에서도 지유 씨 출연 분량이 가장 시청률이 높았다고 들었어요. 그 후에 벌어진 일들은 굳이 제가 설명을 드리지 않아도 되겠죠? 그리고 한 가지 말씀을 더 드리자면 저희 화류는 물론이고 저 역시 지유 씨랑 꼭 같이 일을 하고 싶어요."

"그렇습니까?"

현우가 턱을 쓰다듬었다. 북경 CATV '연애 대열차' 출연 후 며칠 동안이나 송지유는 중국 포털 실시간 검색어 1위에 올랐다. SNS 팔로워 숫자도 엄청나게 증가했고, 21세기 판 미인도 사건이 벌어지며 중국을 넘어 국내를 떠들썩하게 만들기도 했다.

그 후로 중국 내 여러 엔터테인먼트 회사에서 계약 제의가 왔지만, 영화 개봉이 먼저였기에 최대한 미루고 있는 실정이었다. 그런데 결국 화류 측에서 '백지수표'라는 초강수를 내밀었다.

"잠깐 저희들끼리 이야기 좀 하겠습니다, 밍밍 씨."

"네. 당연한 말씀이에요. 자리를 비켜 드리겠습니다."

밍밍과 화류 영화사 측 직원들이 자리에서 일어났다.

잠시 스위트룸 안에 정적이 감돌았다. 그러다 갑자기 손태명이 침대 위로 뛰어들었다.

"하하! 됐다! 됐어! 됐다고!"

좀처럼 흥분을 하는 법이 없는 손태명이 침대에서 방방 날뛰고 있었다. 현우와 송지유가 그런 손태명을 보며 조용히 웃고 있었다.

잠시 후, 흘러내린 안경을 고쳐 쓰며 손태명이 안정을 찾았다.

"현우야, 지유야. 화류 C&C랑 계약하자. 이건 기회야. 아니, 호박이 넝쿨 째 굴러들어 온 거라고."

"계약금은 얼마나 줄까요, 형님들?"

최영진이 물었다. 손태명이 손가락 한 개를 들었다.

"백, 백 억요?!"

최영진이 크게 놀랐다. i2i도 일본 진출 때 받은 계약금이 역대 최고액인 100억이었다. 그런데 이번에도 100억이라니 입이 절로 벌어졌다.

"최소 백 억. 난 그렇게 생각한다. 현우, 너는?"

"이백 억."

"예?! 현우 형님?"

최영진이 입을 떡, 벌렸다. 200억이면 할리우드 탑스타들이나 받을 수 있는 특급 대우였다. 현우가 천천히 입을 열었다.

"봐봐, 영진아. 중국 포털 사이트가 전부 지유 기사로 도배가 되고 있어. 한국이 아닌 중국인데 말이야. 지금까지 그 어떤 한류 스타들도 이랬던 적은 없었다."

"그렇긴 하죠, 형님. 하지만 액수가 워낙 커서 솔직히 저는 믿기지가 않는데요⋯⋯."

"우리 영화가 중국에서 흥행만 한다면 200억도 절대 무리는 아니야. 일단 화류 C&C로 결정은 하되, 영화 개봉 후로 시한은 미루자."

"그래. 그게 낫겠어."

손태명도 현우의 의견에 고개를 끄덕거렸다.

"200억이라. 하⋯ 이게 말이 되는 거예요?"

최영진이 다시 한번 믿지 못하겠다는 뉘앙스를 풍겼다. 현우가 최영진의 어깨를 두들겼다.

"중국이니까. 이래저래 외교적으로 마찰도 많고 말도 많은 곳이지만 세계 제일의 시장이야. 우리 입장에서는 영양가 가득한 노른자 시장인 셈이지, 영진아."

"그렇긴 하죠."

"후우. 우리 계획대로 풀린다면 신사옥부터 시작해서 모든 것들이 한 번에 풀릴 거야. S&H도 기가 죽을 만큼 신사옥 올려보자."

손태명의 말에 현우가 피식 웃었다. 걸즈파워 계약 건으로 몇 번 S&H를 방문할 때마다 본사를 올려다보며 부러움을 감추지 못했던 손태명이었다.

"우리 아티스트들과 미래의 연습생들을 위해서 모든 최고급으로 꾸며보자. 응?"

"그래, 그러자. 지유야, 고생했다. 다 네 덕분이야."

현우가 송지유를 보며 미소를 지었다. 송지유가 아니었다면 지금의 어울림도 없었을 것이다. 그리고 미래의 어울림도 존재하지 않을 것이란 생각이 들었다.

"수고했어, 갓 지유."

"지유야, 오래오래 활동하자."

손태명과 최영진도 송지유에게 고마운 마음을 아끼지 않았다.

"다들 고생 많았어요. 앞으로도 잘 부탁해요. 아! 그리고 부탁 하나 있어요."

"얼마든지."

"우리도 구내식당 만들어요. 건강식 위주로."

"건강식?"

"춤추고 노래 부르고 하려면 다들 건강이 우선인 거 알죠? 앞으로 연습생들도 생길 텐데, 균형 잡힌 식단이 중요하지 않겠어요?"

역시 건강 전도사 송지유다웠다.

"오케이. 지유가 원한다면."

현우가 흔쾌히 허락을 하자 송지유가 오랜만에 환한 미소를 보여주었다.

"현우 오빠, 그럼 스타일리스트 팀도 만드는 거죠?"

"당연하지. 은정이도 고생 많았어."

그렇게 말하곤 현우가 길게 숨을 내쉬었다. 중국에서의 고된 일정이 몇 배, 아니, 몇 십 배의 보상으로 돌아온 순간이었다.

*　　　*　　　*

[아는 언니' 개봉 첫날 관객 동원 51만! 역대 최고 기록!]

[송지유! 두 번째 주연 영화 '아는 언니'로 '그그흔' 첫날

관객 동원 경신!]

[극장가 '아는 언니' 예매 돌풍! 시사회의 찬사가 현실로!]

'아는 언니'는 국내 개봉과 동시에 메가 히트를 치기 시작했다. '아는 언니'가 개봉된 그다음 주에 '신의 노래'가 개봉되었지만 첫날 8만 명의 관객을 동원하는 데 그치며 처참하게 몰락하고 말았다. '아는 언니'의 최대 경쟁 영화라고 불렸던 그 명성이 초라하기 짝이 없었다.

[충무로의 우려는 어디로? 여배우 단독 주연 영화 역대 흥행 기록 연일 경신 중!]

[충무로가 틀렸다. '아는 언니' 최단기간 500만 돌파!]

[송지유! 국민 배우의 아성에까지 도전하나?]

연일 기사들이 쏟아졌다. 그리고 뒤이어 중국발 보도가 연일 한국을 강타했다.

['아는 언니' 중국 개봉 첫날 관객 동원 1,400만 명!]

['아는 언니' 중국 개봉 14일 만에 누적 수익 24억 위안! 한화 추정 4,500억 원!]

[중국이 심상치 않다! '아는 언니' 열풍! 누적 관객 1억 명

돌파할 것으로 추정!]

[어울림 엔터의 중국 시장 공략은 신의 한 수였다!]

어울림은 그야말로 축제 분위기였다. 그동안 '아는 언니'가 개봉되기까지 얼마나 많이 마음을 졸였던가? 현우와 손태명은 기쁨을 만끽할 새도 없이 화류 C&C 측과의 협상을 준비하고 있었다.

"이 참에 300억 부를까, 태명아?"

"300억? 진심이야?"

"우리 지유 별명이 1억 흥행 소녀야. 몰라?"

현우가 씩 웃으며 말했다. 중국에서는 '상해의 별'에 이어 송지유를 가리켜 '1억 흥행 소녀'라고 부르고 있었다. 벌써 화류 영화사에서 여러 개의 시나리오를 보내오고 있었다.

물론 하나같이 작품성이 떨어져 거절은 하고 있었지만, 송지유의 주가는 중국 내 그 어떠한 연예인도 비빌 수가 없을 정도였다.

"250억으로 가자."

"250억? 오케이. 일단 고 해보자고."

현우가 밝게 웃으며 송지유를 살폈다. 이 모든 사건의 주인공인 송지유는 옆에서 묵묵히 뜨개질을 하고 있을 뿐이었다.

그때였다.

"형님! 로이 황 실장님께서 오셨는데요?"

"갑자기?"

뒤이어 최영진의 뒤쪽으로 로이 황이 보였다. 오늘 아침부터 급히 한국을 찾은 로이 황이었다.

"한국은 어쩐 일이십니까? 홍콩에 계시는 거 아니었습니까, 실장님?"

"급히 드릴 말씀이 있어서 왔습니다. 대표님, 혹시 내일 중으로 지유 씨랑 뉴욕에 가실 수 있겠습니까?"

"뉴욕요?"

현우가 깜짝 놀라 되물었다.

미국 시사회 일정은 다음 주 초에나 잡혀 있었다. 시사회도 한국과 중국에 비하면 소소했다. 팬 사인회 겸, LA 한인 타운에서 시사회가 잡혀 있었다. 어울림도, 장삼우 감독 사단도 미국에선 개봉에만 의의를 두고 있었기 때문이었다.

"Sun film 측에서 최대한 빨리 지유 씨가 미국에 오기를 바라고 있습니다."

"일정은 이미 정해져 있을 텐데요?"

현우가 물었다.

"그게 VIP의 요청이 있었습니다."

"VIP요?"

"그렇습니다. 스코필드 씨께서 하루빨리 지유 씨를 만나고 싶어 한다고 Sun film 측에서 전해 오더군요."

"할아버지가요?"

송지유가 고개를 갸웃했다.

뉴욕 재즈 바 '뉴 소울'의 단골인 백발의 노신사는 송지유를 유난히 예뻐했다. SBC의 예능 프로그램 '차가운 도시의 법칙' 촬영 내내 단 하루도 '뉴 소울'을 거르지 않았다. 모두 송지유의 노래를 듣기 위해서였다.

그러한 인연으로 미국 내 '아는 언니'의 개봉을 도와준 스코필드 영감이었다.

"블랙잭 할아버지랑 다른 분들도 잘 계시겠죠?"

"잘 지내실 거야. 워낙에 정정하신 분들이니까."

송지유가 익숙한 얼굴들이 떠올라 작게 웃었다. 그리고 얼굴이 밝아졌다. 잠시뿐인 인연이었지만, 그들을 다시 볼 수도 있다는 생각에 송지유는 마음이 설레었다.

"스코필드 할아버지가 자세한 이야기는 안 해주시던가요?"

송지유가 로이 황에게 물었다. 로이 황이 고개를 끄덕거렸다.

현우는 잠시 고민했다. 백발의 노신사가 중견 영화 제작사의 회장인 것도 놀라웠는데, 일정을 앞당기기까지 하면서 송지유를 찾고 있었다.

'무언가 그럴 만한 이유가 있겠지.'

솔직히 다른 스케줄도 없었기에 당장 뉴욕에 가도 상관은 없었다. 다만 걱정되는 것은 송지유의 체력이었다. 요 근래 휴식을 취하고는 있었지만 '아는 언니' 촬영 후 급격히 체력이 떨어졌다.

"어떻게 할래? 선택은 너한테 맡길게."

"우리 스케줄은 어때요?"

"없어. 너 쉬라고 좀 빼놓았지."

"잘했어요. 그럼 우리 뉴욕으로 가요. 할아버지들이랑 뉴소울이 그리운 참이었어요."

"괜찮겠어?"

"네. 휴가 겸해서 다녀오고 싶어요."

현우가 손태명을 쳐다보았다.

"다녀와. 회사는 내가 책임지고 있을 테니까. 대신 좋은 소식 가져와."

"오케이."

현우가 씩 웃었다.

그렇게 뉴욕행이 결정되었다.

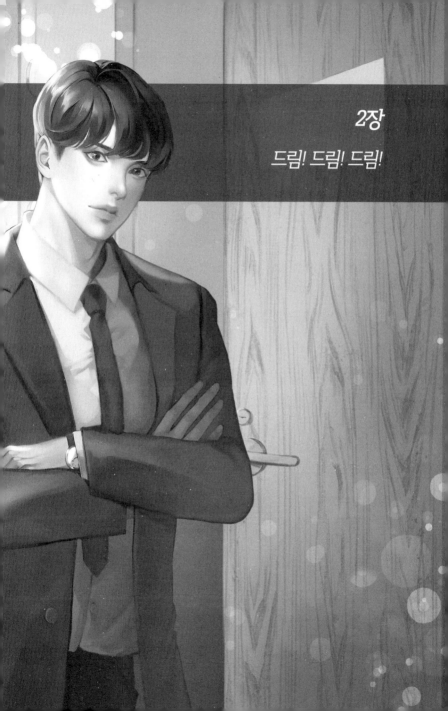

2장
드림! 드림! 드림!

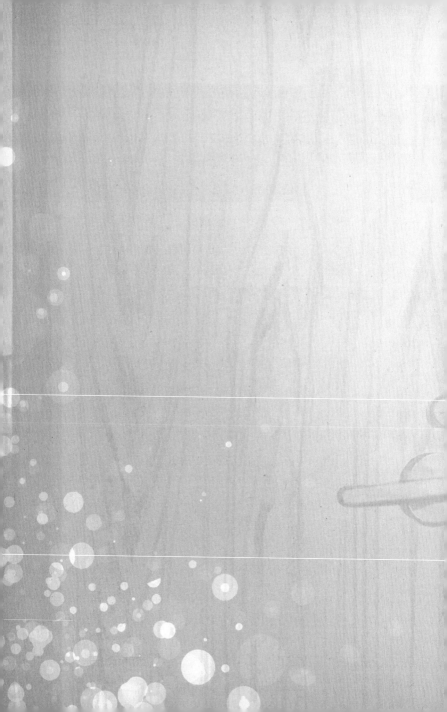

"오오! 세뇨리타!"

선글라스를 쓴 히스패닉 청년이 송지유를 발견하곤 호들갑을 떨었다. 제자리에서 방방 뛰며 양손을 마구 흔들자 순식간에 공항 내 사람들의 시선이 송지유에게로 집중되었다.

"후안은 여전히 쾌활한데? 지유야, 인사 안 해줘?"

현우가 그를 살펴보며 하하 웃었다. JF 케네디 공항에 도착하자마자 뉴욕에 온 것이 실감이 났다.

송지유가 걸음을 멈추고는 길게 한숨을 내쉬었다. 그러고는 여행 가방을 들고 반대편으로 몸을 돌렸다.

"우리 후안 버리고 따로 가요, 오빠."

"따로 가자고? 후안이 섭섭해할걸? 편하게 여행 기분 내고 싶다고 수호 팀도 없이 왔잖아. 그러지 말고 같이 가자."

현우가 송지유를 설득했다. 송지유의 이번 뉴욕 방문은 비공식 일정이었다. 그랬기에 후안도 직접 마중을 나온 것이었다.

"정말, 저 바보 멍청이."

결국 송지유가 마지못해 후안을 향해 손을 흔들어주었다. 후안이 하하 웃으며 현우와 송지유에게로 다가왔다.

"안녕? 현우 그리고 지유, 감사합니다. 사랑합니다. 김치 좋아요."

어설픈 한국말까지 준비를 해온 모양이었다. 현우가 후안의 손을 맞잡았다. 후안이 손을 위아래로 흔들었다.

"현우, 오랜 만이야. 잘 지냈지?"

"물론이지, 후안. 좋아 보이는데?"

송지유만큼은 아니었지만 현우도 어느 정도 영어를 구사했다. 후안이 하하 웃었다.

"나야 늘 좋지! 지유 덕분에 뉴 소울도 그렇고 우리 식당도 장사 엄청 잘된다고! 지유! 사랑스러운 지유! Welcome to New York!"

후안이 또 크게 하하 웃었다. SBC 예능 프로그램 '차가운 도시의 법칙'이 인기리에 종영된 이후, 재즈 바 '뉴 소울'과 후안의 스페인 식당 '블랙 펄'은 밀려드는 손님들로 연일 성업 중이었다.

한국 관광객들과 아시아권 관광객들은 물론이고, 덕분에 뉴요커들에게도 입소문이 난 상태였다.

"지유! 너는 행운의 여신이라니까? 이번에 뉴욕에 온 김에 우리 가게에도 사인이랑 사진 한 장 남겨두고 가. 응?"

"조용히 좀 해! 후안! 경찰들이 쳐다보고 있는 거 안 보여?"

정말이었다. 거대한 체구의 미국 경찰들이 수상쩍은 시선으로 이쪽을 쳐다보고 있었다.

"헤이, 그건 널 보고 있는 거야. 워낙 아름다우니까."

후안이 느끼한 표정을 지어 보였다. 송지유가 진저리를 쳤다.

"정말 친구만 아니면······."

"하하! 나는 너의 베스트 프렌드라고. 물론 현우까지 포함해서."

후안이 현우의 어깨에 팔을 두르며 눈을 찡긋했다. 경찰들이 그런 현우와 후안을 보며 황급히 고개를 돌렸다.

현우가 피식 웃었다. 정말이지 언제 봐도 기분이 좋은 친구였다.

"좋아, 이제 가자고."

후안이 씩씩하게 현우와 송지유의 여행 가방을 들고 앞장을 섰다.

＊　　　＊　　　＊

"오호. 후안, 차도 샀어?"

현우가 물었다. 현우의 기억으로 후안은 뉴욕의 여느 젊은 청년들과 마찬가지로 가난했다. 친구들과 돈을 모아 뉴욕의 뒷골목에서 작은 식당을 열었고 그나마 식당도 저녁에만 임대를 해서 장사를 했다.

그런데 제법 깨끗한 픽업트럭에 '블랙 펄'이라는 상호가 그럴듯하게 적혀 있었다. 후안이 트럭 뒷좌석에 여행 가방을 실은 다음, 운전석에 팔을 기대며 멋짐을 뽐냈다.

"얼마 전에 마련을 했지. 할부도 아니고 현금 일시불로 샀어. 그런데 지유, 나는 차 안 사줘?"

후안이 현우를 가리키며 물었다. SNS에서 현우의 스포츠카를 본 적이 있었다. 송지유가 얼굴을 구겼다.

"가게 접게 해줄까, 후안?"

SNS에 글 하나만 남기면 간단한 일이긴 했다. 송지유의 농담 반, 진담 반 섞인 말에 후안이 머리를 긁적였다.

"오, 늦겠어. 얼른 가자."

후안이 얼른 말을 돌렸다. 이윽고 세 사람을 태운 픽업트럭이 뉴욕의 뒷골목으로 향하기 시작했다.

"오늘따라 날씨도 좋아. 지유랑 현우가 와서 그런 거 같아. 그런데 말이야. 나는 지유 네가 한국에서 그렇게 유명한 사람인 줄 몰랐어. 세상에! SNS 팔로워 수가 1,000만이라니! 말이 되는 수치야? 이 정도면 북유럽의 어지간한 국가 인구보다 많다니까? 스웨덴 국왕보다 네 백성이 더 많아! 표현이 좀 그렇긴 하지만 네가 스웨덴 국왕보다 더 대단한 사람이라고!"

"……."

후안의 수다에도 송지유는 조용히 창밖을 보고 있었다. 결국 후안이 현우에게로 시선을 돌렸다.

"그리고 현우, 한국에서 가장 유명한 기획사 대표라며? 왜 말 안 했어? 둘 다 한국으로 돌아가고 나서 알았다니까… 서운했다고. 그리고 나 현우가 나온 영화도 봤어."

"내가 영화에 나왔다고?"

금시초문이었다.

"한인 친구한테 빌려서 봤지. 죄를 지었으면 벌을 달게 받아라. 아주 좋은 대사야. 그렇고말고."

후안이 어설프게 한국말로 대사를 따라 하자 현우가 피식 웃었다. 후안다웠다. 어디서 대충 이야기만 주워들은 것 같았다.

"내가 출연한 영화는 아니야. 그냥 별명이지 뭐."

"그래? 다행히 깡패는 아니었구나."

"깡패는 무슨. 난 바퀴벌레도 못 죽여."

"그럼 다행이고. 그런데 스코필드 영감탱이가 그렇게 대단한 양반일 줄은 나도 몰랐어. 가게 자리도 그 영감탱이가 해 준 거야."

"정말이야?"

송지유가 물었다. 후안이 고개를 끄덕거렸다.

"응. 한국에선 어떤지 몰라도 미국에선 Old Rich가 나 같은 Poor Boy를 돕는 일이 제법 있어. 노블리스 뭐 그거 있잖아. 다달이 돈을 갚고 있지만 정말이지 나 같은 가난한 놈에겐 은인이야. 이제 지유 네 차례인 것 같다."

후안이 백미러를 통해 눈을 찡긋해 보였다. 송지유가 고개를 저었다.

"이미 도움은 충분히 받았어. 미국 개봉도 스코필드 할아버지가 도와주신 거야, 후안."

"그랬어? 그런데 이렇게 또 너를 부른 걸 보면 파티는 아직 끝난 거 같지 않다."

"파티라……."

현우가 후안의 말을 곱씹었다. 스코필드는 1970년대 전 세계적인 할리우드 붐과 함께 어마어마한 부를 쌓은 인물이었다. 비록 그의 소유인 Sun film은 중견 영화 제작사에 불과했지만, 이 외에도 많은 미디어 업체를 소유하고 있는 전형적인 미디어 재벌이 바로 백발의 노신사였다.

'인연은 기회를 싣는다더니 아버지 말씀이 틀린 게 하나도 없어.'

현우가 조용히 생각에 잠겼다. 미국 개봉만으로도 기회는 충분했지만, 만약 기회가 더 주어진다면 사양할 생각은 전혀 없었다. 문득 '차가운 도시의 법칙' 촬영이 끝나는 날, 스코필드와 나눈 대화가 떠올랐다.

'지유의 노래는 달달한 위스키보다 더 달콤했네. 그거 아나? 내겐 이 얼음 섞인 위스키 한 잔이 최고의 보상이었어. 지유의 목소리를 듣기 전에는 말이지. 그런데 그 보상이 이제 끝이 나버렸어. 아쉽군… 한국으로 가면 언제 돌아오나?'

'다시 돌아오기는 어려울 것 같습니다, 영감님.'

'솔직한 젊은이군. 하지만 곧 다시 보게 될 걸세.'

백발의 노신사가 남긴 마지막 인사였다. 그리고 그 말은 시간이 흘러 이렇게 현실이 되어 있었다.

'그때부터 지금의 상황을 염두에 둔 건가?'

현우가 생각에 잠겨 있는 사이, 후안의 픽업트럭이 뒷골목으로 들어섰고, 이내 익숙한 가게 앞에서 세워졌다.

시동이 꺼지기도 전에 송지유가 픽업트럭에서 내렸다. '뉴 소울'이라고 적힌 간판이 송지유를 반겨주고 있었다.

"……."

송지유가 간판을 올려다보았다. '차가운 도시의 법칙' 촬영 첫날, 가장 먼저 '뉴 소울'의 간판을 청소했다. 기억들이 하나 둘 떠오르자 송지유의 입가에 미소가 지어졌다.

현우는 조금 떨어져서 그런 송지유를 지켜보기만 했다. 시동을 끄고 내린 후안이 말을 꺼내려고 했지만 진지한 표정의 현우를 보곤 입을 다물었다.

송지유가 고개를 돌렸다.

"오빠, 후안, 간판 청소부터 해야겠어요."

"그 전에 가게 문부터 열어야지. 늘 네가 하던 일이잖아, 지유야."

현우가 빙그레 웃으며 말했다.

"그렇지. 뉴 소울의 여신이 돌아왔는데, 가게 오픈부터 해야 하지 않겠어?"

후안도 현우를 거들었다. 느끼한 말투, 표정이었지만 송지유가 밝게 웃으며 고개를 끄덕였다. 그리고 조심스레 가게 문을 밀었다.

순간 송지유의 눈동자가 커졌다. 이른 낮 시간임에도 블랙

잭과 존스를 비롯한 '뉴 소울'의 주인들이 각자의 악기를 손질하고 있었다.

네 명의 노인이 일제히 악기들을 집어 들었다. '뉴 소울' 안에서 즉석 환영 공연이 시작되었다. 송지유가 은은한 미소를 머금은 채로 네 노인들의 환대를 감상하기 시작했다.

현우가 송지유의 옆에 다가와 섰다.

"그렇게 좋아?"

송지유가 기뻐하니 현우도 덩달아 기분이 좋았다. 송지유가 고개를 끄덕였다. 네 노인들의 축하 연주가 계속되었다.

*   *   *

"젊은 놈이 뭐 그렇게 힘을 못 쓰나?"

"이거 안 보입니까? 맥주 박스잖아요!"

존스 영감의 핀잔에 후안이 울컥했다. 현우는 말없이 웃으며 맥주 두 박스를 한 번에 나르고 있었다.

"저것 봐라! 현우 녀석처럼 성실하게 일하라니까? 쯧쯧. 하긴 회사 대표 하는 녀석이랑 애초에 비교가 되나?"

"아니, 여기서 왜 비교를 하는 겁니까? 나도 어엿한 가게가 있는 오너 셰프라고요. 설거지나 하던 후안이 아니라니까요?"

"후안, 여기 와서 설거지나 해요."

"Oh! jesus!"

뇌리를 강타하는 일침에 후안이 이마를 짚었고, 현우를 비롯해 네 노인이 크게 웃음을 터뜨렸다.

"후안! 빨리해요."

"하아… 지유가 뉴욕에 온다고 내가 왜 좋아했을까?"

"그러니까 말이다. 이 멍청한 녀석."

존스 영감이 킬킬거렸고 송지유도 풋 웃었다.

그렇게 송지유의 지휘 아래 가게 오픈이 끝나자 뉴욕의 뒷골목에 어느새 노을이 내려앉았다. 송지유가 바 테이블에 앉아 턱을 괴었다.

"후우."

반면 현우는 긴장을 머금고 있었다. 오늘 저녁 특별한 예약 손님이 있었다. 예약 손님은 오늘 저녁 가게를 통째로 빌린 상태였다.

오후 7시가 되자 똑똑, 누군가가 가게 문을 두드렸다. 그리고 곧장 가게 문이 열렸다. 백발의 노신사 스코필드가 먼저 모습을 보였다.

"할아버지!"

송지유가 대번에 달려가 스코필드에게 안겼다. 스코필드가 중절모를 벗어 후안에게 건네며 인자한 미소를 머금었다.

"지유, 못 본 사이에 살이 많이 빠졌구나. 영화 촬영이 힘들었던 모양이야."

"괜찮아요. 이제 촬영은 끝났으니까요. 그리고 도와주셔서 감사해요, 할아버지."

"감사합니다. 큰 신세를 졌습니다, 영감님."

현우도 정중하게 감사를 표시했다. 스코필드가 고개를 저었다.

"영화가 좋더군. 특히 지유가 연기도 그렇게 잘할 줄은 몰랐어."

"하하. 감사합니다."

현우가 씩 웃었다. 송지유의 칭찬을 들으니 기분이 좋았다. 현우가 스코필드와 함께 '뉴 소울'을 찾은 인사들을 살펴보았다.

스코필드 또래의 신사들이 몇 있었고, 그 외엔 나이도, 성별도, 인종도 다양한 사람들이었다.

"내 친구들일세. 오늘 특별히 내가 초대를 했지."

"그러셨어요? 잘하셨어요, 할아버지."

송지유가 스코필드의 지인들에게 가볍게 눈인사를 했다. 스코필드의 지인들이 송지유를 보곤 감탄을 숨기지 못했다.

후안이 스코필드와 그 지인들을 좌석으로 안내했다. 지배인 블랙잭은 후안의 가게에서 공수해 온 스페인 음식들을 날랐다.

재즈 바 '뉴 소울'에 송지유의 청아하고 맑은 음성이 울려 퍼졌다. 첫 곡에 이어 Bee Gees의 How Deep Is Your Love 가 흘러나왔다. 블랙잭과 세 노인의 연주가 어우러진 무대는 정말이지 흠잡을 곳이 없었다.

현우는 스코필드와 마주 앉아 대작을 하고 있었다.

"한 잔 더 하시겠습니까?"

"좋지."

현우가 스코필드의 빈 잔에 위스키를 채워주었다. 스코필드가 잔을 입으로 가져가며 조용히 두 눈을 감았다.

현우는 스코필드의 지인들을 살펴보았다. 단순한 지인들로 생각하기에는 묘하게 신경이 쓰였다.

'누구지? 도통 말씀을 해주시지를 않으니……'

스코필드는 '뉴 소울'에 들어선 그 순간부터 오롯이 송지유 의 노래에 집중을 하고 있었다. 반면 현우는 스코필드의 의중 이 궁금했다. 또 함께 온 지인들의 정체도 궁금했다.

때마침 스코필드가 눈을 떴다.

"지유의 노래 실력이 그새 더 늘었군. 그동안 무슨 일이 있 었나?"

"음… 일이라. 있긴 있었죠."

현우가 빙그레 웃으며 대답했다. 휴가를 기점으로 연인 사이가 되었으니 확실히 무슨 일이 있긴 있었다.

"여유를 가지게. 언제나 시간은 빨라. 언제 다시 이런 시간이 오겠나?"

"죄송합니다. 티가 났나 보군요."

사실 현우 입장에선 마음이 급한 게 사실이었다. '기회'를 줄 것 같다는 후안의 언질도 있었고, 애당초 뉴욕으로 급히 호출을 한 건 스코필드 그였다.

"책망을 한 게 아닐세. 조언을 한 거네."

"명심하겠습니다."

"하하. 동양의 젊은이들은 확실히 예의가 발라. 후안, 저 벌거숭이 녀석과는 많이 다르군."

그사이 송지유가 노래를 마무리하고 무대에서 내려왔다. 박수갈채가 쏟아졌다. 스코필드가 송지유를 향해 잔을 높이 들었다.

송지유가 합석을 하며 스코필드가 건네는 와인 잔을 받아 들었다.

"노래는 마음에 드셨어요, 할아버지?"

"최고야. 지유의 노래는 언제나 내 최고의 보상이지."

스코필드가 말을 마치고는 위스키 잔을 비웠다. 그리고 일

순간 그의 분위기가 변했다. 동네 할아버지 같던 그가 깍지를 끼고 송지유와 현우를 쳐다보았다.

"하실 말씀 있으세요, 할아버지?"

송지유가 물었고, 스코필드가 고개를 끄덕거렸다.

"내일 함께 LA로 갈 수 있겠나?"

스코필드가 조용히 물었다.

"LA라면… 어르신?"

"바로 내 회사와 할리우드가 있는 곳이지."

스코필드가 태연히 대답했다.

"할아버지?"

송지유도 조금은 놀란 눈치였다.

"내가 지유를 위해서 작은 선물을 하나 준비했네. 물론 그 선물의 포장을 뜯는 건 지유 몫이지만 말일세."

현우가 놀라 눈을 크게 떴다.

"선물이라고 하신다면……?"

"가보면 알 걸세."

스코필드의 말에 현우는 더 이상 묻지 않기로 했다. 궁금한 건 사실이었다. 하지만 선물이란 건 자고로 포장을 뜯고 그 안을 확인했을 때의 기쁨이 가장 큰 법이었다.

"지유랑 함께 가겠습니다, 어르신."

현우가 송지유의 손을 꼭 잡은 채로 당당하게 말했다.

*   *   *

평소와 달리 SBC 예능국 분위기가 어수선하고 어딘지 모르게 들떠 있었다. 그럴 만도 했다. 오늘 제작 미팅을 위해 대한민국에서 가장 핫한 유명 인사들이 예능국을 찾기로 예정이 되어 있었다.

"최 작가! 서 작가! 회의실 세팅은 다 해놓은 거지?"

"네, 부장님! 커피도 준비해 놓고 다 했어요!"

최 작가가 그렇게 말을 하곤 입을 삐죽 내밀었다. 요즘 같은 세상에 편의점만 가도 캔 커피와 다양한 종류의 음료가 많았다.

그런데 회의실 중앙에 설탕과 프림, 커피 가루가 담긴 쟁반이 덩그러니 놓여 있었다.

"놀린다고 생각하지 않을까, 미영아?"

"그러니까요. 별명이잖아요. 김현우 대표님처럼 진짜 캔 커피를 좋아하는 건 아닌 것 같던데요, 선배?"

"몰라… 하여간 박 부장 진짜 언제 그만 두는 건데?"

"끝까지 버틸걸요? 저 꼰대."

두 작가가 회의실 창밖으로 지나가고 있는 부장 피디를 보며 이를 갈았다.

"선배? 와, 왔어요!"

"진짜?"

두 작가가 호흡을 가다듬었다. 그리고 회의실 문이 열리고 어울림 엔터테인먼트의 2인자라고 불리는 손태명 실장이 등장을 했다. 그 옆에는 요즘 들어 어울림의 브레인이라고 소문이 난 김정우 실장도 함께였다.

손태명을 실물로 본 여자 작가들이 서로 호들갑을 떨었다. 저게 어디 기획사 실장의 비주얼이란 말인가.

김정우가 회의실 테이블에 놓인 클래식한 커피 세트를 보며 조용히 웃었다. 손태명이 미처 반응할 새도 없이 회의실이 소란스러워졌다.

걸즈파워, 아니, 드림걸즈 멤버들이 등장을 했기 때문이었다.

"어? 프림 커피다!"

엘시가 대번에 손가락으로 회의실 테이블 위를 가리켰다. 유나를 비롯한 멤버들이 손태명을 쳐다보며 킥킥 웃기 시작했다.

"……."

"……."

상황을 살펴보던 두 작가의 얼굴이 붉어졌다. 지금 이 순간 프림 커피를 준비하라고 지시한 박 부장이 원망스러웠다.

뒤이어 들어온 예능국 관계자들도 손태명의 눈치를 살폈다. 손태명이 안경을 고쳐 쓰며 입을 열었다.

"어울림 엔터테인먼트 실장 손태명입니다."

"김정우입니다."

"하나, 둘, 셋! 징글징글! 비글즈! 드림걸즈입니다! 안녕하세요?"

얼마 전에 새로 만든 구호였다. 드림걸즈 멤버들의 센스에 회의실 분위기가 대번에 밝아졌다.

"손 실장님이 옛날 커피를 좋아하신다고 해서 특별히 준비를 했습니다. 허허."

박 부장의 아부 발언에 이번 예능 프로의 담당을 맡은 오 피디가 얼굴을 구겼다. 현장에서 물러난 지 꽤 오래된 박 부장이기에 감을 잃어도 너무 잃은 것이다.

지난 상해 프로모션 이후 귀국 인터뷰에서 손태명은 커피를 들고 인터뷰를 했고, 그 파급력은 엄청났다. 소개팅 프로에서 이솔이 만든 플래카드가 재조명되고 있을 정도였다. 반 정도는 놀리는 의미였기에 오 피디도 작가들도 조마조마했다.

어떻게 보면 공적인 자리에서 기분이 나쁠 수도 있었기 때문이다. 분위기가 다시 얼어붙었다. 그때였다.

"실장님, 커피 세 숟갈, 설탕 두 숟갈에 실장님 한 숟갈 맞죠?"

엘시가 태연하게 커피를 타기 시작했다. 결국 손태명이 현우처럼 피식 웃었다. 드림걸즈 멤버들도 킥킥 웃음을 숨기지 못했다.

그래도 덕분에 회의실 분위기가 다시 밝아졌다. 엘시의 특급 센스였다.

*　　　*　　　*

"사실 윗선 일부에서는 이번 리얼 버라이어티 쇼에 대해서 회의적인 반응입니다. 솔직하게 말씀을 드리는 겁니다."

오창현 피디가 입장을 밝혔다. 작가들도 표정이 좋지 못했다. 야심차게 이번 예능 프로그램을 기획했지만 예능국 자체에서 그리 호의적인 반응을 끌어내지는 못하고 있는 실정이었다.

현재 SBC 예능국은 MBS와 KBN의 리얼 버라이어티 쇼에 밀려 시청률 고전을 면치 못하고 있었다. MBS에는 '무모한 형제들'이 있었고, KBN에는 '2박 3일'이라는 리얼 버라이어티 쇼가 존재했다.

예능국 일부 윗선에서는 어린 여자 아이들을 데려다 놓고 뭘 할 수 있겠냐는 반응이었다.

김정우가 조용히 입을 열었다.

"충분히 이해합니다. 하지만 우리 드림걸즈 멤버들은 현재 예능 섭외 1순위라고 평가를 받고 있습니다. 시청률 면에서, 그리고 화제성으로 봤을 때 충분히 가능성이 있다고 생각합니다."

김정우의 말은 사실이었다. 드림걸즈는 현재 공중파 3사 예능 섭외 1순위였다. '강한 심장'을 시작으로 출연을 하는 예능 프로그램마다 시청률 보증 수표처럼 그야말로 빵빵 터뜨리고 있는 실정이었다.

예능 천재라 불리는 엘시와 더불어 유나와 연희 같은 멤버들이 지원을 하고, 요즘 들어 주가를 올리고 있는 크리스틴이 엉뚱함으로 웃음을 주고 있었다.

"저희도 그렇게 생각을 하고 있습니다, 김정우 실장님."

그랬기에 오창현 피디와 작가들도 SBC의 새로운 토요일 예능 프로를 기획하며 드림걸즈를 섭외한 것이다. 기획안의 참신함과 엘시와 드림걸즈라는 이름값이 크게 작용을 했지만, 반발도 만만치 않았다.

조용히 상황을 관망하고 있던 손태명이 손에 들고 있던 기획안을 툭, 내려놓았다.

"그래서 결국 5회 분량 시한부 프로그램으로 결정이 난 겁니까?"

이번 프로를 반대했던 박 부장이 식은땀을 흘렸다. 공중파 예능국 부장 피디가 기획사 실장에게 쩔쩔매는 진풍경이 벌어졌다.

"그나마 5회 시한부도 제가 힘을 써서……."

박 부장이 변명 아닌 변명을 했다. 오창현 피디와 작가들은 어이가 없었다. 윗선의 결정에 아무 말도 못 하고 있더니 자기가 힘을 썼다는 입에 발린 말을 한 것이다.

"으음."

손태명이 드림걸즈 멤버들을 쳐다보았다. 시청률의 여부에 따라서 어쩌면 5회 분량으로 폐지가 될 수도 있는 프로그램이었다.

확실히 드림걸즈와 어울림 입장에서는 썩 환영할 만한 조건이 아니었다. 그랬기에 오창현 피디도 작가들도 어느 정도는 마음을 비우고 있었다.

i2i와 더불어 국내 투 탑으로 화려하게 부활한 드림걸즈 멤버들이었다. 제2의 전성기를 보내고 있다고 해도 과언이 아니었다.

"결정은 너희에게 맡길게."

김정우도 손태명을 거들었다. 손태명과 김정우의 이러한 결정에 오창현 피디와 작가들이 새삼 놀랐다. 소속 아이돌에게 결정권을 주는 기획사는 거의 존재하지 않았기 때문이다.

역시 국민 기획사 어울림이라는 생각이 들었다.

"흐음."

엘시가 멤버들을 둘러보았다. 유나와 연희는 그저 웃고 있었고, 제시나 나나 같은 멤버들은 언제나 엘시와 크리스틴의 의견에 전적으로 동의를 했다.

결국 중요한 크리스틴의 의사였다.

"뿌뿌뿌 씨, 생각은 어때?"

느닷없는 별명 공격에 흔들릴 법도 했지만 크리스틴은 개의치 않았다.

"이 실장이 하고 싶은 대로 해. 난 이미 버린 몸이야."

두루두루 예능에 출연하며 얼음 이미지는 사라지고 엉뚱한 4차원 캐릭터가 된 크리스틴이었다.

실장이라는 말에 작가들이 손태명과 김정우를 번갈아 쳐다보았다. 그러다 신중한 표정의 엘시를 보곤 이해를 했다.

엘시가 잠시 고민을 했다. 그러다 입을 열었다.

"저희 드림걸즈는 이번 프로그램을 꼭 할 생각이에요. 저 엘시와 우리 멤버들이 시청률 10% 찍어드릴게요!"

엘시가 허리에 척 양손을 얹고 호언장담을 했다. 박 부장은 어리둥절한 표정이었고, 오창현 피디와 작가들은 입을 떡 벌리고 말을 잇지 못했다.

아이돌의 왕이라 불리는 엘시가 아이도 아니고 대책 없이 말을 내뱉었기 때문이다.

"다연아."

김정우가 한숨을 삼키며 엘시의 본명을 불렀다. 엘시가 눈을 동그랗게 떴다.

"왜요? 충분히 가능하다니까요? 들어보실래요, 피디님?"

"네? 들, 들어보겠습니다."

"간과하시는 점이 있는데, 저희 비글즈의 본모습을 아직 못 보셔서 그래요. 가식 없이 빵빵 터뜨릴 자신 있어요. 그리고 정 안 된다 싶으면요."

엘시가 잠시 말을 끊었다. 그리고 의연한 표정을 했다.

"게스트로 지유가 나오면 되잖아요. 그리고 우리 어울림 F4도 출연시키면 되고요. 솔이나 i2i 아이들도 나와서 운동회 같이하면 재밌겠다. 지유 영화도 1,000만은 넘을 것 같으니까 뭐, 벚꽃 자선 콘서트도 저희가 책임지고 중계할게요."

엘시의 말에 손태명은 어이가 없었다. 절대 송지유나 현우, 어울림 F4를 출연시키는 일은 없을 거라고 하더니 여기서 실장급 수완을 부리고 있었다.

박 부장이 급격하게 관심을 가지기 시작했다. 오창현 피디와 작가들도 희망에 부풀기 시작했다. 송지유나 김현우 대표, i2i 멤버들을 비롯한 어울림 식구들을 게스트로 등장시킬 수 있다면 시청률 10%는 문제도 아니라는 판단이 들었다.

"그런데… 가능하겠습니까?"

오창현 피디가 엘시에게 물었다. 엘시가 단호하게 고개를 끄덕였다.

"당연하죠. 제가 왜 어울림에서 이 실장이라고 불리는데요? 제3의 세력으로 급부상 중이라니까요? 현우 오빠, 아니, 우리 대표님도 저를 인정하고 있어요."

묘하게 설득력이 있었다. 손태명은 아예 엘시를 가만히 지켜만 보고 있었다.

"그리고 저희가 이번 프로 제목도 생각을 해봤거든요? 지금 전국적으로 지유 영화가 인기잖아요? 이 기세를 몰아서 아는 언니들! 어때요? 아는 언니도 연상되니까 화제도 모을 수 있고 프로그램 취지와도 딱 맞지 않나요?"

작가들이 짝짝! 박수를 쳤다. '아는 언니들'이라니! 화제성이나 기획안 취지에도 적절한 명칭이었다.

"오 피디?"

태세 전환을 마친 박 부장이 은근히 눈짓을 했다. 오창현 피디는 박 부장의 이러한 태도가 황당했지만, 엘시와 어울림 쪽에서 제시한 아이디어가 너무 좋았다. 엘시와 함께 프로를 하면 여러모로 도움을 많이 받을 수 있을 것 같다는 판단이 들었다.

'무모한 형제들'이나 '2박 3일'도 멤버들의 아이디어를 차용하는 경우가 꽤 많았다.

"좋습니다. 저도 마음이 놓이네요. 그렇게 합시다."

오창현 피디가 말을 하자 엘시가 박 부장을 쳐다보았다.

"부장님, 그러니까 5회 말고 10회까지만 보장을 해주세요. 5회면 1회에서 오프닝 나가고 하다 보면 겨우 4회 남는데… 너무 분량이 짧아요, 네?"

"적극 고려해 보겠습니다! 허허. 그럼 송지유 씨나 i2i도 출연이 가능하겠습니까?"

"그럼요. 저만 믿으세요. 제가 누구예요? 바로 이 실장이에요."

"그렇다면 10회까지 제가 힘을 써보겠습니다."

박 부장이 결국 엘시의 꼬임에 넘어갔다. 엘시와 손을 모으고는 멤버들이 환호성을 질렀다.

"괜히 따라온 것 같은데요?"

"그렇습니까?"

손태명의 농담에 김정우도 딱히 부정을 하지는 않았다.

*   *   *

할리우드. 미국 캘리포니아 주 로스앤젤레스의 한 지구이자 대표적인 부촌인 비벌리힐스 동쪽 지역을 가리키는 말이기도 했지만, 더 정확한 의미로 설명을 하자면 세계 영화 산업의 중심지가 바로 이곳이었다.

카페나 식당, 스튜디오가 들어선 거리를 현우와 송지유가 나란히 걷고 있었다. 현우가 슬쩍 카페들을 둘러보았다.

배우 지망생들은 아르바이트생으로, 또 작가 지망생들은 노트북을 두들기며 각자의 방식으로 할리우드의 문턱을 두드리고 있었다.

"오빠, 여긴 것 같아요."

"오케이."

현우와 송지유가 카페테라스에 자리를 잡았다. 일순간 주변의 시선이 현우와 송지유에게로 쏟아졌다. 동양인이 드물기도 했지만, 송지유의 압도적인 비주얼이 시선을 끌었다.

카페 점원이 메뉴판을 들고 나왔다. 그러고는 현우를 위아래로 살펴보았다. 메뉴판을 내려놓고 점원이 현우에게 말을 걸었다.

"어디에서 오셨어요?"

"한국에서 왔습니다."

"그랬군요. 혹시 어떤 일을 하시는지요?"

"일요?"

"네. 실례가 되지 않는다면 명함 부탁드려도 될까요?"

점원은 현우에게 관심이 많았다. 할리우드에서 동양인을 흔히 볼 수 없기도 했지만. 간혹 영화사의 관계자이거나 캐스팅 디렉터로 활동을 하는 경우가 많았다. 특히 앞자리에 앉아 있는 동양인 여성의 외모가 특별했기에 더 확신이 들었다.

간혹 영화사 관계자들이나 캐스팅 디렉터들이 할리우드 인근의 카페나 식당을 찾고는 했다. 신선한 얼굴을 발굴해 내기 위해서였다. 여점원의 용기 있는 행동에 주변의 시선이 현우에게로 쏟아졌다.

대충 짐작을 한 현우는 솔직히 난감했다. 기획사 대표이긴 했지만 엄밀히 따지면 아직 할리우드에는 기반이 없었다.

"오빠야말로 인기 좋네요."

"인기는 무슨. 약속 때문에 좀 꾸미고 나온 거지. 그리고 이 옷들 전부 네가 사준 거야, 지유야."

"괜히 사줬나 봐요. 아무거나 입게 할걸."

송지유가 살짝 질투를 했다. 오늘 미팅을 위해 현우는 선글라스와 함께 고가의 슈트로 쫙 빼입은 상태였다. 절대 기죽지 말라는 송지유의 배려였다.

현우가 빙그레 웃다가 입을 열었다.

"명함은 줄 수 있지만, 전 한국 기획사 대표이지 할리우드와는 관계가 없습니다. 도움이 되지 못해서 미안하군요."

점원이 살짝 실망한 표정을 했지만 밝게 미소 지었다.

"괜찮아요. 사실 저는 배우 지망생이에요. 앞쪽의 분은 배우이신가요?"

"네. 맞습니다. 한국에서 가수도 하고 배우도 하고 있어요."

"이름이?"

점원이 송지유에게 물었다.

"송지유예요."

"반가워요. 전 에리스 워드라고 해요."

"김현우입니다."

"그 명함 주시겠어요?"

"그러죠."

현우가 명함을 건네주었다. 에리스라는 이름의 배우 지망생이 가게 안으로 사라졌다.

명함을 받고 에리스가 사라지자 주변의 시선이 더 뜨거워지기 시작했다. 현우를 캐스팅 디렉터로 단단히 착각하는 것 같았다.

"이거 곤란한데?"

현우가 쓴웃음을 머금었다. 왠지 모르게 미안하기도 했다.

"저 여자 같아요, 오빠."

송지유가 현우의 팔을 흔들었다. 블랙 톤의 정장을 빼입은 40대 초반의 백인 여성이 현우와 송지유 쪽으로 다가오고 있었다.

"안녕하세요? 마리아 윌슨이에요. 스코필드 회장님께 따로 연락은 받으셨죠?"

현우와 송지유가 자리에서 일어나 악수를 나누었다.

마리아 윌슨. 현우와 송지유를 LA로 데리고 와준 스코필드가 처음으로 약속을 잡아준 미지의 인물이었다.

'어르신도 참 악취미란 말이지. 달랑 이름만 알려줄 뿐이니.'

생각에서 빠져나온 현우가 명함을 건네주었다.

"어울림 엔터테인먼트의 김현우입니다, 마리아 씨."

"송지유입니다."

"호호. 할리우드로 잘 오셨어요. 일단 앉으세요."

세 사람이 자리에 앉았다. 마리아의 등장으로 주변 이목이 더 집중되었다. 몇몇 배우 지망생은 마리아를 아는 눈치였다.

"한국에서 굉장히 유명한 기획사 어울림의 대표님이라고 들었어요. 지유 씨도 한국 최고의 배우라고 하던데요? 유명한 분들을 만나게 되어서 영광이에요."

"과찬이십니다."

현우가 손사래를 치면서도 내심 놀랐다. 역시 단순한 만남이 아닌 것 같았다. 마리아라는 여자는 벌써 현우와 송지유에 대해 조사를 하고 나온 눈치였다.

"회장님께서 준비한 선물, 아직 모르시죠?"

"네. 어르신께서 수수께끼를 좋아하시더군요."

"맞아요. 독특한 분이시죠. 그럼 제가 회장님의 깜짝 선물을 보여 드릴게요."

마리아가 서류 가방에서 무언가를 꺼내 들었다. 그러고는 카페 테이블 위에 올려놓았다.

"헉!"

현우가 하마터면 의자 뒤로 넘어갈 뻔했다. 좀처럼 놀라는 법이 없는 송지유도 눈동자가 커져 버렸다.

후두부를 망치로 가격당한 것 같았다. 얼얼했다. 현우가 카페테라스 테이블 위에 놓인 두툼한 시나리오 초고에 시선을 돌렸다.

"……."

영화를 좋아하는, 아니, 어지간한 사람이라면 누구나 알 법한 영화의 제목이 검은색 잉크로 선명하게 인쇄가 되어 있었다. 현우 역시 어렸을 적부터 이 영화 시리즈의 팬이기도 했다. 익숙했던 영화 제목이 오늘따라 새삼 낯설어 보였다.

"역시 두 분 다 놀라시는군요."

"Galaxy Wars?! oh my god!"

마침 커피를 내오던 점원 에리스가 시나리오 초고의 제목을 확인하곤 그 자리에서 놀라 굳어버렸다. 주변 배우 지망생들이나 작가 지망생들도 동요했다.

'갤럭시 워즈라고?'

현우는 머릿속이 멍했다. 'Galaxy Wars'는 1977년도 에피소드 4로 첫 개봉을 한 영화였다. 지금은 세월이 흘러 많은 사람에게 익숙한 영화가 되었지만, 1977년 개봉과 동시에 할리우드의 근간을 재창조한 영화였다.

할리우드의 수입 구조와 제작 구조를 송두리째 바꾸었으며, 기존의 여러 스튜디오 제작사들의 고전 방식을 깨버린 영화이기도 했다. 당시 CG 기술이 부족해 에피소드 4와 에피소드 5, 에피소드 6 시리즈부터 개봉한 선구적인 영화이기도 했다.

어디 이뿐인가. 미국을 비롯한 서양 지역에서 가장 유명한 오타쿠들이 바로 'Galaxy Wars' 오타쿠들이었다.

1999년부터 다시 에피소드 1과 2, 3 시리즈가 개봉이 되었고, 현재 'Galaxy Wars'는 총 6개의 시리즈로 완결 아닌 완결이 난 상태였다.

그런데 시나리오 초고 겉장에 분명 'Galaxy Wars'라고 선명하게 인쇄가 되어 있었다. 소제목은 'Galaxy Wars: Jedi The Beginning'이었다.

'제다이라고?'

제다이라면 감독인 루이 메키스가 창조한 'Galaxy Wars'의 상징이었다. 은하계의 평화를 수호하며 포스라는 힘을 이용해 광선검을 휘두르는 우주 기사들.

'이거 실화냐?'

현우의 손이 덜덜 떨렸다. 송지유가 조용히 현우의 손을 잡아주었다. 따듯한 온기에 현우가 정신을 차렸다.

평정을 되찾은 현우가 마리아를 정면으로 응시했다.

"이 시나리오가 스코필드 영감님의 선물이라는 말씀입니까?"

"네, 그렇습니다. 내일 정오 12시, 메키스 필름 센터에서 비공개 오디션이 열립니다."

"비공개 오디션요?"

현우가 놀랐다. 메키스 필름은 'Galaxy Wars'의 창시자인 루이 메키스가 창립한 영화 제작사였다. 할리우드 제작사 중 가장 뛰어난 CG 기술을 가지고 있다고 해도 과언이 아닌 곳이었다.

"네. 정식으로 인사드리겠습니다. 메키스 필름 캐스팅 디렉터 팀에서 일하는 마리아 윌슨입니다. 지유 씨를 정식으로 이번 비공개 오디션에 초대하겠습니다."

마리아가 명함과 함께 비공개 오디션 초대장을 내밀었다.

"잠, 잠시만요… 제가 영어가 그렇게 완벽하지는 않습니다. 천천히 설명을 부탁드리겠습니다, 마리아 씨."

"아, 죄송합니다. 이번 스핀오프 시리즈에 Sun film도 총 제작비의 17%를 투자하기로 결정한 상황입니다. 그리고 메키스 감독님께서는 배역에 걸맞는 동양인 여배우를 찾고 있었고요. 때마침 스코필드 회장님께서 지유 씨를 추천해 주셨습니다."

"그렇습니까?"

이제야 이해가 되었다. 할리우드에서도 투자사가 소속 배우를 배역으로 추천하는 건 흔한 일이었다. 물론 오디션을 거쳐야 했지만 말이다.

"하지만 지유는 Sun film과 그 어떤 계약 관계도 아닙니다."

"대표님 말이 맞아요. 특혜는 사양하겠습니다."

손태명이 들었으면 천인공노할 말을 현우와 송지유가 아무렇지도 않게 하고 있었다. 마리아가 새삼 현우를 신기하다는 듯 쳐다보았다.

"이건 엄청난 기회예요. 스코필드 회장님과 어떤 관계인지는 모르지만, 그분께서는 추천을 하신 상황이고, 오디션의 경쟁률은 현재 2,300 대 1입니다. 특혜는 없습니다. 대표님이나 지유 씨한테는 그저 누구에게나 있는 평등한 기회가 주어진 것뿐입니다. 하지만 스코필드 회장님께서 왜 지유 씨를 추천하셨는지 저는 알 것 같네요."

중의적인 의미였다. 마리아가 대놓고 송지유의 전신을 살펴보기 시작했다. 현재 배역을 따내기 위해 수천 명이 넘는 동양권 여배우가 몰려든 상황이었다.

"확실히 배역과 어울리는 부분이 있어요. 제 상사지만 메키스 감독님 스타일이기도 하고요. 물론 배역으로서 말씀을 드리는 겁니다."

"구체적으로 설명을 해주신다면요?"

현우가 물었다. 마리아가 고개를 끄덕여 주었다.

"지유 씨가 만약 오디션을 본다고 결정한다면 오디션을 볼 배역은 아스카 역이에요. 최초의 제다이들이 탄생했던 제다이 사원의 공주 역할이죠. 본인이 제다이인 동시에 모든 제다이들의 어머니이기도 하고요."

"……."

현우는 기가 막혀서 말도 제대로 나오지 않았다. '제다이들의 공주'라니 'Galaxy Wars' 오타쿠들이 환장할 만한 캐릭터였다.

"비중은요?"

"네 명의 주인공 중 한 명입니다."

"……!"

심지어 주연급이었다.

"메키스 감독님께서는 완벽한 동양인 여배우를 찾고 있습니다. 미국 태생이나 미국 이민자 출신은 최대한 사양을 하고 있어요. 동양적인 색채를 최대한 살릴 수 있는 여배우를 찾고 있는 겁니다."

"그렇겠죠."

현우가 고개를 끄덕거렸다. 대학교를 다닐 때 영화에 관심이 많았던 현우였다. 루이 메키스는 세계적인 거장인 스티브 스펠버그와 함께 틀에 박힌 할리우드 스튜디오 제작 시스템을 깨부순 대표적인 감독이었다.

'할리우드 키드'라 불리는 그들은 어렸을 적부터 TV를 통해 일본에서 제작한 '고질라'나 구로사와 아키라 감독의 사무라이 영화를 보며 자랐고, 그 영향을 받았다.

루이 메키스는 훗날, 사무라이의 영향을 받아 제다이를 중심으로 하는 'Galaxy Wars'라는 영화를 탄생시켰고, 스티브 스펠버그도 어렸을 적 쌓았던 이러한 소양들로 수많은 명작을 탄생시켰다. 어떻게 보면 일본 영화를 보며 자란 세대가 할리우드의 부흥을 이끌었다고 해도 과언이 아닐 정도였다.

그런 의미에서 봤을 때 메키스 감독이 오롯한 동양권 출신 여배우를 선호하는 건 당연한 수순이었다.

"지유 씨는 자격이 충분합니다. 시나리오적으로도, 상업 이해적인 관계로 봤을 때도 말입니다."

마리아 역시 캐스팅 디렉터로서 송지유를 보자마자 아스카 공주를 떠올렸다.

"현우 씨도 아시다시피 현재 중국 시장은 할리우드에서 절대 무시할 수 없는 시장이에요. 어쩌면 미국 내수 시장 다음으로 중요한 곳이죠."

"공감합니다."

"미국 내에서도 말들이 많지만 어쩔 수 없다는 걸 대표님은 아시잖아요?"

"그렇죠."

현우가 피식 웃으며 대답했다.

'아는 언니'의 중국 개봉이 결정되었을 때 일부 영화 팬의 반발이 거셌다. 이유는 하나였다. 중국이 싫어서. 하지만 현재 '아는 언니'는 중국에서 1억 관객을 돌파하기 직전이었고, 4,000억이 넘는 수입을 올린 상태였다.

덕분에 중국에 송지유를 뺏겼다고 투정을 부리던 영화 팬들의 불만도 쏙 들어간 상황이었다.

미국 할리우드 역시 치열한 경쟁과 더불어 영화의 제작비가 천정부지로 치솟고 있는 실정이었다. 할리우드의 전성기였던 1980년대나 1990년대처럼 극장을 찾는 미국인들도 점차 줄고 있는 상황에서 제작비로 인한 적자를 메꿀 수 있는 가장 완벽한 시장이 바로 해외 시장이었고, 그게 바로 중국이었다.

할리우드에서 90년대에 쏟아졌던 멜로, 스릴러 등의 다양한 장르가 사라지고 CG를 기반으로 한 SF 영화를 주력으로 제작하는 데에도, 해외 시장과 중국 시장을 겨냥하기 때문이었다.

"미국도 상황은 비슷해요. 보수적인 영화인들하며, 영화 팬들이 시대의 흐름을 읽지 못하고 있어요."

"아스카 공주 역을 놓고 말들이 많겠군요. 워낙 문맹들이 많아서 말입니다."

"문맹요?"

"네. 문화적 맹인 말입니다."

"호호. 재밌는 표현이네요."

현우 역시 한국에서 i2i를 일본에 진출시켜 본 적이 있었고, 송지유 역시 강제로 중국에 진출시킨 상황이었다. 그래서 마리아를 비롯해 메키스 필름 측의 고충을 알 것 같았다.

"네. 인종 차별은 절대 아닙니다만, 오디션에 참가한 배우들 중에 절반 이상이 중국 국적이에요. 설비비도 있어요."

"설비비요?"

현우가 눈을 찌푸렸다.

중국 최고의 여배우 설비비. 비주얼은 훌륭했지만 연기력은 명성에 비해 터무니가 없었다. 그런데도 이미 할리우드 영화에 몇 차례 조연급으로 출연을 한 전적이 있었다. 이유는 그녀가 중국인들에게 많은 인기를 끌기 때문이다.

국내에는 알려져 있지 않지만 내로라하는 한국 여배우들이 할리우드 진출을 꿈꾸고 오디션을 봤다가 떨어진 경우가 수없이 많았다.

전부 플래시즈 엔터의 이기혁 실장이 해준 말이었다.

비주얼도 중국이나 일본 여배우보다 뛰어났고, 연기력도 뛰어났으며, 영어라는 언어를 쉽게 배운다는 이점이 있음에도 말이다. 이유는 간단했다. 자그마한 나라 한국 출신이라는 점 때문이다. 한국에서 동원할 수 있는 관객은 그저 500만에서 1,000만 선, 중국과 비교조차 되지 않았다.

그래서 그리 많지도 않은 할리우드 영화 내 대부분의 배역을 중국 여배우들이 독점을 하고 있는 실정이었다. 할리우드 진출을 꿈꾸고 있는 한국 여배우들이나 기획사 입장에서는 할 수 있는 게 없어 발만 동동 구르고 있었다.

"하지만 지유는 다르죠."

현우가 씩 웃으며 말했다.

"네. 맞습니다, 대표님."

마리아도 현우에게 공감했다.

송지유는 비주얼은 물론이고, 연기력도 검증을 받은 여배우였다. 그리고 한국 출신 여배우가 가지고 있는 치명적인 약점도 존재하지 않았다. 이미 '아는 언니'가 중국에서 흥행을 하며 설비비와 근접한 인기를 얻고 있었기 때문이다.

'중국 강제 진출이 이렇게 득으로 돌아올 줄이야.'

어쩌면 할리우드에 진출한 첫 여배우가 될 수도 있는 상황이었고, 현우는 심장이 터질 것만 같았다.

"시나리오 좀 읽어보겠습니다."

"네, 그러세요."

현우가 송지유에게 시나리오를 건네주었다. 지금이라도 당장 공개 오디션에 참가하겠다고 말을 하고 싶었지만, 할리우드 진출은 쉬운 게 아니었다. 그리고 결정권자는 언제나 송지유였다.

송지우가 다리를 꼰 채로 천천히 시나리오 첫 장을 열었다. 무표정. 이 상황에서도 포커페이스를 유지하는 송지유였다.

'대체 저 오만함은 어디서 나오는 거지?'

현우가 봐도 송지유는 대단했다. 이미 카페의 모든 사람이 대놓고 이곳을 쳐다보고 있을 정도였다.

30분 정도 시나리오를 살펴보던 송지유가 테이블 위에 시나리오 초고를 내려놓았다.

"이미 한국에서는 탑스타라고 들었어요. 오디션에서의 결과를 장담할 수는 없지만, 충분히 도전할 만한 일이라고 생각해요. 만약 오디션에서 떨어진다고 해도 한국에서의 명성에 금이 가는 일은 없을 거예요."

마리아 역시 자부심이 대단했다.

'하긴 Galaxy Wars니까.'

송지유가 조용히 선글라스를 썼다.

"명성은 신경 안 써요. 다만 시나리오의 완성도가 신경이 쓰일 뿐이에요. 제다이로서의 역할이 더 부각되었으면 하는 아쉬움이 있어요. 더 이상 CG 기술로만 영화의 완성도를 끌어올리는 시대는 지났잖아요?"

송지유의 분석이었다.

"……."

마리아가 잠시 말이 없었다. 중국 최고 여배우 설비도 한 차례 접고 들어온 영화가 'Galaxy Wars'였다. 그런데 한국의 여배우는 달랐다. 일생일대의 기회가 분명함에도 여배우 특유의 고고함이 풍겨났다.

"시나리오는 아직 초고예요. 배역이 결정되면 대대적으로 수정이 될 겁니다."

"정말인가요?"

"네, 지유 씨."

전세가 역전된 상황이었다. 마리아가 송지유를 설득하는 분위기에 현우는 헛웃음만 났다. 확실히 대스타 송지유다웠다.

"지유, 그 역 오디션 봐요. Please!"

구경을 하고 있던 에리스를 비롯해 주변에서 귀를 기울이고 있던 배우 지망생들은 애가 탔다. 무려 'Galaxy Wars'였다. 엑스트라로 출연을 해도 배우 이력에 엄청난 한 획을 그을 수 있는 기회였다.

송지유가 꼬고 있던 다리를 풀었다.

"좋아요. 오디션에 참여하겠어요."

송지유의 결정에 에리스를 비롯한 배우 지망생들이 환호성을 질렀다. 현우가 조용히 자리에서 일어나 골든 벨을 흔들었다.

와아아! 현우가 골든 벨을 울리자 환호가 쏟아졌다. 가난한 배우 지망생들과 작가 지망생들이 저마다 식사며 커피를 주문하기 시작했다.

"통 크시네요, 대표님."

"네. 제가 hot guy이긴 하죠."

현우의 농담에 송지유도 풋, 하고 웃었다. 현우도 성글벙글 기쁨을 숨기지 못했다.

"그렇게 좋아하지 말아요. 못 들었어요? 경쟁률 2,300 대 1이래요, 오빠."

"천하의 송지유가 오디션에서 질 것 같아? 아니, 절대!"

현우의 호언장담에 송지유는 그저 웃기만 했다. 그러다 커피를 한 모금 마신 후에 입을 열었다.

"오빠."

"응?"

"손 부인한테 전화 안 해요?"

"아! 해야지!"

현우가 급히 핸드폰을 꺼내 들었다.

—어, 왜?

"태명아! 사랑한다! 좋은 소식이야!"

—야! 이 미친! 여기 SBC 회의실이야!

"어?"

ㅡ아, 아닙니다. 현우가 술을 좀 마신 모양입니다. 가 아니라, 그 뭐지? 야! 해명이 안 되잖아, 인마!

손태명이 급히 전화를 끊었다.

회의실에 모여 앞으로의 일정을 구상하고 있었는데, 순간 분위기가 얼어붙었다. 작가들과 스태프들이 손태명을 의심스러운 눈빛으로 쳐다보고 있었다.

"그, 그게 우리 손 실장님 여자 진짜 좋아해요. 환장하는데."

엘시가 해명을 했지만 오히려 더 의혹을 불러올 뿐이었다.

손태명이 얼른 안경을 고쳐 썼다.

"해명하겠습니다."

"존중합니다, 실장님."

오창현 피디가 진지하게 위로를 했다. 손태명의 얼굴이 붉어졌다. 그리고 얼른 다시 전화를 걸었다.

"김현우! 뭔데? 갑자기?"

ㅡ하하! 우리 지유 할리우드에서 오디션 본다!

"오디션?"

손태명의 표정이 굳었다.

"싸우나 봐?"

여자 작가들이 수군거리는 게 신경이 쓰였지만 손태명은 개의치 않았다. 이렇게 현우가 들뜬 모습을 본 적은 딱 한 번이었다. 송지유가 '무모한 형제들'에 첫 출연을 했을 때였다.

―태명아.

"응, 말해."

―지유 'Galaxy Wars' 여주인공 역할 오디션 제의 들어왔다!

"……"

손태명이 툭, 핸드폰을 떨어뜨렸다. 배터리와 분리된 핸드폰이 회의실 바닥에 굴렀다.

"헤어지자고 하나 봐……."

"그런가? 쉿, 전화 끊는다."

여자 작가들이 얼른 모른 척 신경을 껐다.

"뭔데요, 뭔데?"

엘시가 호기심을 이기지 못하고 물었다. 멍하게 서 있던 손태명이 조용히 입을 열었다.

"지유, Galaxy Wars 오디션 본단다."

"네에!?"

엘시를 비롯해 드림걸즈 멤버들도 그대로 굳어버렸다. 오창현 피디도 두 귀를 의심했다. 그도 어렸을 적부터 소문난 'Galaxy Wars' 팬이었기 때문이다.

"피디님."

"네, 네? 네! 엘시 씨."

"송지유, 제가 꼭 게스트로 초대할게요. 할리우드 오디션 본 썰! 오키?"

엘시가 전의를 불태웠다. 엘시와 드림걸즈 멤버들도 덩달아 희망에 부풀었다.

＊　　　＊　　　＊

거대한 스튜디오들이 연이어 몰려 있는 촬영 단지. 드넓은 단지 안엔 온갖 스튜디오를 비롯해 배우들이 사용하는 트레 일러가 줄지어 서 있었다.

"후우… 이게 할리우드인가?"

현우는 송지유가 LA 쇼핑몰에서 골라준 선글라스를 내리 며 감탄을 했다. 장삼우 감독 사단과 촬영을 하면서 선진 영 화 시스템을 어느 정도 겪어보긴 했지만, 여긴 정말이지 압도 적이었다.

"이게 다 얼마일까?"

특수촬영을 위해 지어진 스튜디오가 한두 개가 아니었다. 한국에서는 쉽사리 찾아볼 수 없는 그런 기술력의 총아가 눈 앞에 펼쳐져 있었다.

송지유는 선글라스를 쓴 채로 대본에 집중하고 있었다. 그

사이 낡은 승용차가 주차장에 세워졌다.

"데려다줘서 고마워요, 에리스."

차 키를 뽑으며 에리스가 뒷좌석 쪽으로 고개를 돌렸다.

"천만에요. 지유가 오디션에 붙는다면 나야말로 영광 아닐까요?"

"부담은 주지 말아요, 에리스."

송지유가 살짝 웃으며 대답했다. 에리스가 두 손을 모았다.

"미안해요. 집중하는 데 방해됐죠?"

"그 정도는 아니에요."

"오디션 잘하고 와요. 이건 일생일대의 기회니까요. 그리고 지유! 나랑 사진 한 장 찍을래요?"

"사진 말입니까?"

현우가 피식 웃으며 물었다. 에리스는 진지했다.

"당연하죠. 'Galaxy Wars' 오디션에 붙으면 주연배우가 될 테고, 세계적인 스타가 되는 건 금방이에요. 두 사람 다 알죠? 여긴 할리우드잖아요. 꿈이 현실이 되는 곳."

"그렇긴 하죠."

"셋이서 같이 찍어요."

에리스가 핸드폰으로 찰칵, 셀카를 찍었다.

"잘하고 와요! 기다리고 있을게요!"

에리스가 마지막으로 현우와 송지유를 응원했다.

"가자, 지유야."

현우와 송지유가 낡은 승용차에서 내렸다. 그때였다. 검은색 리무진 한 대가 주차장에 들어섰고, 현우 일행의 승용차 바로 옆쪽에 주차를 했다. 뒤이어 매니저 여러 명과 함께 여배우 한 명이 내렸다.

머리부터 발끝까지 온갖 명품으로 도배를 한 상황이었다.

"설비비네."

현우가 중얼거렸다.

설비비 측의 매니저들이 일제히 송지유를 쳐다보았다. 그러더니 급히 시선을 돌렸다.

설비비가 선글라스를 쓴 채로 송지유를 정면으로 응시했다. 송지유도 슥, 팔짱을 끼고는 설비비의 시선을 피하지 않고 있었다.

수수한 차림의 송지유와 화려하기 짝이 없는 설비비가 마치 흑과 백처럼 대비를 이루고 있었다.

"……."

"……."

묘한 분위기가 연출되었다. 설비비 측 매니저들도 험악한 표정을 지은 채 현우를 쳐다보고 있었지만 현우는 조용히 웃고만 있었다.

"오빠, 우리 중국에서 뭐 잘못한 거 있었어요?"

송지유가 조용히 물었다. 현우가 어깨를 으쓱했다.

"있지, 잘못."

"네?"

"지유 네가 중국에서 엄청 잘나가고 있다는 게 잘못이라면 잘못이겠지."

현우의 가벼운 농담에 송지유가 살짝 웃었다.

농담 섞인 말이었지만 뼈가 있는 말이었다. 상해 프로모션을 계기로 송지유가 중국 내에서 엄청난 인기를 끌기 시작했다. 그와 동시에 특이한 현상이 벌어지고 있었는데, 절대적인 인기를 누리던 설비비가 송지유의 등장으로 인해 욕을 먹고 있었다.

화류 영화사의 밍밍의 의견에 의하면 수수하고 인간적인 탑스타 송지유에게 중국인들이 매력을 느끼면서, 그간 중국 재벌 2세들과의 스캔들과 더불어 사치의 대명사로 불리던 설비비에게 반감을 갖기 시작했다는 것이다.

그러니 설비비 측에서 송지유에게 반감을 갖고 있는 건 어쩌면 당연한 일이었다.

결국 설비비가 먼저 현우와 송지유 쪽으로 걸어왔다. 그리고 송지유를 지나쳐 현우의 앞에서 멈춰 섰다.

선글라스를 벗자 매혹적인 설비비의 얼굴이 드러났다. 화사한 웃음과 함께 설비비가 현우에게 손을 내밀었다.

"어울림 엔터테인먼트 김현우 대표님이시죠? 잘 알고 있어요, 설비비예요."

뜻밖의 친절이었다. 대충 의미를 파악한 현우가 손을 잡았다.

"실제로 보니 더 잘생기셨네요. 근데 왜 애인이 없죠. 한국 여자들은 다 눈이 높은가요? 중국어는 못하시죠? 안녕하세요, 맞나요?"

어설픈 한국말까지 구사한 설비비가 현우에게 잔뜩 눈웃음을 흘렸다. 팔짱을 끼고 있던 송지유가 스륵, 팔을 풀더니 현우의 팔을 흔들었다.

"왜, 지유야?"

"갑자기 추워졌어요. 옷을 너무 얇게 입었나 봐요."

"그랬어?"

LA 근교의 스튜디오 단지는 해가 쨍쨍했다. 물론 바람이 조금 강하게 불기는 했다. 현우가 반사적으로 슈트 상의를 벗어 송지유의 어깨에 걸쳐주었다. 송지유가 현우의 앞을 살짝 가로막았다.

말이 끊긴 설비비가 송지유를 정면으로 쳐다보았다. 송지유가 다시 팔짱을 꼈다.

"송지유예요, 반가워요."

영어였다.

"길 좀 비켜줄래요? 오디션 봐야 해서."

영어를 알아듣지 못한 설비비가 고개를 갸웃거렸다. 설비비의 매니저가 급히 통역을 해주었다. 순간 설비비의 표정이 변했다. 곧장 설비비도 입을 열었다.

"안녕? 난 설비비야. 알고 있지? 그런데 당신도 오디션 보러 온 거야? 난 동네 구경 온 줄 알았지. 옷차림이 여배우치곤 너무 평범해서."

설비비의 매니저가 영어로 통역을 해주었다. 하지만 송지유는 태연했다. 설비비의 매니저들도 두 여배우 간의 기 싸움에 이러지도 저러지도 못하고 있었다.

평소라면 사전에 차단을 했을 현우도 송지유를 지켜보기로 했다. 솔직히 걱정이 되지 않았다. 정식 데뷔 전에도 S&H 소속 걸 그룹 핑크플라워를 들이받았던 송지유였다.

'설비비가 상대를 잘못 고른 거지.'

독종 중의 독종이 송지유였다. 중국 여자들이 기가 세기는 했지만, 한국 여자들은 특유의 강단이라는 것이 있다.

송지유가 태연한 표정으로 입을 열었다.

"그쪽도 오디션 보러 온 건가요? 몰랐어요. 화보라도 찍으러 온 줄 알았는데."

설비비의 매니저가 동시통역을 했다. 설비비가 그럼 그렇지, 하는 표정으로 도도함을 내뿜기 시작했다.

"근데 오디션은 볼 수 있겠어요?"

송지유의 말은 아직 끝나지 않았다. 순진한 설비비의 매니저가 얼른 통역을 했다. 설비비가 또 고개를 갸웃했다. 그리고 송지유가 결정타를 날렸다.

"여기 대본 전부 영어인데?"

송지유가 손에 들고 있던 대본을 보여주며 말했다. 설비비의 매니저가 하얗게 질려 버렸다. 설비비의 재촉에 매니저가 기어들어 가는 목소리로 통역을 했다.

"너!?"

순간 설비비의 얼굴이 붉어졌다. 그리고 송지유를 노려보기 시작했다. 송지유 역시 물러서지 않고 선글라스를 벗었다. 그리고 똑같이 설비비를 노려보았다.

"난 당신한테 관심 없어. 그러니까 당신도 나한테 관심 가지지 마. 그리고 내 남자한테 한 번만 더 손대기만 해. 절대 가만 두지 않겠어. 부숴 버릴 거야."

송지유가 싸늘하게 쏘아붙였다. 설비비도 알 수 없는 중국어로 표독스럽게 맞받아쳤다.

송지유의 한국어를 알아들은 현우만이 입을 떡, 벌리고 서 있었다.

"내, 내 남자?"

              *   *   *

　캐스팅 디렉터 마리아 윌슨이 해주었던 말은 전부 사실이었다. 'Galaxy Wars'의 비공개 오디션 대기실에는 절반 이상이 중국 출신 여배우들이었다.

　대기실이 온통 중국어로 시끌벅적했다. 그중에서도 설비비는 여왕 대접을 받고 있었다. 혼자 넓은 공간을 떡하니 차지하고는 여유롭게 대본을 읽고 있었다.

　한국 연예인 출신 배우는 송지유가 유일했다. 중국 쪽을 염두에 두고 아예 전부 포기를 해버린 것 같았다.

　유학생 출신이나 교포 출신 한국 배우 지망생들이 현우와 송지유의 곁으로 몰려들었다. 그래 봤자 겨우 몇 십 명밖에 되지 않는 수준이었다.

　다들 상황을 알고 있었기에 한국 출신 배우 지망생들은 송지유에게 큰 기대를 걸고 있었다.

　"지유 씨가 꼭 되었으면 좋겠어요. 중국 애들 보세요. 자기네들 안방도 아니고 시끄러워 죽겠어요."

　"설비비 좀 봐요. 혼자서 공간도 다 차지하고… 정말."

　유학생 출신 배우 지망생들이 현우에게 툴툴거렸다. 시끄러워서 집중도 제대로 되지 않았다. 다른 오디션 장소도 사정은 별반 다르지 않을 것 같다는 생각이 들었다.

한국 출신 배우 지망생들의 하소연을 들어주던 현우가 송지유를 살펴보았다. 다들 불만을 터뜨리고 있었지만, 사실 가장 불리한 상황에 놓인 건 송지유였다.

'오디션 하루 전날에 대본을 받았으니 말 다한 거지.'

현우는 내심 송지유가 걱정스러웠다.

하지만 송지유는 밤도 새워가며 대본을 손에서 놓지 않고 있었다. 무엇보다 방금 전에 설비비와 충돌한 이후로 눈빛이 달라져 있었다.

독기가 충만했다. 구석에 쪼그려 앉아 독기를 뿜어내었다. 현우가 배우 지망생들을 간단하게 격려해 주고 송지유에게로 다가갔다.

"지유야."

"……"

"지유야, 네 남자 왔다."

"네?"

송지유가 현우를 올려다보며 얼굴을 붉혔다. 그러고는 현우를 째려보았다.

"놀리는 거예요? 이 상황에서?"

현우가 송지유의 어깨 위에 손을 올렸다. 독기로 충만하던 송지유의 눈빛이 조금은 누그러졌다. 현우가 같이 쪼그려 앉아 송지유와 눈을 맞췄다.

"긴장 풀자. 그리고 오디션 떨어져도 괜찮아. 썩 좋아하는 말은 아니지만 아프니까 청춘이라는 말도 있잖아?"

"아프면 환자겠죠. 그리고 나는 오디션 떨어져도 괜찮아요. 하지만 오빠 위상이 떨어지는 건 내가 가만히 못 봐요."

백전백승 불패의 청년 사업가로 불리는 현우였다. 전혀 신경은 쓰지 않고 있었지만 송지유가 그렇게 말을 해주니 고마웠다. 현우가 빙그레 웃었다.

"그래, 네 남자니까."

"진짜 느끼해요. 그리고 누가 들으면 어떻게 하려고 그래요?"

"상관없어."

"정말요?"

송지유의 눈동자가 부드러워졌다. 그리고 그때였다. 대기실의 문이 열리고 메키스 필름 측의 직원이 들어왔다.

"호명하시는 분은 저를 따라오시면 됩니다. 대한민국 부산 출신 송지유 씨. 그리고 중국 청도 출신 설비비 씨."

현우가 쓴웃음을 머금었다. 운명의 장난도 아니고 설비비와 송지유가 같은 조에 속해 있었다.

대기실에 정적이 흘렀다. 은연중에 설비비와 송지유를 두고 중국 여배우들과 한국 출신 배우 지망생들 사이에서 신경전이 벌어지고 있었기 때문이었다.

"차라리 잘됐어요. 설비비 재, 발 연기로 유명하잖아요."

송지유가 다시 독기를 품기 시작했다.

"매니저분들도 함께 오셔도 됩니다. 다만 오디션 장소 지정 석에서 조용히 참관만 가능합니다. 소란을 피우시거나 배우 분들의 연기에 방해가 된다면 즉시 퇴장 조치 하겠습니다."

직원이 차분히 설명을 했다. 현우가 송지유의 어깨를 감싸 며 대기실을 나서려 했다. 그런데 설비비 측이 먼저 현우의 어 깨를 치고는 대기실을 빠져나갔다.

신경전이었다. 화가 날 법도 했지만 현우는 그냥 웃고 말았 다.

"지유야."

"응."

"부숴 버리고 오자."

"그래요."

현우와 송지유가 뒤이어 대기실을 나섰다.

*   *   *

복도를 지나 두툼하고 단단해 보이는 문 앞에서 직원이 멈 추어 섰다.

"열어드리겠습니다."

직원이 짤막한 영어와 함께 스튜디오의 문을 열었다.

"오오!"

설비비의 매니저 한 명이 감탄을 터뜨렸다. 특수촬영을 위해 스튜디오 안에 일종의 세트가 만들어지고 있었다. 마치 오래된 고대 우주의 행성에 와 있는 것 같았다.

세트에 정신이 팔려 있는 설비비의 매니저들과 다르게 현우는 메키스 필름 측의 의도를 파악해 내려 애쓰고 있었다. 세트는 폐허 느낌이 풍겼다. 허름한 고대 건축물이 지어지고 있었다.

순간 한 가지 생각이 스치고 지나갔다. 오늘 오디션은 네 명의 주연 중 한 명인 아스카 공주 역의 오디션이었다. 아스카 공주는 태초의 제다이이자 제다이들의 공주이기도 한 인물이었다.

"지유야, 여기 아무래도 제다이 사원 같다. 참고해 둬."

"알았어요. 고마워요, 오빠."

송지유가 고개를 끄덕이며 말했다. 역시 최고의 매니져는 현우였다.

"가서 하고 싶은 거 다 하고 와. 무슨 말인지 알지?"

"알았어요."

현우가 마지막으로 송지유의 어깨를 두들겼다. 송지유가 미소와 함께 현우에게서 멀어졌다.

*　　　*　　　*

현우는 지정석에 앉아 깍지를 낀 채로 오디션을 지켜보기 시작했다. 심사위원 중에는 메키스 필름의 마스터 캐스팅 디렉터 마리아 윌슨을 비롯해 여러 많은 관계자가 보였다.

그리고 그 앞으로는 송지유와 설비비, 그리고 중국 출신 여배우 2명이 서 있었다.

'뭐지? 왜 시작을 안 해?'

오디션이 지체되고 있었다. 현우가 의문을 가지던 찰나, 반대편 문이 열리고 한 인물이 등장했다. 새하얀 수염이 인상적인 인물의 등장에 현우가 헉, 숨을 들이켰다.

'미친!'

'Galaxy Wars' 시리즈의 아버지이자 할리우드의 전설적인 거장 루이 메키스가 직접 등장을 한 것이었다.

순간 오디션 장소가 얼어붙었다. 거장이 느닷없이 등장을 했기 때문이었다. 현우가 슥 옆자리를 살펴보았다. 설비비 측 매니저들이 회심의 미소를 짓고 있는 게 눈에 보일 정도였다.

'설비비를 보러 온 건가?'

충분히 의심을 해볼 만했다. 설비비의 매니지먼트는 중국 최고의 엔터테인먼트 기업이었고, 근래에는 할리우드 영화들에 투자를 하면서 큰 영향력을 행사하고 있는 실정이었다.

'뻔하고 흔한 결말은 사양하겠어. 여긴 할리우드라고.'

한국이나 중국이었다면 경제적 논리로 모든 것들이 귀결되겠지만 할리우드는 에리스 같은 카페 아르바이트생도 단숨에 스타가 되는 곳이었다. 그야말로 기회의 땅.

그사이 루이 메키스 감독이 심사위원석 중앙으로 앉았다. 그러고는 깍지를 낀 채로 찬찬히 배우들을 살펴보았다. 그의 시선이 송지유를 지나쳐 설비비에게로 향했다.

"설비비 씨군요."

"네. 반가워요, 메키스 감독님."

"좋습니다. 그럼 오디션을 시작하겠습니다. 첫 번째 오디션은 자유 연기입니다. 지금부터 설비비 씨는 아스카 공주입니다. 그 옆에?"

"송지유입니다."

"그래요. 송지유 씨는 샤이라 역을 해봅시다."

송지유는 표정의 변화가 없었다. 반면 설비비는 환한 미소를 머금고 있었다.

"……"

현우의 표정이 굳었다.

설비비가 아스카 공주 역을 연기하는 반면, 송지유가 맡은

역은 아스카 공주의 시녀인 샤이라 역할이었다. 한 마디로 말하자면 조연이었다.

'지유보고 시녀 샤이라 역할을 연기해 보라고?'

현우의 표정이 좋지 못했다. 반면에 설비비의 매니저들은 벌써 오디션에 합격이라도 한 것처럼 기뻐하고 있었다.

오디션 시작부터 설비비는 주연인 아스카 공주 역할이, 송지유에게는 샤이라 역할이 주어졌다. 내색은 하고 있지 않지만 현우는 속이 쓰렸다.

'차이나 머니를 무시할 수 없다 이건가? 그래도 지유를 믿어보자.'

지금 상황에서 믿을 수 있는 건 오직 송지유의 타고난 연기력과 순발력뿐이었다. 그사이 설비비와 송지유가 서로를 마주 보며 자유 연기를 시작했다.

설비비가 한 손에 대본을 든 채로 송지유를 한껏 내려다보았다. 오만함이 가득한 자세였다.

"샤이라, 목욕물은 제대로 준비해 놓은 거니?"

설비비가 먼저 연기를 펼쳤다. 현우가 픽 웃어버렸다. 공주라는 역할을 십분 활용해 자유 연기를 시작했고, 동시에 송지유를 찍어 누르려 하고 있었다.

'지유를 엿 먹이겠다는 거지?'

솔직히 말하면 가소로웠다. 절대 설비비의 의중대로 끌려갈 송지유가 아님을 현우는 잘 알고 있었다.

그리고 송지유의 눈빛과 표정 모든 것이 시녀 역할인 샤이라로 변했다. 송지유 본연이 가지고 있는 색깔을 억누르고 있는 것이었다.

송지유가 고개를 살짝 숙이며 입을 열었다.

"공주님, 목욕물은 원하시는 대로 준비를 해놓았어요. 그전에 제다이 마스터들과 공화국의 의원들이 공주님을 뵙기를 청하고 있어요."

"그래? 그럼 들어오라고 해."

"공주님, 그들을 모두 만나지 마세요."

느긋했던 설비비가 갑작스러운 송지유의 만류에 살짝 당황하는 것이 보였다. 'Galaxy Wars' 세계관은 은하 연합체인 공화국과 분리 주의자 간 대립이 시작점이라고 할 수 있었다.

"…왜지?"

당황한 설비비가 얼떨결에 송지유에게 주도권을 넘기고 말았다. 송지유는 연기에 몰입해 있었다.

"분리 주의자들은 오랜 시절부터 우주 어느 곳에든 있었어요. 제다이들과 공화국의 의원들도 이제는 복수에 눈이 멀었어요. 복수를 위한 분리 주의자들과의 전쟁은 더 큰 악을 불러올 뿐이에요. 공주님, 제다이 마스터들 일부는 공주님의 정책에 불만을 가지고 있어요. 차라리 그를 부르세요. 그러면 공주님을 이해할 수 있을 거예요."

"그, 그자가 누구지?"

너무 당황한 설비비가 무심결에 중국어를 내뱉고 말았다.

'쥬다를 말하는 거야.'

현우의 시선이 루이 메키스 감독에게로 향했다. 루이 메키스 감독이 의미심장한 눈빛을 머금은 채로 너털웃음을 흘리고 있었다.

'역시 지유가 지유 했구나.'

현우가 송지유를 지켜보며 질려 버렸다. 'Galaxy Wars' 시리즈의 핵심적인 줄기를 가지고 연기를 펼친 것이다.

"내가 네 말을 어떻게 신뢰할 수 있지?"

설비비의 발악이었다. 설비비가 안타까울 정도였다. 송지유, 아니, 샤이라가 신념 가득한 눈동자로 설비비를 올려다보았다.

"제 아버지는 클론 전쟁에서 분리 주의자들에게 목숨을 잃으셨어요. 그리고 저는 공주님의 파다원이니까요. 충분히 말씀을 올릴 자격이 있다고 생각해요."

"……"

제다이의 파다원이라는데 설비비도 더 이상 할 말이 없었다.

'클론 전쟁도 알아?'

더 놀란 건 현우였다. 밤새 호텔 방에서 나오지 않더니 아마 'Galaxy Wars' 시리즈 전체를 모두 공부한 것 같았다.

'포기해라, 설비비.'

이미 송지유에게 연기력이나 분석력에서 압도를 당한 상태였다. 하지만 현우의 바람과 달리 설비비가 물러서지 않았다.

"샤이라, 그럼 그를 불러와."

"누구를 말씀하시는 거죠?"

송지유가 반문했다. 설비비의 매니저들이 얼굴을 붉히며 중국어로 욕을 쏟아냈다.

"정숙하시죠. 아니면 사전에 공지한 대로 퇴장 조치 하겠습니다."

메키스 필름의 직원이 얼굴을 찌푸렸다.

"마스터 쥬다, 마스터 라윈두 두 분 중에 누굴 들라 할까요?"

쥬다라면 비교적 온건파에 속하는 제다이 마스터였고, 라윈두는 분리 주의자들에게 잔혹하기로 유명한 급진파 중의 급진파였다.

"마스터 라윈두를 들라고 해."

"그분을요? 하지만 마스터 라윈두는 공주님의 온건 정책에 불만을 가지고 있는 자예요. 왜 하필 그분을……?"

"내, 내가? 그랬었나?"

설비비의 영혼이 반쯤 가출을 한 상태였다. 현우가 씩 웃고 있었다. 역시 독종 중의 독종 송지유다웠다.

이번 스핀오프 시리즈에 등장하는 아스카 공주는 제다이들의 숨겨진 상징적 존재이면서도 은하 공화국을 탈퇴하겠다는 분리 주의자들의 존재를 인정해 줘야 한다는 입장이었다.

즉, 설비비가 제대로 실수를 한 것이다. 설비비는 'Galaxy Wars' 시리즈의 줄기를 전혀 이해하지 못하고 있었다. 어디 그뿐인가. 짧은 영어 실력 때문에 이번 'Galaxy Wars'의 시나리오 초고도 완벽하게 이해를 하지 못한 상황이었다.

"이제 됐습니다."

설비비가 뭐라 입을 열려는 순간, 루이 메키스 감독이 자유 연기를 중단시켰다.

뒤이어 다른 중국 여배우들도 자유 연기를 펼쳤지만 솔직히 현우도 그다지 눈이 가지는 않았다. 송지유가 홀로 존재감을 뿜어내고 있었기 때문이었다.

그렇게 네 여배우의 자유 연기가 끝이 났다. 루이 메키스 감독이 자리에서 일어났다. 그리고 주머니에서 손을 빼고는 입을 열었다.

"송지유 씨라고 했습니까?"

"네, 감독님."

"그래요. 송지유 씨와 매니저분만 남고 전부 나가주셨으면 합니다. 고생들 했어요."

루이 메키스 감독의 말에 현우가 씩 웃었다.

'그렇지! 지유를 몰라보면 절대로 거장이 아니지! 루이 메키스!'

긴장감이 일시에 풀리며 다리에 힘이 빠졌다.

숨을 고르며 현우가 설비비를 살펴보았다. 입술을 깨물며 설비비가 분한 감정을 감추지 못하고 있었다. 매니저들이 급히 설비비의 어깨를 부여잡고 오디션 장소를 벗어났다.

오디션장에 송지유와 현우 단 둘만이 남아 있었다. 그리고 마스터 캐스팅 디렉터인 마리아 윌슨이 현우를 향해 눈을 찡긋해 보였다.

*　　　*　　　*

오디션장 안에 잠시 정적이 어렸다.

"……"

루이 메키스 감독은 가만히 앉아서 송지유를 빤히 쳐다볼 뿐 별다른 말이 없었다.

당황스러울 법도 했지만 송지유도 가만히 서서 루이 메키스 감독의 시선을 피하지 않았다.

현우는 루이 메키스 감독의 의중을 파악하고 있었다.

'지유를 보면서 아스카 공주랑 자신이 생각하는 장면들을

대조해 보는 것 같은데?'

김성민 감독으로부터 비슷한 말을 들은 적이 있었다. 감독들이 괜히 특정 배우를 '뮤즈'라 부르며 선호하는 게 아니었다.

"음."

루이 메키스 감독이 턱수염까지 쓰다듬으며 생각에 잠겨 있었다. 그러다 탁, 의자를 박차고 자리에서 일어났다.

"올해 나이가 어떻게 됩니까?"

"21살입니다. 미국 나이로는 20살이에요."

"오호. 생각보다 훨씬 어리군요."

"감독님, 나이도 어리고 동양인들은 잘 늙지 않잖아요. 오래오래 시리즈에 등장시킬 수 있지 않을까요?"

마리아 윌슨이 의견을 제시했다.

'오케이! 잘한다!'

현우는 마리아에게 고마웠다. 하지만 마리아의 분석은 틀린 게 아니었다. 보통 'Galaxy Wars' 시리즈는 촬영에만 몇 년이 소비되는 대작이었다. 확실히 송지유의 어린 나이는 장점이었다.

"으음."

루이 메키스 감독이 책상에 놓여 있던 라이트 세이버를 집어 들었다. 그리고 송지유에게로 다가가 광선검을 쥐어주었다.

"한번 내가 제다이라고 생각하고 휘둘러 봐요."

루이 메키스 감독을 보며 현우가 피식 웃었다.

'나 같아도 궁금하지. 광선검을 든 모습이 어떤 모습일지.'

전 세계적으로 수많은 오타쿠를 이끌고 있는 감독다웠다. 그 역시 엄밀히 따지면 오타쿠 출신이었다.

송지유가 태연한 표정으로 광선검을 쥐었다.

위잉! 광선검이 굉음을 토해내며 파란색으로 물들었다. 그에 맞추어 루이 메키스 감독이 손을 들어 신호를 보냈고, 오디션장이 어둠에 잠겼다.

위잉! 위잉! 송지유가 이리저리 광선검을 휘둘렀다. '아는 언니'를 위해 6개월 넘게 스턴트 액션을 비롯해 검술까지 배운 송지유였다. '아는 언니'의 하이라이트 장면이었던 부분을 송지유가 광선검을 든 채로 똑같이 펼쳤다.

고난이도 스턴트 액션이 연속으로 펼쳐졌다. 바닥을 구르는 낙법부터 시작해서 송지유가 허공 높이 광선검을 던졌다가 점프를 하며 다시 받았다. 긴 머리카락이 휘날리며 일종의 검무가 펼쳐졌다.

'여기서 스턴트 액션이 빛을 발하는구나. 감사합니다, 장삼우 감독님.'

문득 장삼우 감독에게 고마워졌다.

'아는 언니'의 한 장면을 연기한 송지유가 광선검을 돌리며 품으로 갈무리했다. 그러고는 천천히 걸어가 광선검을 루이 메키스 감독에게 내밀었다.

"포스가 함께하길."

'Galaxy Wars'의 대표적인 대사 중 하나였다. 송지유의 한마디에 루이 메키스 감독은 오디션장이 떠나갈 듯 크게 웃었다.

"좋습니다. 아주 훌륭합니다."

짝. 짝. 짝. 루이 메키스 감독이 만족스러운 표정으로 박수를 쳤다. 마리아 윌슨과 캐스팅 디렉터들 그리고 관계자들도 박수를 쳤다.

그제야 송지유도 웃었다. 루이 메키스 감독이 송지유의 어깨를 두들겼다. 그렇게 현우와 송지유의 'Galaxy Wars' 오디션은 끝이 났다.

*　　　*　　　*

―어떻게 됐어?

숙소로 돌아오자마자 손태명으로부터 국제전화가 걸려왔다.

"다른 건 몰라도 지유가 설비비 쳐 발라 버렸다."

―그래?

"지유 성격 알잖아. Galaxy Wars를 가지고 설비비를 두드려 패던데?"

―안 봐도 비디오네. 그래서 지금 어딘데?

"지금? 에리스라고 미국 친구네 집?"

현우가 자그맣고 낡은 집 안을 둘러보며 대답했다. 송지유는 식탁에서 코코아를 마시고 있었고, 에리스는 열심히 요리를 하고 있었다.

―미친. 가서 또 친구 만들었냐? 하여간 넌 진짜 오지에 갖다 버려도 살아남을 놈이야.

"잘 아네."

―그래서 오디션 결과는 언제 나오는데?

"내일이나 모레쯤 나올 거야."

―후우. Galaxy Wars 여주인공 역할이라고? 난 아직도 믿기지가 않아, 현우야. 오디션에 붙기만 하면 대한민국이 뒤집어질 거야.

"그렇겠지."

'Galaxy Wars'는 세계적인 대작이었다.

한류를 일으키며 아시아권에서는 절대적인 영향력을 행사하고 있었지만 지금까지 할리우드나 빌보드에 진출해서 오롯한 족적을 남긴 한국 연예인은 단 한 명도 없었다.

'아시아의 문화 강국'이라는 명성이 무색했다. 하지만 송지유가 캐스팅이 된다면? 대한민국 연예계 역사에 길이길이 남을 대사건이자 업적이었다.

—현우, 네가 중국을 고집했던 이유를 이제야 알 것 같다. 우리 사실 욕도 많이 먹었잖아.

"운이 좋았지."

—아니지. 가만히 생각해 보면 그 운도 결국 현우 네가 만든 거나 다름없어.

손태명의 말에 현우가 픽 웃었다.

"왜 이래, 평소답지 않게?"

—네 차 내가 탄다.

"미쳤냐? 지유야, 태명이가 내 차 탄다는데?"

오물오물 작은 입으로 토스트를 뜯고 있던 송지유가 고개를 끄덕였다.

"타라고 해요. 우리 오빠가 타기에는 이제 너무 저렴한 차니까."

—하아… 현우 차가 저렴하다고? 이번에는 또 뭘 사주려고… 나도 진짜 지혜나 잘 키워야지. 서러워서 살겠냐?

손태명의 엄살에 현우와 송지유가 동시에 웃었다. 송지유가 현우로부터 핸드폰을 뺏었다.

"한국 돌아가면 태명 오빠도 차 한 대 뽑아줄게요."

—나도?

"싫으면 말아요."

—아니야! 당연히 고맙지. 고맙다, 지유야.

"알았어요."

송지유가 다시 핸드폰을 현우에게 내밀었다.

"새벽에 어디 산을 가서 불공을 드리던지, 아니면 교회라도 가서 기도해."

─나 무교라니까? 하지만 지유는 믿는다.

"미친놈."

현우는 어이가 없었다. 두 사람의 통화를 들은 송지유는 조용히 웃기만 했다.

똑똑. 그때 누군가 문을 두드렸다.

"일단 끊자. 누가 온 모양이야."

─알았다.

전화를 끊고는 현우가 에리스를 살폈다.

"에리스, 누가 오기로 했어요?"

"아니에요. 지금 이 시간에 누구지? 올 사람이 없는데."

에리스도 궁금한 눈치였다.

"확인해 보고 올게요!"

에리스가 프라이팬을 내려놓고 문 쪽으로 향했다. 현우도 송지유의 옆에 앉아서 토스트를 한 입 베어 물었다. 오늘따라 단순한 토스트 한 조각도 맛이 남달랐다.

"오늘 수고했어."

"아니에요. 사실 큰 기대는 안 해요."

"그렇게 잘해놓고 기대를 안 한다고? 설비비가 들으면 뒤로 넘어갈걸? 설비비가 불쌍하긴 하더라."

송지유가 현우의 어깨로 머리를 기대었다.

"그래도 꼭 캐스팅되었으면 좋겠어요."

"기대 안 한다며?"

"오빠가 좋아하잖아요."

송지유가 식탁 한 편에 놓여 있는 광선검을 가리켰다. 루이 메키스 감독이 수고했다며 송지유에게 선물로 준 광선검이었다.

현우의 얼굴이 붉어졌다. 손태명으로부터 전화가 오기 전만 해도 광선검을 휘두르며 아이처럼 좋아하던 현우였다.

"그야… 내가 Galaxy Wars를 싫어할 리가 없잖아."

"그러니까 캐스팅되었으면 좋겠어요."

현우가 말없이 송지유의 볼을 쓰다듬었다.

"Oh my god! 현우! 지유!"

느닷없이 에리스의 비명이 들려왔다.

"오빠?!"

"여기서 기다려!"

현우가 급히 문 쪽으로 달려갔다.

"에리스?"

"혀, 현우!"

에리스가 너무 놀라서 어쩔 줄을 몰라 하고 있었다. 그리고 사태를 파악한 현우도 멍한 표정을 했다.

"현우 씨, 왜 전화를 안 받아요? 간신히 찾아왔잖아요."

문 앞에 서서 얼굴을 찡그리고 있는 여자는 메키스 필름의 캐스팅 디렉터 마리아 윌슨이었다. 그리고 그 옆에는 루이 메키스 감독이 와인 한 병을 든 채로 어색한 표정을 하고 있었다.

"세상에! 루이 메키스?! 루이 메키스가 우리 집에 오다니!"

에리스는 얼굴을 감싸 쥐고는 발을 동동 굴렀다. 잠시 멍을 때리던 현우의 안색이 차분해졌다.

"업무 때문에 통화를 하고 있었습니다. 그런데, 여긴 어쩐 일로 오신 겁니까?"

루이 메키스의 등장에 다리가 후들거렸지만 최대한 차분하게 대답을 했다. 마리아가 루이 메키스를 보며 한숨을 내쉬었다.

"감독님이 지유 씨랑 이야기를 더 나누고 싶다고 하셔서 이렇게 실례인 줄 알면서도 찾아왔어요."

"다, 다른 날에 올 걸 그랬나? 허허."

루이 메키스 감독이 괜히 허공을 응시하며 말했다.

'생각보다 숫기가 없는데?'

현우가 속으로만 웃었다. 그리고 쾌재를 불렀다.

'성공한 천재 너드(nerd), 혹은 긱(geek).'

현우 역시 루이 메키스에 대해 어느 정도는 파악을 해놓은 상태였다. 어려서부터 일본 영화나 애니메이션에 관심이 많던 그다. 즉, 쉽게 말하면 진성 오타쿠라고도 할 수 있었다. 그런 그가 송지유에게 호기심을 보이는 건 당연한 수순이었다.

그리고 때마침 거실 쪽에서 송지유가 걸어 나왔다. 송지유도 조금은 놀란 눈치였다. 당연했다. 세계적인 거장의 느닷없는 방문이었다.

"마리아 씨? 감독님……?"

"와, 와, 와인 좋아합니까?"

루이 메키스 감독이 척, 와인을 내밀었다. 송지유가 얼른 와인을 받아 들었다. 세계적인 거장이 송지유의 눈치를 살피고 있었다.

와인을 잠시 살펴보더니 송지유가 환하게 웃었다.

"와인 좋아해요."

"저, 저도요!"

에리스도 호들갑을 떨었다. 현우와 송지유가 동시에 에리스를 쳐다보았다. 어쨌든 집주인은 에리스였다. 허락이 필요했다.

"누추하지만 어서 들어오세요!"

"들어가요, 감독님."

"그럴까? 허허."

마리아가 루이 메키스의 팔을 잡아끌었다.

＊　　　＊　　　＊

에리스의 집 거실에서 두 여자가 송지유를 가운데 두고 수다에 한창이었다.

"지유, 오디션장에서 정말 멋있었어요. 설비비한테 제대로 한 방 먹였잖아요. 어찌나 속이 후련하던지… 우리 캐스팅 디렉터 팀원들 모두가 지유를 응원했어요."

"설비비가 평판이 좋지 않은가 봐요?"

배우 지망생답게 에리스가 호기심을 보였다. 마리아가 고개를 끄덕였다.

"중국 영화 시장을 꽉 잡고 있다는 걸 본인도 알고 있어요. 그래서 할리우드 내에서는 소문이 쫙 퍼진 상태예요. 뭐든 대충대충. 연출자나 동료 배우들 입장에서는 화가 날 만한 일이죠."

"맞아요. 저같이 작은 단역이라도 얻는 게 꿈인 배우 지망생들도 있는데 말이에요."

에리스도 분통을 터뜨렸다. 배우, 혹은 작가의 꿈을 위해 할리우드라는 꿈의 도시에서 허드렛일을 하며 사는 청춘들이 정말 많았다.

마리아와 에리스 두 여자의 대화에 송지유도 조용히 고개를 끄덕였다.

자유 연기를 펼치며 상대한 설비비는 형편이 없었다. 'Galaxy Wars'의 오디션을 보러 왔음에도 대본 숙지도 제대로 되어 있지 않았고, 'Galaxy Wars' 시리즈에 대해서는 아예 문외한이었다. 한마디로 배우로서의 자세가 전혀 되어 있지 않았다.

"뭐, 그러다 제대로 상대를 만난 케이스네요."

주방 쪽에서 간단한 요리를 하며 현우가 입을 열었다. 마리아가 고개를 끄덕였다.

"그런 셈이에요. 근데 그 요리는 뭔가요? 색이 너무… 빨간 거 아니에요?"

"아, 이거요? 한국식 치킨 스튜예요. 한국어로 닭볶음탕이라고 하죠. 감독님은 매운 거 잘 드십니까?"

현우가 고개를 돌리며 물었다. 루이 메키스 감독은 여자들의 대화에 끼지 못하고 현우의 옆을 서성이고 있었다. 현우가 말을 걸자 메키스 감독이 반색을 했다.

"매운 음식 좋아합니다. 일식도 좋아하고요. 그런데 한국식 요리는 처음 봅니다. 냄새는 좋군요?"

"입맛에 맞으실 겁니다. 그런데 한 가지만 물어도 되겠습니까?"

"얼마든지요."

현우가 닭볶음탕 안에 썰어놓았던 감자를 밀어 넣었다. 그러고는 손을 탁탁 털었다.

"Galaxy Wars 오리지널 시리즈도 계획이 있으신 겁니까? 저도 영화의 팬이거든요. 어렸을 적부터 명절만 되면 Galaxy Wars를 보는 게 집안 행사였습니다."

내심 무슨 질문을 할까 곤란해하고 있던 메키스 감독의 표정이 한결 부드러워졌다.

"이번 스핀오프 작품이 개봉이 되면 곧 촬영에 들어갈 겁니다."

"그렇습니까?"

현우가 고개를 끄덕거렸다. 'Galaxy Wars' 시리즈는 현재 에피소드 1, 2, 3이 나온 뒤로 맥이 끊긴 상태였다. 공백 기간도 상당히 길어 루이 메키스 감독이 'Galaxy Wars'를 종결지었다는 소문이 파다했다.

훗날 미국 굴지의 애니메이션 회사가 메키스 필름을 인수하고 새 시리즈를 발표한다는 사실을 현우는 이미 알고 있었다. 그리고 그때부터 'Galaxy Wars'의 명성에 금이 가기 시작한다는 사실도 잘 알고 있었다.

'이번 스핀오프 작품도 내 기억에는 분명 없었어.'

과거로 돌아온 이후, 미래가 엉뚱한 미국 땅에서 바뀌고 있었다. 그사이 닭볶음탕이 완성되었다.

현우가 식탁 위에 커다란 냄비를 올려놓았다.

"식사하시죠."

＊　　　＊　　　＊

세계적인 거장과 함께하는 저녁 식사는 겉으로는 화기애애했지만, 수면 밑으로는 살얼음판 같은 긴장감이 흐르고 있었다.

현우는 와인을 한 모금 마시면서도 메키스 감독을 살폈다.

'설마 샤이라 역을 맡기는 건 아니겠지?'

아스카 공주의 시녀이자 파다원인 시녀 샤이라도 조연으로 비중이 적지는 않았다. 하지만 설비비 밑에서 송지유가 작품을 찍을 생각을 하자 걱정이 태산이었다. 일단 현우 본인부터가 싫었다.

'아는 언니' 개봉 전에도 국민 소녀가 중국에 간다며 자존심 상해 하던 팬들이 존재했다. 물론 지금은 중국 동원 관객 1억 명을 돌파하고 5,000억이 넘는 수익을 올리면서 현우와 송지유의 결정에 찬사를 보내고 있었지만 여론은 언제든 바뀌게 마련이었다.

대한민국 국민들은 자존심이 강했다. 그러니 중국이라는 대국을 지척에 두고서도 고유의 문화를 지켜올 수 있었지만 말이다.

만약 설비비의 시녀 역할을 한다고 기사라도 나면 그때부터는 걷잡을 수가 없었다. 국민 기획사를 운영하는 대표로서 현우는 일종의 책임감을 가지고 있었다.

'응원을 해주는 국민들을 절대 실망시킬 수는 없어.'

이러한 현우의 속사정도 모르고 루이 메키스 감독은 그저 신이 나 있었다.

저녁 식사가 어느 정도 무르익었을 무렵, 마리아가 메키스 감독의 팔꿈치를 툭, 쳤다.

"감독님, 이제 본론을 꺼내셔야죠?"

"으, 응? 그, 그래야겠지?"

메키스 감독이 와인 잔을 내려놓았다. 그러고는 깍지를 끼며 송지유를 쳐다보았다. 시종일관 들떠 있던 그가 이내 진지해졌다.

"감독님이 하실 말씀이 있대요, 지유 씨."

"네. 말씀하세요."

송지유도 와인 잔을 내려놓았다. 지켜만 보던 현우와 에리스도 와인 잔을 내려놓았다.

"현우… 떨려요. 미치겠어요."

에리스가 현우에게 속삭였다. 현우도 고개를 끄덕이며 숨을 골랐다. 메키스 감독이 마침내 입을 떼었다.

"내가 지유 씨와 현우 씨한테 주려고 선물을 하나 가져왔습니다. 장난감 좋아합니까?"

"감독님!"

마리아가 술김에 빽 소리를 질렀다. 메키스 감독이 화들짝 놀랐다. 송지유가 결국 풋 하며 웃음을 터뜨렸다.

"잠깐만 기다려요."

메키스 감독이 일어나더니 잠시 사라졌다가 다시 나타났다. 그의 손에는 오래된 인형이 들려 있었다. 손때도 묻어 있고, 뭐랄까… 직접 만든 수제 티가 났다. 메키스 감독이 인형 여러 개를 식탁 위에 올려놓았다.

'Galaxy Wars에 나오는 등장인물들이구나.'

현우는 단번에 인형의 정체를 알아보았다. 메키스 감독이 조용히 입을 열었다.

"여기 이 인형들은 내가 제일 아끼는 보물들입니다. 여기 이 인형은……."

"제드 스카이워커 맞죠?"

송지유가 선수를 쳤다.

"이건 쥬다고 여긴 다스 시니어스."

"오! 알아보는군요?"

메키스 감독의 눈이 맑게 빛났다. 송지유가 잠시 뜸을 들이더니 한 인형을 조심스레 살펴보았다.

"이건 레이 스카이워커죠?"

"아닙니다. 그 인형은 아스카 공주입니다."

메키스 감독의 설명에 현우도 송지유도 깜짝 놀랐다. 그렇다는 것은 이번 외전 시리즈의 주인공인 아스카 고타라는 캐릭터가 루이 메키스가 어렸을 적부터 상상해 오던 오리지널 캐릭터라는 사실이었다.

"이번 스핀오프 시리즈에서는 제다이의 기원을 밝힐 겁니다. 그 중심에는 아스카 고타가 있을 겁니다."

그랬다. 이번 'Galaxy Wars' 시리즈의 제목은 'Galaxy Wars: Jedi The Beginning'이었다. 수십 년에 걸쳐 영화를 만들어오면서도 베일에 싸여 있던 제다이와 그 세계관을 전 세계의 팬들에게 공개하겠다는 것이 루이 메키스의 의도였다.

"사실 오리지널 시리즈에 아스카 고타를 출연시키지 않았던 이유가 있습니다."

"말씀해 주세요, 감독님."

세계적인 거장이 밝히는 비하인드 스토리에 송지유를 비롯해 모두가 귀를 기울였다.

"아스카 고타는 어렸을 적부터 내가 꿈꾸던 환상의 여인이었습니다. 감히 사람들 앞에 쉽게 내놓을 수가 없었던 그런 캐릭터였습니다."

"감독님, 지금 고백하세요? 그냥 지유 씨가 내가 꿈꿔오던 아스카 고타다! 왜 말을 못 하세요?"

어디서 많이 듣던 대사였다. 마리아가 한숨을 내쉬었다. 그리고 설명을 이어갔다.

"80년대의 할리우드는 그 어느 곳보다 보수적이었죠. 레이 스카이워커라면 모를까, 동양인 배우를 캐스팅해서 동양인 캐릭터를 주인공으로 내세우는 건 자살행위나 마찬가지였어요. 감독님도 어쩔 수 없이 아스카 고타라는 캐릭터를 지울 수밖에 없었고요. 하지만 이제는 시대가 많이 바뀌었죠. 아직도 보수적이긴 하지만 스핀오프 작품으로 간을 보시겠다는 말씀이에요. 참 겁도 많으시지… 어쨌든 스코필드 회장님의 도움으로 지유 씨를 만났고, 지금은 자신감이 좀 붙었다는 말씀이세요."

"……"

메키스 감독이 벌게진 얼굴로 볼을 긁적였다. 지금의 상황이 재밌기도 했지만 현우는 메키스 감독을 충분히 이해할 수 있었다.

송지유가 기획사 대표인 현우의 뮤즈이듯이, 메키스 감독도 70살이 넘은 늦은 나이에 송지유라는 뮤즈를 만난 것이다.

"감독님, 남자답게 딱 말씀하세요."

마리아가 등을 떠밀었다. 메키스 감독이 아스카 고타 인형을 송지유에게 건넸다. 송지유가 말없이 인형을 받아 들었다.

"지유 씨를 아스카 고타 역에 캐스팅하겠습니다. 우선 딱 두 작품만 합시다."

"네, 감독님. 좋아요. 최선을 다하겠습니다."

"네?!"

차분한 송지유와 달리 현우는 크게 놀랐다.

"이번 스핀오프 작품을 시리즈로 제작하실 생각이십니까?"

메키스 감독이 고개를 저었다.

"스핀오프 작품이 개봉되면 새로운 에피소드를 제작할 계획입니다. 그리고 새로운 에피소드에 지유 씨를 아스카 고타 역으로 출연시키고 싶군요, 현우 씨."

"......!"

현우는 머리에 번개를 맞은 것만 같았다. 외전 격인 스핀오프 시리즈에 한국 출신 배우가 출연을 하는 것도 역사적인 일인데, 한국 출신 배우가 오리지널 시리즈에 출연을 한다?

'이거 실화야?'

대한민국 연예계를 넘어 대한민국 전체가 뒤집어질 사건이 또 벌어지고 있었다.

"오빠? 오빠가 결정해요."

"하자, 해야지! 무조건 해야지!"

현우가 함박웃음을 머금었다.

"출연 승낙한 거죠, 맞죠?"

마리아가 현우에게 물었다.

"당연하죠! 우리 지유 잘 부탁드리겠습니다."

"큰 기회를 주셔서 감사합니다, 감독님."

송지유도 메키스 감독에게 고마움을 전했다. 메키스 감독이 부끄러움에 괜히 빈 와인 병을 만지작거렸다.

"감독님."

현우가 메키스 감독에게 말을 걸었다. 메키스 감독이 현우를 쳐다보았다.

"혹시 애들 만화 만드는 곳에서 연락이 오면… 전화 받지 마십시오."

현우의 뜬금없는 말에 마리와 메키스 감독이 의문을 가졌다.

"다즈니 말입니다, 다즈니. 아주 못된 곳이 아닙니까?"

＊　　　＊　　　＊

루이 메키스 감독과 마리아가 돌아가고, 에리스와 송지유가 뒷정리를 하는 사이 현우는 급히 스코필드에게 전화를 걸었다.

"회장님, 접니다."

ㅡ하하. 회장님이란 호칭은 낯부끄럽군. 평소대로 하게나.

"그럴까요? 어르신, 저도 선물을 준비했습니다."

ㅡ그 선물이 뭔가? 자네가 불러주는 노래라면 사양하지.

"하하! 그럴 리가요. 지유가 오디션에 붙었습니다."

ㅡ그런가? 잘됐군.

예상 밖이었다. 스코필드는 담담했다.

"별로 놀라시지 않는데요?"

—놀라긴. 승산 없는 싸움은 하지 않아. 그리고 선물을 줬다가 뺏는 악취미는 더더욱 없지.

"메키스 감독님이랑 사전에 말씀을 나누신 겁니까?"

—그건 아닐세. 자네가 한국에서 잘나가는 기획사 대표이듯이 나 또한 할리우드에서 잔뼈가 굵은 사람이야. 하물며 그 녀석 취향은 더더욱 잘 알고 있지.

"설마?"

—그래. 그 인형을 같이 가지고 놀던 동네 형이 바로 날세. 그 녀석이 내 이야기는 안 한 모양이군? 너드 자식. 숫기가 없는 건 그 나이가 되도록 여전해.

"……."

기막힌 인연에 현우는 할 말을 잃어버렸다.

—그래, 바로 한국으로 돌아갈 건가?

"아뇨. 일단 뉴욕으로 가겠습니다."

—뉴욕으로 온다고?

현우의 핸드폰을 송지유가 건네받았다.

"할아버지! 저예요!"

—오냐! 하하. 축하한다! 선물에 마음에 드는 모양이구나.

"네. 정말 감사해요! 저 뉴욕으로 갈 거예요. 우리 축하 파티해요! 제가 노래 쏠게요!"

—하하하. 노래를 쏜다라? 한국식 표현인가? 아주 좋군. 그

럼 이 할아버지가 편히 오도록 비행기라도 보내주마.

"네! 그럼 곧 뵈어요, 할아버지!"

통화가 끝이 났다. 에리스가 부러운 듯 송지유를 쳐다보고 있었다.

"지유, 부러워. 전세기까지 보내주신다고? 난 낡은 캐딜락이 전부인데."

"같이 가요, 에리스."

"나, 나도?"

"할아버지들도 소개해 주고 친구도 소개시켜 줄게요."

"설마… 그 친구가 후안이야?"

현우가 쓴웃음을 머금으며 물었다. 송지유가 고개를 끄덕였다. 현우가 에리스를 살폈다. 늘씬한 체형에 전형적인 금발 미인이었다. 후안이 평소 부르짖던 이상형이긴 했다.

"그래, 같이 가지 뭐. 에리스, 함께 갑시다."

"그럼 휴가 낼게요! 아니, 사표요!"

"오케이."

현우가 씩 웃으며 말했다.

*　　　　*　　　　*

뉴욕 JK 케네디 공항. 한국으로 떠나는 현우와 송지유를 배웅하기 위해 후안과 에리스가 마중을 나와 있었다. 뉴 소울의 네 노인들과 스코필드는 늘 그렇듯 위스키 한 잔을 나누며 담담하게 작별 인사를 나누었다.

송지유는 스코필드와 작별 통화 중이었다.

"할아버지! 공항 도착했어요."

─수고했다. 피곤하지는 않고?

"네, 전혀요. 저 곧 미국에 오니까 다른 할아버지들이랑 싸우지 말고 지내세요."

─하하. 그래그래. 잔소리도 싫지가 않구나. 현우를 바꿔주겠니?

"네."

뉴욕으로 돌아와 3일 동안 현우와 송지유는 자유 시간을 만끽했다. 덕분에 스코필드나 다른 네 노인들과도 가까워진 현우였다.

"네. 접니다, 어르신."

─미국 에이전트 계약은 내가 책임지고 진행시키마.

"부탁드리겠습니다."

─그래, 현우. 고생했다.

"예. 연락드리겠습니다."

현우가 통화를 끝냈다. 후안이 괜히 코를 훌쩍이고 있었다.

"후안, 내가 돌아올 때까지 할아버지들을 부탁할게."

송지유가 부탁을 했다. 후안이 고개를 끄덕였다.

"걱정 마. 이제 나한테도 영감탱이들이 제법 소중해졌거든."

"설거지할 때 세제 깨끗하게 닦는 것도 잊지 말고."

"그래, 지유."

후안이 현우를 쳐다보았다. 현우가 후안과 포옹을 나누었다. 비록 자주는 볼 수 없었지만 후안은 정말 좋은 사람이었다.

"후안, 조만간 또 올 테니까 울지 말고."

"인마. 블랙 펄의 선장은 절대 안 울어."

"그래. 그리고 에리스."

에리스는 이미 펑펑 눈물을 쏟고 있었다. 배우 지망생답게 감정이 풍부한 그녀였다. 짧은 인연이었지만 역사적인 일을 함께 겪어서 그런지 정이 잔뜩 든 상태였다.

"돌아올 때까지 꿈을 포기하지 말아요. 내가 보기에는 에리스도 배우로서 충분히 가능성 있으니까."

"고마워요, 현우. 그리고… 지유, 꼭 연락해. 연락 기다릴게."

"응, 에리스."

송지유와 에리스도 포옹을 나누었다.

현우와 송지유가 작별 인사를 나누고는 몸을 돌렸다. 하지만 어째선지 현우와 송지유의 표정이 좋지 못했다.

비행기에 타기 전 현우가 핸드폰을 들었다.

"이제 곧 한국행 비행기 탄다."

―어떻게 해? 최대한 버텨?

손태명이었다.

"버티고 있어. 어차피 나랑 지유가 한국으로 돌아가면 다 해결될 일이니까."

―하여간 진짜 바람 잘 날이 없다. 늘 뒷수습은 내 몫이지.

"그러니까 내가 너 사랑하잖아."

―시끄럽고 조심히 와. 지유 잘 모시고.

"미친. 친구보다 지유냐?"

―당연하지! 지금 지유가 보통 지유냐?! 우리의 현재고 전부고 미래고 또 꿈이야.

"하긴 인정할 건 해야지."

통화를 엿들은 송지유가 풋 하고 웃었다.

그렇게 현우와 송지유가 한국행 비행기에 올라탔다.

3장
천국의 문을 두드리다

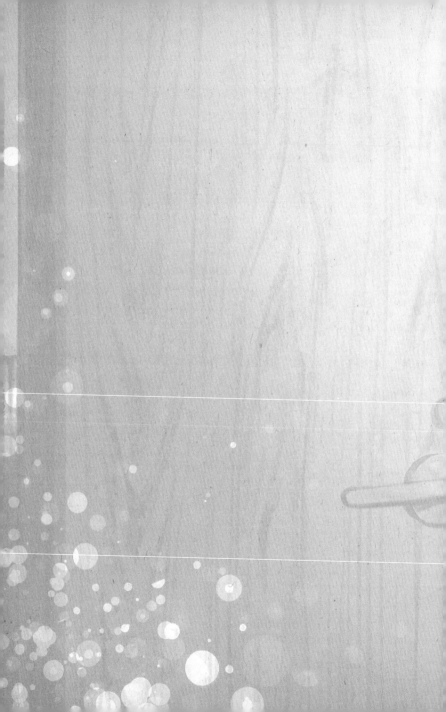

[국민 소녀 송지유! 김현우 대표! LA 비벌리힐스 시내 카페에서 데이트 사진 포착! 국민 남매에서 현실 연인으로?]

[송지유, 김현우 대표와 은밀한 미국 밀회 여행?]

"밀회? 대놓고 다녔는데 무슨 밀회야?"

비공식 일정이긴 했지만 숨어 다닌 적은 절대 없었다.

"조용히 해요. 사람들 들어요."

송지유가 현우의 팔을 흔들며 얼굴을 찌푸렸다. 비행기 내 승객들은 물론이고 승무원들까지 둘 사이를 의심스러운 눈길로 보고 있었다.

"밀회라니? 드라마도 아니고, 참."

"조용히 하라고 했죠?"

"억울해서 그래."

현우가 한숨을 내쉬며 말했다. 정말이었다. 제주도 휴가에서 서로의 마음을 확인하기는 했지만, 공과 사는 철저하게 구분을 하고 있는 현우와 송지유였다.

"뭐가 그렇게 억울해요?"

"내가 뭐, 손 하나 까닥했냐고."

"……."

송지유의 얼굴이 붉게 물들었다. 현우도 멋쩍어 하하 웃기만 했다. 송지유가 말없이 현우의 팔을 두들겼다. 그렇게 한참이나 부끄러워하던 송지유의 얼굴이 서서히 어두워졌다.

"…하지만 사실이기도 하잖아요, 오빠."

"그렇긴 하지."

현우가 한숨을 삼켰다. 어쨌든 둘 사이가 연인 사이인 건 사실이었다. 하지만 이 사실을 알고 있는 건 믿을 수 있는 어울림 식구들뿐이었다.

"난 괜찮아요."

송지유가 용기를 냈다. 하지만 현우가 고개를 저었다.

"아직은 안 돼."

"왜요? 인기 때문에 그래요? 난 그런 거 신경 안 써요. 대중들의 비난도 두렵지 않아요."

현우의 표정이 진지해졌다. 현우가 고개를 돌려 송지유를 똑바로 응시했다. 송지유의 눈동자는 추호의 흔들림도 없었지만 현우는 생각이 달랐다.

"인기 때문에 그런 게 아니야. 너도 대중들의 속성을 잘 알잖아. 울림이들도 그렇고 대부분의 상식적인 사람들은 그렇다고 치자. 하지만 사람들은 다 우리 같지 않아. 너도 알잖아?"

송지유가 조용히 고개를 끄덕였다.

"사람들한테 손가락질 받게 하기는 싫어. 넌 괜찮겠지만 내가 못 견뎌. 그리고 곁에서 지켜보는 할머님이랑 유라는?"

현우는 단호했다.

국민 기획사라 불리며 팬덤도 그 어느 기획사보다 대중적이었고 많았지만 현우는 대중들의 속성을 잘 알고 있었다. 탑 스타들이 동경의 대상에서 질투의 대상으로 변모하는 순간을 수없이 봐왔다.

"스타는 계속해서 빛을 뿜어내야 하는 존재야. 빛을 뿜어내서 사람들의 눈이 부시게 만들어야 하지. 다가오지 못하게, 그 자리에 서서 너를 우러러 보도록 말이야. 절대 빛을 잃지 마. 빛을 잃는 순간 사람들이 우르르 몰려와서 기다렸단 듯이 네 날개를 뜯어갈 거니까."

"……"

송지유가 말없이 생각에 잠겼다. 그러다 다시 현우를 물끄
러미 쳐다보았다.

"오빠."

"응."

"내가 빛을 잃게 되는 순간이 오면 나랑 같이 도망갈래요?"

송지유의 당돌함에 현우가 피식 웃었다. 역시 송지유의 자
존심 하나는 알아줘야 했다. 물론 그게 지금의 송지유를 만
들어왔던 원동력이지만 말이다.

"우린 도망 안 가. 그리고 내가 그런 일이 벌어지게 보고만
있을 것 같아?"

"만약에 말이에요."

"그렇다면 그냥 떠날 뿐이지. 김태식이랑 천하의 송지유가
왜 도망을 쳐?"

현우의 넉살에 송지유가 풋 웃어버렸다. 새하얀 손으로 입
을 가리며 웃던 송지유가 물었다.

"어디로 데리고 갈 건데요?"

"네가 마음껏 노래 부를 수 있는 곳."

*　　　　　*　　　　　*

"김현우 대표님! 한마디만 해주시죠! 밀회 여행이라는 표현이 맞습니까?!"

"송지유 양! 답변 좀 부탁드립니다! 김현우 대표님에게 어떤 감정을 가지고 계십니까?"

플래시 세례가 쏟아졌지만 현우가 태연한 표정으로 기자들을 둘러보았다.

"자세한 사정은 추후 밝혀 드리겠습니다. 지금은 지유가 많이 피곤해서 말입니다. 길을 좀 비켜주시면 감사하겠습니다."

"피곤한 이유가 뭡니까?"

"……."

순간 현우가 기자를 무심결에 쳐다보았다. 현우의 서늘한 눈빛에 기자가 입을 다물며 뒷걸음질을 쳤다.

나름 입장을 밝히는 현우와 달리 송지유는 기자들에게는 눈길조차 주지 않았다. 얼음 여왕 포스에 기자들도 더 이상은 말을 걸지 못하고 있었다.

"지유 씨! 저희 왔습니다!"

SONG ME YOU 팬 카페 회원들이었다.

"잘 오셨습니다. 아이고! 지유 님! 좀 쉬셔야죠! 얼굴이 이게 뭡니까?"

얼굴천재지유 박 팀장이 울상을 했다. 다른 회원들도 울상을 지었다. 그리고 골수팬들답게 이번 스캔들에 관해서는 일

절 티를 내지 않고 있었다.

'역시 팬들은 팬들이구나.'

현우도 팬 카페 회원들을 흐뭇한 표정으로 바라보았다. 팬들과 간단하게 대화를 나누던 송지유가 현우를 쳐다보았다.

"뭐, 힌트 정도는 괜찮지 않을까?"

현우의 허락에 송지유가 빙긋 웃었다.

"오후에 회사에서 기자회견 있을 거예요."

"기, 기자회견요?"

팬들이 깜짝 놀라 현우와 송지유를 번갈아 쳐다보았다. 현우가 씩 웃으며 고개를 저어 보였다.

"저희가 미국에서 깜짝 선물을 가지고 왔거든요."

얼굴천재지유 박 팀장과 팬 카페 회원들이 어리둥절한 표정을 하면서도 현우와 송지유의 곁을 따라 걸었다.

"송, 송지유 씨?"

"인터뷰 좀 해주시죠, 대표님!"

기자들이 끈질기게 달라붙었지만 최호연 팀장이 이끄는 수호 팀과 함께 송지유의 팬들이 절대 틈을 주지 않았다.

"대표님, 지유 씨랑 곧장 회사로 가실 겁니까?"

최호연이 물었다. 현우가 고개를 끄덕였다.

"당연히 회사로 가야죠. 그런데 뭐 하러 팀원들은 다 데리고 오셨어요?"

"아, 그게 말입니다."

최호연이 곤란해했다. 수호 팀 경호원들도 딴청을 피웠다.

"뭔데요?"

"팀원들이 대표님이 보고⋯ 싶다고 해서 말입니다."

"예?"

순간 현우는 두 귀를 의심했다. 기골이 장대한 경호원들이 딴청을 피우고 있었다. 현우가 픽 웃었다. 송지유도 그런 현우를 보며 웃었다.

"태명 오빠는 여자들한테 인기 많잖아요. 그런데 오빠는 왜 남자들한테만 인기가 많아요?"

"그러게 말이다. 나도 그게 의문이다⋯ 그래도 기분이 나쁘지는 않은데?"

"저도 요즘 대표님이 좋습니다."

송지유의 팬이 불쑥 말을 걸었다. 순간 현우가 흠칫했다. 팬 카페 회원복인 개나리 색깔 카라 티에 '상남자김현우'라는 닉네임이 적혀 있었기 때문이었다.

"일, 일단 공항부터 빠져나갑시다."

*　　　*　　　*

드르륵! 초록색 스프린터의 문이 열렸다. 운전석에서 최영진이 고개를 돌렸다.

"형님! 지유 데리고 빨리 타세요!"

"오케이! 타자."

현우가 송지유를 스프린터 안에 서둘러 태웠다. 문을 닫기 전 송지유가 선글라스를 벗으며 팬들을 둘러보았다.

"기대하세요!"

송지유의 말에 멀찍이 물러나 있는 기자들이 어리둥절한 표정들을 했다. 좀처럼 다가가려고 해도 수호 팀과 팬들 때문에 나아갈 수가 없었다.

"예! 이따가 뵙겠습니다! 뒤따라서 가겠습니다, 지유 님!"

이미 송지유의 팬들은 버스까지 대동한 상태였다. 회원 중에 한 명이 버스 회사를 운영한다고 들었던 적이 있다.

"그럼 가겠습니다!"

현우가 인사를 하고 드르륵, 스프린터의 문을 닫았다. 소음이 차단되고 안락함과 편안함이 몰려들었다.

"후우."

현우가 좌석으로 몸을 묻었다. 최영진이 시동을 걸었다.

"형님! 정말이에요? 정말 'Galaxy Wars'에 지유가 출연하는 거예요? 예?"

i2i 일본 활동 때문에 잠시 일본에 다녀왔던 최영진이었다. 그리고 송지유의 'Galaxy Wars' 출연 결정 소식에 대해서 자

세히 알고 있는 인물은 아직까지는 손태명 한 명뿐이었다.

"그렇게 됐다."

스프린터가 흔들렸다가 다시 중심을 잡았다. 순간적으로 최영진이 핸들을 놓쳤기 때문이었다.

"영진아! 지유 놀라잖아!"

"죄, 죄송합니다! 지유야, 놀랐어?"

"아니에요. 환영 인사라고 생각할게요. 그래도 안전엔 신경 써주세요."

"그럴게, 근데… 지, 진짜 너 'Galaxy Wars'에 출연해?"

"네."

"헐……"

최영진이 입을 크게 벌렸다.

"진짜 갓 지유야, 갓 지유. 형님, 주연은 누군데요?"

"주연? 여기 있잖아?"

"예?"

최영진이 잠시 이해를 하지 못하다가 백미러로 송지유를 보고는 멍한 표정을 했다.

"……"

"영진아, 좌회전."

"네? 예! 이럴 수가! 형님! 정말이에요? 진짜로요? 지유가 주인공이라고요?"

"그래. 우리 복권 당첨됐다, 영진아."

"으하하!"

최영진이 실성한 사람처럼 크게 웃기 시작했다.

"무슨 역인데요, 형님?"

"아스카 고타 공주."

"심지어 공주요? 전 세계 오타쿠들 난리 나겠는데요!"

오리지널 시리즈의 레이 공주 역을 연기했던 배우 마리 피셔만 봐도 'Galaxy Wars' 팬들에겐 경배의 대상이었다. 실제 이름보단 '공주님'이라고 불릴 정도였다고 마리 피셔 본인이 토크쇼에서 수차례 밝힌 적이 있었다.

"형님! 이런 날은 음악 들어야죠! 공주님, 어떤 노래를 들으시겠습니까?"

최영진의 장난에 송지유가 작게 웃었다.

"오늘은 특별히 영진 오빠가 골라요."

"소인이 그래도 될까요? 그럼 음악 나갑니다! 아스카 공주님!"

곧이어 스프린터 안에서 드럼을 시작으로 어쿠스틱 기타 연주가 흘러나오기 시작했다.

"녀석."

절묘한 선곡에 현우가 하하 웃었다. 락 밴드 'Guns N Roses'의 명곡 중 하나인 'Knockin On Heaven's Door'였다.

"영진이 선곡 어때, 지유야?"

"나쁘지 않네요."

"영진아, 센스 좋았다?"

"당연하죠! 형님! 지금 제 기분이 딱 이렇다니까요. 꼭 천국의 문들 두드리고 온 것 같습니다."

"그래? 그럼 천국 느낌 좀 내보자."

"좋죠! 형님!"

잠시 고민하던 최영진이 스프린터의 모든 창문을 내렸다.

"형님! 가죠!"

"오케이!"

두 남자가 입을 모았다. 그러고는 'Knockin On Heaven's Door'를 열창하기 시작했다.

Knockin! Knockin! Knockin On Heaven's Door!
Knockin! Knockin! Knockin On Heaven's Door!

"진짜 애들도 아니고, 언제 철들 거예요, 둘 다?"

송지유의 작은 구박에도 두 남자는 굴하지 않았다. 송지유가 한숨을 내쉬며 창밖으로 시선을 돌렸다.

햇살과 따뜻한 봄바람이 벚꽃 꽃잎과 함께 쏟아져 들어오고 있었다.

＊　　　　　＊　　　　　＊

"팀장이란 녀석이랑 기획사 대표란 녀석이 새로 산 차를 이지경으로 만들어?"

어울림 본사 앞, 손태명이 어이없다는 얼굴로 현우와 최영진을 나무라고 있었다. 이번에 송지유 전용으로 새로 구입한 새 스프린터 안이 온통 벚꽃 꽃잎으로 가득했다.

"너 말이야. 조금 있으면 기자회견인데 미친년처럼 머리는 산발해 가지고 큰형님도 아니고 네가 락커야, 송지유? 이걸 언제 다 수습해!"

김은정도 오랜만에 송지유를 공격하고 있었다. 현우와 최영진, 송지유가 서로를 보며 웃었다.

"지금 웃어?!"

"웃어?"

손태명과 김은정이 동시에 소리를 질렀다.

"태명 형님, 아시잖아요! 'Galaxy Wars'에 지유가 출연한다니까요? 주인공 역이라고요! 그것도 제다이요! 형님도 아시면서 왜 이러세요?"

"그래서 잘한 거라고?"

"잘한 건 아닌데요! 천국의 문을 두드린 기분이었다니까요?

형님도 처음 현우 형님한테 소식 들었을 때 기쁘지 않으셨어요?"

"기뻤지."

"그렇죠? 그럼 그만 화 푸세요."

최영진이 눈치를 살폈다.

"김현우, 최영진. 요즘 둘이 죽이 잘 맞는 거 나도 알고 이해해. 하지만 한 번만 더 이런 일이 생기면 천국의 문이 아니고 지옥의 문이 열릴 줄 알아. 방금 지옥 문 거의 다 열릴 뻔했다."

"넵! 태명 형님."

"질투하고는."

현우가 무심코 내뱉은 말에 손태명의 얼굴이 벌게졌다. 손태명을 제외한 모두가 빵 터져 버렸다.

"안 되겠다. 기자회견까지 김현우 너는 차나 청소해."

"나? 야! 역사적인 사업 성과를 가지고 돌아온 대표한테 청소나 하라고?"

"너 때문에 방송가에 어떤 소문이 도는지 알아? 남자 작가들이 날 왜 피하는데?! 당장 하라면 해!"

"오, 오케이."

현우가 바로 꼬리를 내렸다.

"현우 형님, 저랑 같이하시죠."

최영진이 팔을 걷어붙였다. 손태명이 그런 둘을 보며 어이없어하다 송지유를 살폈다. 김은정 말대로 가죽 재킷만 걸쳐놓으면 락커라고 봐도 무방했다.

　"은정이는 지유 빨리 단장시키고."

　"네!"

＊　　　＊　　　＊

　[어울림 엔터테인먼트 오후 4시 공식 기자회견에서 열애설 입장 밝힌다!]

　[국민 남매의 미국행은 정말로 밀회였나?!]

　포털 사이트에 온통 자극적인 기사가 올라왔다.

　"누가 보면 불륜인 줄 알겠네. 너무한 거 아냐?"

　"기자들이 다 그렇지 뭐. 하루 이틀이냐? 기사 조회 수 빨면서 사는 사람들인데 우리가 이해하자. 우리들도 대중 관심으로 먹고사는 건 마찬가지잖아."

　마지막으로 옷매무새를 점검하며 현우가 손태명을 달랬다.

　"그래도 언젠가 밝혀야 하지 않겠어?"

　"알아. 하지만 아직은 때가 아니야."

　"공개는 할 생각이었어?"

"해야지. 다만 우리 둘 사이가 확실해졌을 때야."

현우의 말을 이해한 손태명이 안경을 고쳐 썼다.

"결혼 발표부터 할 생각이야?"

"때가 되면? 가장 깔끔하잖아. 결혼과 동시에 열애 사실 공개. 그리고 끝."

"하긴… 하여간 은근히 치밀한 자식."

"네 잔소리 때문이지 뭐."

똑똑. 대표실 문이 열렸다. 직원 유선미였다. 둘을 바라보는 유선미의 표정이 혼란스러워 보였다.

"대표님, 기자회견 5분 전입니다."

"오케이. 알았어요."

현우가 대표실을 문을 열었다.

"현우야."

손태명이 현우를 불러 세웠다. 현우가 잠시 문고리를 놓고는 고개를 돌렸다.

"왜?"

"고맙다."

"갑자기?"

"너 아니었으면 난 지금쯤 부모님이 바라는 회사를 다니면서 하루하루 재미없게 겨우 버티며 살아왔을 거야."

손태명은 진지했다.

"청소시키더니 미안해서 그래?"

"알잖아. 나 이쪽 일 관두려고 했던 거. 포장마차에서 네가 날 붙잡아줬지……. 우리 어울림 식구들도 전부 나랑 같은 생각일 거야. 고맙다. 네가 내 친구인 게 자랑스럽다."

손태명의 진지함에 현우도 진지해졌다.

"난 기회를 줬을 뿐이야. 선택은 태명이 네가 한 거지. 다른 식구들도 마찬가지고."

"무드라곤 일도 없는 자식."

"부끄러워서 그런다. 내가 너처럼 태명 선배 캐릭터도 아니고… 사람들이 김태식이라고 하잖아."

손태명이 쓰게 웃었다. 친구인 만큼 현우를 잘 알고 있는 손태명이었다. 말은 그렇게 해도 현우의 본심을 모를 리가 없었다.

"어쨌든 난 뒤에서 최선을 다해서 도울 테니까 넌, 그… 뭐냐? 계속 천국의 문이나 두드려."

"미친, 영진이가 부러웠냐?"

현우가 피식 웃었다. 손태명이 조용히 각 티슈를 집어 들었다.

"농담이야, 농담. 다녀올게."

*   *   *

어울림 본사 카페 1층. 실로 오랜만에 기자들이 몰려와 있었다. 슈트 차림의 현우와 정장 투피스 차림의 송지유가 등장하자 기자들이 일제히 플래시를 터뜨렸다.

현우가 슥 송지유의 의자를 빼주었다. 송지유가 먼저 앉고 현우도 그 옆에 앉았다.

카페 안과 카페 밖에는 송지유의 팬들은 물론이고 많은 사람들이 진을 치고 있었다. 현우가 먼저 마이크 가까이 다가가 입을 떼었다.

"어울림 엔터테인먼트의 김현우 대표입니다. 늘 말씀드리듯이 기자회견은 좋아하지 않는 편인데 벌써 몇 번째인 줄 모르겠습니다. 후우."

가벼운 농담에 웃는 건 팬들뿐이었다. 기자들은 눈에 불을 켜고 있었다.

"안녕하세요? 송지유입니다. 미국 잘 다녀왔어요."

송지유는 송지유답게 짤막한 인사를 남겼다. 그때였다. 어울림 카페에 익숙한 전주가 흘러나오기 시작했다.

"태명이 녀석."

현우가 피식 웃다가 아예 하하 웃었다. 송지유도 입을 가리고 웃었다. 느닷없는 상황에 기자들이 어리둥절해했다.

카페로 'Guns N Roses'의 'Knockin On Heaven's Door'가

흘러나오기 시작했다.

"손태명 실장 작품입니다. 노래 좋죠?"

"대표님? 기자회견장에서 갑자기 왜 노래를……?"

기자 한 명이 황당해하며 물었다. 다른 기자들은 불쾌한 기색을 내비치기도 했다.

"아, 그게 말입니다. 비하인드 스토리가 좀 있었습니다. 그건 나중에 말씀드리고, 본론부터 말하자면 이번 미국행은 결코 밀회가 아니었습니다. 미국행을 숨길 의도도 없었고 숨길 이유도 없었습니다."

일부 기자들이 조금씩 수긍을 했다. 언론에 공개된 사진들 대부분이 오픈된 장소에서 찍힌 사진들이었다.

"그럼 미국은 왜 가신 겁니까?"

"미국행에 대한 이유를 말씀해 주시죠."

기자들은 물론이고 팬들까지 현우에게 집중을 했다. 현우가 물을 마시며 입을 적셨다.

"미국엔 영화 오디션을 보러 간 거였습니다."

오디션이라는 말에 기자들은 맥이 빠져 버렸다. 간만에 화젯거리를 하나 건지나 했는데 헛물을 켠 셈이었다.

그나마 생각이 있는 기자 한 명이 번쩍 손을 들었다.

"어떤 영화 오디션입니까?"

"좋은 질문입니다. 지유가 'Galaxy Wars'의 스핀오프 작품에 주연으로 출연을 할 것 같습니다. 아니, 출연합니다. 그리고 추후 'Galaxy Wars' 오리지널 에피소드에도 출연을 할 계획입니다."

순간 어울림 카페에 정적이 내려앉았다. 기자들은 헛소리를 들었나, 두 귀를 의심할 정도였다.

"저… 대표님? 방금 뭐라고?"

처음 질문을 던졌던 기자가 다시 물었다. 현우가 기자들을 둘러보며 입을 열었다.

"다시 한번 또박또박 말씀드리죠. 루이 메키스 감독님의 'Galaxy Wars' 새로운 시리즈에 우리 지유가 주연으로 출연 계약을 맺었습니다. 한국 연예계에서는 꿈도 꾸지 못했던 할리우드에, 그것도 할리우드 최고의 작품 중 하나에, 그것도 한국인 배우가 조연이 아닌 당당한 주연으로 출연을 한다는 말입니다. 무슨 말인지 이해들 하셨습니까?"

툭, 기자가 너무 놀라 들고 있던 펜을 떨어뜨렸다.

"……."

"……."

역사적인 순간을 함께한다는 생각에 어울림 카페에 모인 모든 사람들은 소름이 돋았다. 이제야 카페에 울려 퍼지고 있는 노래의 의미를 이해할 수 있었다.

어울림 엔터테인먼트와 김현우 대표. 그리고 국민 소녀 송지유가 천국의 문을 두드리고 있었던 것이다.

'Galaxy Wars'는 할리우드 역사에 한 페이지를 장식하고 있는 명작 시리즈 중 하나였다. 물론 'Galaxy Wars'가 할리우드 역사를 통틀어 가장 위대한 작품이라고는 할 수 없었다.

하지만 기자들은 'Galaxy Wars'가 가지고 있는 상징적인 의미를 알고 있었다. 경제 대공황을 맞이하여 흔들렸던 미국 경제와는 달리 '극장'은 호황을 맞았다. 노동자들이 저렴한 값으로 문화생활을 즐길 수 있는 유일한 곳이 '극장'이었기 때문이었다.

덕분에 스튜디오 시스템이 할리우드에 뿌리를 내렸고, 이민자 출신 영화인들과 미국 본토 영화인들은 경쟁적으로 영화를 찍어냈다. 하지만 빛이 있으면 그림자도 있듯, 미국 영화는 영화의 본고장이라고 할 수 있는 프랑스를 중심으로 한 유럽 영화계의 조롱거리였다.

국제 시상식에서 미국 영화는 늘 소외받았다. 이 현상은 1960년대를 지나 1970년대에 들어서도 크게 달라지지 않았다. 그러던 찰나에 루이 메키스라는 할리우드 키드가 나타나 'Galaxy Wars' 시리즈를 공개했고, 그때부터 할리우드가 유럽을 비롯한 전 세계 영화 시장을 잠식해 나가기 시작했다.

월남 전쟁에선 실패했지만, 'Galaxy Wars'를 통해 세계 문화 시장을 점령하는 데 물꼬를 틀었다고 평가하는 문화 평론

가들도 존재했다. 또한 미국이라는 나라가 '전쟁'보단 '문화'라는 무기에 주목했던 시초기도 했다.

즉, 'Galaxy Wars'는 미국 문화의 '상징'이라고도 할 수 있었다. 그런데 이 미국을 상징하는 세계적인 대작에 한국 출신 여배우가 당당히 주연을 맡았노라고 현우가 공표한 것이다.

그리고 현우의 손에는 'Galaxy Wars'라는 로고가 박힌 두툼한 시나리오 초고가 들려 있었다. 두 사람의 열애설에 목말라 있던 기자들의 눈빛이 변했다.

기자이기 전에 그들도 대한민국의 국민이었다.

"……."

"……."

기자들이 잠시 카메라를 바닥에 내려놓았다. 그리고 한마음으로 손을 모아 박수를 치기 시작했다. 송지유의 팬들과 몰려든 시민들도 박수를 치기 시작했다.

"갓 지유가 해냈다!"

얼굴천재지유 박 팀장이 구호를 외쳤다. 역시 열성 팬다웠다. 계속되는 기자들의 박수와 함께 구호가 연달아 어울림 1층 카페에 가득 울려 퍼졌다.

"다시 한번 축하한다, 지유야."

"축하는요. 이제 시작이잖아요."

현우와 송지유의 눈동자가 서로에게 향하고 있었다.

         *   *   *

[루이 메키스 감독의 'Galaxy Wars' 시리즈에 국민 소녀 송지유 주연 낙점! 대한민국 영화사에 새로운 역사를 쓰다!]

[어울림 엔터테인먼트! 할리우드의 중심에서 태극기를 휘날리다! 송지유, 'Galaxy Wars' 주연 캐스팅!]

[메키스 필름 측 공식 홈페이지 통해 'Galaxy Wars' 스핀오프 작품과 새로운 오리지널 에피소드 주연에 송지유 주연 캐스팅 공식 발표!]

[루이 메키스 감독의 선택에 할리우드도 관심 집중! 송지유 할리우드 진출!? 대한민국 전 국민의 포스가 함께하길!]

"포스가 함께하길? 하하."

현우가 어느 기자가 올린 헤드라인을 보며 크게 웃었다. 모든 포털 사이트가 폭발을 한 상태였다. 기자들도 송지유의 'Galaxy Wars' 주연 캐스팅 소식에 흥분과 설렘을 감추지 못하고 있었다.

"대표님."

"네, 선미 씨."

현우가 유선미가 건넨 노트북을 들여다보았다. 국내 최대

규모의 커뮤니티 사이트 여러 개가 떠올라 있었다.

　─할리우드 진출? ㅋㅋㅋ 첫 작품이 Galaxy Wars? 미쳤다 ㅋㅋ

　─우리 아버지랑 작은 아버지랑 내 나이 때부터 Galaxy Wars 극장에서 보셨다는데, 내가 우리나라 배우가 주인공으로 나온다니까 작은 아빠 울더라? ㅋㅋㅋㅋ

　─Galaxy Wars 주인공으로 출연한다고? 이거 꿈 아님? 역대급 사건!

　─어울림이 어울림 했고, 송지유가 송지유 했습니다. 여러분, 왜 놀람?

　─진짜 우리나라에서도 제대로 된 월드 스타 한 명 나오나요?

　─무조건 봅시다! 다들 광선 검 사 들고 극장 갑시다! ㅋㅋ

　─누가 일본이랑 중국 반응 좀 퍼와라! ㅠㅠ

　─뭘 굳이 퍼와요? 일본이나 중국이나 난리겠지.

　─???: 이것은 한국 측의 날조입니다! 날조!

　─???: 송지유는 원래 중국인이다! 아무튼 중국인임!

　─ㅋㅋㅋㅋ 날조 드립이랑 기원 드립 나올 줄 알고 있었음 ㅋㅋ

　─ㅋㅋㅋ 진짜네. 가보니까 중국이랑 일본 난리 났다 ㅋㅋ 아니라고 현실 부정 중

　열애설에 관심을 기울이고 있던 대중들도 송지유의

'Galaxy Wars' 출연 소식에 잔뜩 흥분을 한 상황이었다. 그리고 마치 자기들 일인 것처럼 행복해하고 있었다.

"이래서 우리나라 선수들이 국제 대회 나가서 이 악물고 뛰나 보다. 엄청 보람찬데, 태명아?"

"형님! 저도 대한민국 국민인 게 자랑스럽습니다!"

김철용이 벌게진 얼굴로 열변을 토했다.

"그건 너무 갔다, 철용아."

"예? 아! 예."

"농담이야, 농담."

현우가 피식 웃으며 김철용의 어깨를 두들겼다. 어울림 4인방을 비롯해 실장 김정우와 김철용까지 다들 고무된 건 사실이었다. 대한민국이 어울림 엔터테인먼트와 송지유로 인해 들썩이고 있었다.

어울림 엔터테인먼트의 전화기가 불타고 있었다. 이번 'Galaxy Wars' 출연 건을 묻기 위한 언론사나 잡지사의 연락도 많았지만, 어떻게라도 응원하고픈 대중의 반응도 쏟아지고 있었다.

이미 어울림 엔터의 홈페이지도 몰려드는 대중들로 인해 마비 상태였다.

그러다 기사 하나가 뒤늦게 올라왔다.

[중국 최고 인기 스타 설비비! 'Galaxy Wars' 여주인공 역에서 국민 소녀 송지유에게 밀려난 사실 밝혀져! 메키스 필름 측에 공식 확인!]

—설비비가 어디서 송지유한테 비비냐? 돈밖에 모르잖아;

—중국 물 먹었네! 중국 궐기 운동 좋아하네! ㅋㅋ

—설비비 그동안 너무 나댔음. 저번 영화에서도 발 연기 오졌지.

—이제 설비비는 중국인 아닌 부분입니까? ㅋㅋㅋ

—???: 사실 설비비는 중국인이 아니다!

—???: 송지유의 기원은 중국이다! ㅋㅋ

—ㅋㅋㅋㅋ 홍콩 시상식에서도 우리나라 여배우들 무시하더니 ㅉㅉ 송지유한테 발림

현우가 대중들의 댓글을 보면서 쓴웃음을 머금었다. 문득 중국 쪽 반응이 궁금했다. '아는 언니'는 한국에서 현재 800만 관객을 넘긴 상황이었다. 또한 중국에서는 무려 1억 5천 명의 관객 동원을 앞두고 있는 상황이었다.

혹여나 설비비가 송지유에게 밀려 'Galaxy Wars' 캐스팅에서 죽을 쒔다는 기사 때문에 악영향을 받을 수도 있었다.

"영진아, 밍밍 씨한테 중국 쪽 여론 물어봐 줘."

"예."

최영진이 핸드폰을 꺼내 들고는 대표실 밖으로 나갔다. 최영진이 나가자 때마침 이혜은이 고개를 내밀었다.

"대표님! 창성 영화사 박창준 대표님인데요?"

현우가 고개를 끄덕였다.

"연결시켜 줘요, 혜은 씨."

"네!"

현우가 전화기를 들었다.

─하하! 이야~ 축하합니다, 대표님! 이게 정말 꿈이 아닙니까? 'Galaxy Wars'에 지유 씨가 주인공으로 출연을 한다고요? 하하!

영화 제작자답게 박창준이 잔뜩 흥분해 있었다.

"네. 그렇게 됐습니다, 박 대표님."

─하하! 살아생전에 이런 일을 겪을 줄은 정말 몰랐습니다! 이건 대한민국 영화판에 경사가 난 겁니다! 대경사요! 'Galaxy Wars'가 어떤 시리즈인지 대표님은 모르십니까? 흑인들도 할리우드에서 주연을 맡기까지 70년이 걸렸습니다! 아시죠?

"네, 압니다."

─아니, 왜 이렇게 담담해요?

"벌써 한 잔 하고 있습니다. 하하."

현우가 왼손으로 맥주 캔을 들어 보였다. 손태명을 시작으로 어울림 임원들이 시원하게 맥주를 들이켰다.

─성민이 자식이랑 오늘 밤에 회사로 가겠습니다. 간만에 달립시다. 민혁이도 데리고 가죠.

"그러시죠. 제가 쏘겠습니다. 삼겹살에 소주."

─좋죠! 그런데 말입니다, 대표님.

박창준 대표의 목소리 톤이 급격히 낮아졌다. 그리고 조심스러워졌다. 덩달아 현우의 표정이 변했다.

"네. 말씀하시죠, 박 대표님."

─저… 그게 말입니다. 충무로 쪽에서 대표님을 만나고 싶다고 연락이 와서 말입니다.

"충무로요?"

현우가 되물었다. 손태명과 김정우가 현우를 쳐다보았다.

─대표님한테 직접 연락하기는 자기들이 한 짓도 있고 해서 저한테 연락을 한 거 아니겠습니까?

"그렇습니까?"

현우가 쓰게 웃었다.

충무로의 대작 '신의 노래'는 현재 120만 관객을 동원하며 침몰 중이었다. 어마어마한 제작비 탓에 손익분기점을 넘기지 못해 비상이 걸린 상태였다.

당연한 결과였다. '아는 언니'는 감독과 제작자, 배우의 모든 혼을 갈아 넣은 영화였다. 반면 '신의 노래'는 티켓 파워에 의

지한 전형적인 한국 영화였다. 그러니 애당초 '아는 언니'에게 상대가 될 리가 없었다.

거기다 '아는 언니'는 한국을 넘어 중국에서도 연일 흥행 기록을 경신 중이었고, 심지어 주인공인 송지유는 'Galaxy Wars' 시리즈의 출연까지 낙점된 상황이었다.

영화판을 잘 아는 관계자들, 혹은 영화 팬들의 비난이 어디로 향할 것인지는 불 보듯 뻔했다.

"충무로에서 뭐?"

손태명이 궁금함을 이기지 못하고 되물었다. 현우가 손을 들어 보였다.

"잠깐, 일단 들어볼게. 박 대표님, 편하게 말씀하시죠. 저는 괜찮습니다."

ㅡ하하. 역시 쿨하십니다. 올해 백룡영화제에서 대표님께 공로상을 수여하고 싶다고 하더군요.

"공로상요?"

현우가 얼굴을 찌푸렸다. 공로상이라는 단어에 손태명과 김정우가 동시에 실소를 흘렸다.

ㅡ한국 영화계에 큰 이바지를 했다고는 하는데… 솔직히 제 입장에서도 좀 그렇습니다. 너무 속 보이잖아요. 어울림이 할리우드에 진출했다고 자기들도 숟가락 하나 얹겠다는 건데 말입니다.

"음."

현우는 잠시 고민했다.

충무로의 텃세 때문에 '아는 언니'는 개봉 전부터 많은 고생을 했다. 유일한 정통 배우인 서유희에겐 드라마 출연 이후 변변한 시나리오 하나 제대로 들어오지 않았다. 충무로 제작사들이 서로 눈치를 보며 작품 섭외를 꺼렸기 때문이었다.

덕분에 서유희는 여성 전문 채널의 여행 프로그램에 출연을 하는 등, 상승세에 제동이 걸려 있는 상태였다.

"잠시만요, 박 대표님."

—그래요. 생각 좀 해보세요. 저는 무조건 현우 대표님 편입니다. 아시죠?

"그럼요."

현우가 잠시 전화기를 내려놓았다.

"어떻게 할까요?"

현우의 시선이 가장 먼저 경험이 많은 김정우에게로 향했다. 김정우가 빙그레 웃었다.

"전 대표님의 뜻에 따르겠습니다."

"태명이는?"

"내가 막아줄 테니까 네 마음대로 해."

"석훈이 생각은?"

"믿지 못할 사람이랑은 상종 안 합니다."

"그래?"

현우가 픽 웃으며 김철용을 바라보았다.

"저요?"

"응."

"형님. 한 번 해병은 영원한 해병이란 말이 있습니다."

해병대 출신다운 발언이었다.

"그렇지."

"한 번 개새끼는 영원한 개새끼 아니겠습니까? 유희 누님이 마음고생한 거 생각하면 솔직히 저는 분이 안 풀립니다."

말이 거칠긴 했지만 틀린 말이 없었다. 현우가 하하 웃었다.

"그래도 척을 지기는 좀 껄끄러우니까 적당히 둘러대자."

현우의 말에 어울림 임원들이 고개를 끄덕였다. 현우가 다시 전화기를 들었다.

"박 대표님."

—결정하셨습니까?

"네. 뭐, 그럼 박 대표님께서 저 대신 전해주실 수 있으십니까?"

—그거야 쉽죠. 뭐라고 전할까요?

"예전에 MBS에서 공로상을 탄 적 있었는데, 보니까 공로상 알레르기가 있었지 뭡니까? 공로상 알레르기가 있다고 전해주시죠."

─하하하! 역시 김태식 대표님다우십니다! 좋습니다. 제가 잘 전해 드리죠, 하하! 그럼 끊겠습니다!

통화가 끝이 났다.

손태명이 황당한 표정으로 현우를 바라보았다. 김철용은 배까지 부여잡은 채 껄껄 웃고 있었다. 김정우에 이어 무뚝뚝한 고석훈까지 웃고 있을 정도였다.

"야, 너 미쳤어?"

"왜? 설마 진짜 알레르기 있다고 전하시겠냐?"

"미친. 차라리 그 날 아플 것 같다고 해야지!"

"그건 다음에."

마침 최영진이 대표실 문을 열고 들어왔다. 화류 영화사 측과 통화를 끝내고 돌아온 것이었다.

"형님!"

"응. 중국 쪽 분위기는?"

'Galaxy Wars' 캐스팅 기사로 인해 송지유에게 악영향이 올까 은근히 걱정이 되었다. 최영진의 표정이 어두워졌다.

"사실은요… 하아."

"하아?"

손태명이 설마 했다. 송지유는 화류 영화사의 모계 회사인 화류 C&C와 중국 에이전시 계약을 앞두고 있었다.

"망했습니다."

"뭐?"

"…라고 할 줄 아셨죠?"

"너, 인마!"

손태명이 안경을 벗었다. 최영진이 하하 웃었다.

"중국 쪽 반응도 최고랍니다! 설비비가 워낙에 중국에서 안티가 많지 않습니까? 우리 지유가 한 방 먹였다고 통쾌해하는 사람들이 대부분이랍니다. 그리고 화류 C&C에서 다음 주 초에 한국 온답니다. 에이전시 계약도 바로 진행했음 하던데요? 제가 밍밍 씨에게 대충 계약 금액도 말해놨습니다, 형님들!"

"얼마 불렀어?"

손태명이 다시 안경을 쓰며 물었다. 최영진이 손가락 세 개를 들어 보였다.

"김현우 같은 놈 아니야, 이거?"

손태명이 황당해했다. 원래 손태명은 200억 선을 생각하고 있었다. 그런데 순하고 맹한 최영진이 한술 더 뜨고 있었다.

"그거 칭찬이시죠?"

"칭찬이지."

현우가 대신 대답을 했다.

"'Galaxy Wars' 주인공, 그것도 공주님인데 그 정도 금액은 당연하죠! 중국 스케일 모르십니까? 걔네 그만한 돈 있다니까요?"

"300억이라……."

김정우가 흐뭇해했다. 한국 연예계에서는 감히 꿈도 꾸지 못할 엄청난 금액이었다. 사실 중국 연예계에서도 300억이라는 금액은 어마어마한 액수였다.

"잘했다, 최영진. 근래에 들어서 가장 잘했어. 솔직히 그동안 너 쓸모없었잖아. 앞으로 5년간 놀고먹어도 인정해 줄게."

"감사합니다, 태명 형님."

최영진이 의기양양해했다. 손태명이 급히 슈트 상의를 챙겨 입었다.

"어디가? 박 대표님이랑 다들 온다는데, 술 한 잔 안 할 거야?"

"일단 다녀올 때가 있어."

"어디 가는데?"

"알면서 뭘 물어?"

손태명의 대답에 현우가 씩 웃었다.

*　　　*　　　*

"후우… 취한다!"

"조용히 해, 김현우."

현우와 손태명 두 친구가 서로의 어깨를 의지한 채 비틀거리고 있었다. 최영진도 술에 취해 벌게진 얼굴로 그런 둘을 부축하고 있었다.

"형님들! 2차 갈까요?"

"갈까? 지유 집으로 갈까?"

현우의 말에 손태명이 고개를 저었다.

"가서 다음 날 아침까지 건강 음료 먹고 싶냐?"

"아니지! 그건 아니지."

세 남자가 비틀거리며 어울림 본사 바로 앞 넓은 공터 앞에 다가섰다.

아무것도 없이 텅 비어 있는 공터. 남들이 보기엔 아무런 의미도, 낭만도 없는 그저 너른 공터에 불과했지만 세 남자에게는 의미가 달랐다.

현우가 조용히 입술을 열었다.

"기억 나냐, 영진아?"

"예. 기억나죠. 현우 형님이 시골로 내려가겠다는 저를 회사로 데리고 와서 처음 보여준 게 이 땅이었죠."

"내가 한 말도 기억나지?"

"예. 태명 형님이 그러셨잖아요. 이 땅 사서 한국에서 가장 큰 기획사 세울 거라고요."

"그래. 그게 현실이 됐다."

"그러게요. 전 솔직히 그때 형님들 다단계 하시는 줄 알았어요."

"하긴 프아돌도 사실 어떻게 보면 다단계 피라미드 구조긴
했지. 솔이 보고 싶네. 갑자기."

현우의 농담에 손태명과 최영진이 동시에 웃었다.

세 남자가 말없이 공터를 바라보았다.

"……."

"……."

"……."

'Galaxy Wars' 시리즈는 어울림 엔터와 송지유를 할리우드
로 진출시킨 것만이 아니었다.

처음 이곳에서 회사를 개업했을 때 현우와 손태명은 매일
새벽 퇴근길에 공터 앞을 서성였다. 그리고 꿈을 키웠다.

그 어떤 대형 기획사도 부럽지 않은 멋진 기획사를 가지겠노
라고 말이다. 그리고 그 꿈이 마침내 현실로 다가오고 있었다.

바람이 차가웠다. 술기운에 세 남자가 추위에 떨었다.

"2차 가자."

"어디로요?"

최영진이 현우에게 물었다.

"어디긴. 내 동생 다연이 집으로 가야지. 어, 다연아!"

―잉? 조금 취했네요. 지유가 괜찮대요? 뭐라고 안 해요?

"지유가 괜찮다고 했지 당연히! 태명이랑 영진이랑 2차로 너

희 집 갈 건데, 가도 되냐?"

─와요. 그렇지 않아도 선미 언니랑 혜은 언니도 여기 있어요. 멤버들도 있고.

"오케이. 금방 간다!"

─네. 참, 오빠.

"응?"

─올 때 메로나.

＊　　　　＊　　　　＊

['아는 언니' 최단 기간 1,000만 돌파! 한국 느와르 영화 역사상 최초이자 최다 기록!]

[송지유! 벌써 천만 돌파 작품에 두 번이나 주연 맡아! 국민 여동생에서 이제는 명실상부한 국민 배우 등극!]

[신지혜 12살에 최연소 천만 배우 등극! 어울림의 초특급 기대주 등극!]

['아는 언니' 돌풍! 중국에서만 1억 5천만 관객 돌파! 추정 수익만 6,000억 규모?]

─송지유는 진짜 무적의 커리어네; 적수가 없음; 그리고 님들 그거 알아요? 송지유 이제 겨우 21살임

─신지혜도 장난 아님; 12살에 천만 배우 ㅋㅋ

―어울림을 국내에서 누가 막나 이제? 진짜 무적이다, 무적

―중국에서 돈 쓸어 담네요. 어울림 최고!

'아는 언니'가 한국에서 1,000만을 돌파했다. 그리고 중국에서도 기록적인 흥행 기록을 세우고 있었다. 포털 사이트에선 물론이고 주요 커뮤니티에서도 어울림의 끝을 모르는 상승세에 찬사를 넘어 이제는 경이로워하고 있을 정도였다.

"오빠! 오빠!"

엘시가 대표실 문을 박차고 들어왔다. 그러고는 잔뜩 상기된 표정으로 현우를 찾았다. 대표실 소파에 누워 잠을 자고 있던 현우가 화들짝 놀라며 일어났다.

"왜, 뭔데?"

"지유 진짜예요?! 진짜냐고요!"

성공적인 첫 앨범 활동을 마치고 휴가를 받아 크로아티아 발칸 반도로 여행을 다녀왔던 엘시와 드림걸즈 멤버들이었다. 오랜만에 보는 엘시는 살짝 태운 구릿빛 피부가 인상적이었다.

"잘 태웠네. 근데 휴가 다녀오자마자 뭐가 그렇게 급해?"

현우가 넥타이를 고치며 물었다.

"샤, 샤넬이랑 계약했다면서요?"

"응, 했어."

"와~ 이 사람 좀 보게? Galaxy Wars에 출연하니까 이제

샤넬은 그냥 우습죠? 아시아 출신 모델이 샤넬 뮤즈로 선정돼서 유럽 본토에 광고 나가는 거 처음이라니까요?!"

"그랬어? 어쩐지 은정이가 좋아하더라."

현우가 머리를 긁적였다. 얼마 전, 송지유는 샤넬의 뮤즈로 선정이 되며 광고 모델 계약을 맺었다. 아시아를 넘어 유럽과 북미 쪽에서도 광고가 나갈 예정이었다.

'아는 언니'가 중국에서 큰 흥행을 하면서 모델 후보로 유력했던 설비비를 밀어내고 송지유가 낙점이 된 것이었다. 분통을 터뜨렸을 설비비를 생각하니 아직도 현우는 웃음이 났다.

"할리우드 탑 여배우들만 광고 찍는 브랜드가 샤넬이라고요, 샤넬! 집 나간 며느리도 돌아온다는 샤넬요!"

"그거 전어 아냐? 어쨌든 돈은 많이 주더라."

광고 모델료로 무려 30억의 액수를 챙겼다. 현우의 너스레에 엘시가 멍하니 붉은 입술을 벌렸다.

"진짜 대박이다. 이제 돈이 돈 같지 않아요?"

"그럴지도."

현우가 장난스럽게 씩 웃었다.

어제 목요일, 화류 C&C와 송지유의 중국 에이전시 계약을 마무리했다. 계약금은 무려 300억 원이었다. 한류 연예인 역사상 최초이자 최고의 대우였다.

"보자, 보자."

현우가 엘시의 옆에 앉아 노트북을 켰다.

그리고 정확히 3분 후 기사가 올라왔다.

[송지유! 중국 진출 본격 가시화! 중국 내 서열 3위 종합 엔터테인먼트 회사 화류 C&C와 300억 규모의 계약!]

[국민 소녀, 송지유 중국 본격 진출! 대륙도 정복하나?!]

[송지유! 300억에 중국 에이전시 계약! 할리우드 탑스타를 뛰어넘는 초특급 대우!]

기사가 올라온 지 얼마 되지도 않았건만 벌써 댓글들도 달리고 있었다.

"중국 진출 건도 계약 마무리했어요?"

"응, 어제."

"그럼 말을 해줬어야죠!"

"진짜로 실장 자리 하나 줘?"

"네! 매니지먼트 C팀 신설되면 제가 해볼게요."

엘시가 초롱초롱 눈동자를 빛냈다. 현우가 피식 웃었다. 가수로서도 욕심이 많은 엘시였지만 근래에는 엔터테인먼트 업무 쪽에서도 두각을 드러내고 있었다. 장난으로 부르던 '이다연 실장'이라는 칭호가 이제는 익숙해지고 있었다.

"다른 멤버들은?"

"연습실에서 몸 풀고 있어요. 몸 풀면 회의도 해야 하고, 오늘 밤 샐 거예요."

"아는 언니들 녹화 때문에?"

현우가 물었다. 드림걸즈로서의 첫 활동을 성공적으로 마친 엘시와 멤버들은 SBC에서 '아는 언니들'이라는 리얼 버라이어티 쇼 녹화를 앞두고 있었다. 토요일과 일요일 저녁 6시를 놓고 말들이 많았지만 결국 현우의 주도 아래 토요일 오후 6시부터 8시까지 편성을 따냈다.

"네. 다음 주에 첫 녹화니까 작가 언니들이랑 아이디어도 짜야 하고……."

엘시가 게슴츠레 눈을 뜨고 눈치를 보기 시작했다. 잠시 대화가 끊겼다. 슈트 상의를 걸치며 현우가 엘시를 돌아보았다.

"그래서 요지는 벚꽃 콘서트에 숟가락 얹겠다는 거지?"

"에이~ 표현이 거칠다! 숟가락을 얹는 건 아니고 상부상조하는 거죠. 콘서트에 오시지 못한 팬분들이 안방에서 치킨을 딱! 뜯으면서 토요일 저녁에 우리 멤버들도 보고, 다른 식구들도 보면 좋잖아요. 그렇지 않아요?"

전형적인 약장수 톤이었다. 현우가 엘시의 머리에 살짝 꿀밤을 날리려다 그냥 웃고 말았다.

"진짜 너는 못 당하겠다."

"한 번만 도와줘요~ 첫 방이 중요하잖아요. 네?"

"음."

현우가 잠시 생각에 잠겼다. '아는 언니'가 국내 1,000만 관객을 돌파했고, 중국에서도 흥행 기록을 경신 중이었다. '강한 심장'에서 공약을 걸었던 대로 어울림 엔터테인먼트는 벌써 여의도 한강 공원에 요청하여 특설 무대를 설치 중이었다.

어울림의 간판인 송지유를 비롯해 어울림의 양대 걸 그룹인 i2i와 드림걸즈, 그리고 신현우를 비롯해 소속 연예인들이 총출동을 할 예정이었다.

"대신에 우리들은 방송에서 빼줘."

"네?"

엘시가 흠칫했다. 벚꽃 콘서트를 메인으로 해서 어울림 F4를 적극 활용할 계획이었다. 엘시의 표정을 읽은 현우가 한숨을 내쉬었다.

"아직도 인터넷에 그 꿀렁꿀렁 춤 짤이 돌아다닌다니까? 좀 봐줘. 우리들은 나중에 써먹으면 되잖아."

"오키. 알았어요. 그럼 벚꽃 콘서트 중계권은 우리가 따낸 거예요?"

"오케이. 허락해 주지."

"야호!"

엘시가 방방 뛰며 환호를 했다.

"누가 보면 월드컵 결승전 중계권이라도 딴 줄 알겠네."

"일단 이로써 첫 방은 성공 확정!"

"녹화도 전에 김칫국 마시지 말고, 조금 이따가 월간 회의 있으니까 멤버들 데리고 참석해."

"아 맞다! 월간 회의! 오늘 안건은 뭔데요?"

"있어. 특급 사항이니까 기대해."

"특급 사항?"

엘시가 고개를 갸웃했다.

*   *   *

"매니지먼트 B팀 팀장 고석훈입니다."

무뚝뚝한 고석훈답게 첫마디도 간단명료했다. 두 번째로 벌어진 월간 회의는 고석훈이 진행을 맡기로 했다.

대표실엔 모든 식구들이 모여 있었다. 일본에서 인기리에 활동 중인 i2i도 월간 회의를 위해 입국을 한 상태였다.

대표인 현우와 함께 매니지먼트 A팀과 B팀의 수장인 손태명과 김정우도 고석훈을 바라보고 있었다.

고석훈이 피피티를 작동시켰다.

"첫 번째 안건은."

고석훈이 뜸을 들였다. 담담한 고석훈과 다르게 어울림 식구들이 잔뜩 기대에 차 있었다.

"뜸 들이지 말고 말해, 석훈아."

최영진이 재촉을 했다. 고석훈이 조용히 입을 열었다.

"첫 번째 안건은 신사옥 관련 안건입니다."

"신사옥! 신사옥!"

엘시와 드림걸즈 멤버들을 시작으로 i2i 멤버들도 난리가 났다. 피피티 화면에 신사옥의 외부 디자인과 함께 도면이 나타났다.

"세상에."

차분한 성격의 서유희조차 입을 가리며 놀랐다.

"차기 어울림 엔터테인먼트의 신사옥입니다. 독일 출신의 세계적인 건축가 아서 펠트만 씨가 신사옥 건축을 담당할 계획입니다. 대지는 총 610평 규모고, 연 면적은 총 5,200평 정도가 될 계획입니다. 보면 아시겠지만 지하 5층부터 지상 12층까지 지어질 계획이며 공사 기간은 아직 정확하지는 않지만 대략 2년 정도를 잡고 있습니다. 또한 보시다시피 신사옥 완공과 함께 led 전광판을 통해 외벽에 미디어파사드를 설치할 계획입니다."

화류 C&C와의 중국 에이전시 계약과 맞물려 어울림 엔터테인먼트는 그간 모은 돈으로 600평 규모의 길 건너 공터를 매입했다. 그리고 세계적인 건축가를 섭외했다.

총 250억 상당의 금액이 들어간 그야말로 초호화 신사옥이었다. 특히 미디어파사드를 전광판으로 활용해 소속 연예인들을 홍보하고 어울림 신사옥을 관광 명소로 만들 계획도 가지고 있었다.

"그럼 신사옥 벽에 우리 얼굴도 실리는 거예요, 대표님?"

i2i의 리더인 김수정이 물었다. 현우가 고개를 끄덕였다.

"당연하지. 우리 소속 연예인들은 전부 전광판에 실릴 거야."

"대박!"

김수정이 감탄을 했다.

뒤이어 드림걸즈와 i2i 멤버들의 시선이 연습실로 향했다. 신사옥에는 연습실만 무려 10개였다. 지상 2층부터 지상 11층까지 한층 꼴로 최첨단 시설의 연습실이 자리를 잡고 있었다.

"드디어 지하 연습실을 벗어나는구나! 흑!"

엘시가 크리스틴을 껴안았다.

"나이스!"

i2i 멤버들도 서로를 껴안으며 기뻐했다.

안무 연습을 할 때마다 통풍이 잘되지 않아 고생을 했다. 통풍 시설이 있긴 있었지만 한계가 명확했다. 그리고 연습실이 그리 넓지 않아 시간을 정해놓고 선후배 걸 그룹 간에 내외 아닌 내외를 해야 했다.

"녹음실은 총 네 곳입니다."

녹음실 도면마다 어울림 소속 작곡가인 김정호와 오승석, 그리고 블루마운틴의 이름이 적혀 있었다. 그리고 나머지 한 곳의 녹음실에는 ggobuki라는 이솔의 작곡가 네임도 적혀 있었다.

"오오! 이솔?"

리더인 김수정을 시작으로 i2i 멤버들이 이솔을 부러워했다. 녹음실이야말로 고가의 장비들이 들어가기 때문에 매우 중요한 곳이라고 할 수 있었다. 녹음실 한 곳이 이솔의 전용 녹음실로 만들어질 계획이었다.

"감사합니다, 대표님."

"감사는. 위기 때마다 솔이 네가 만든 노래가 큰 역할을 해줬어. 이 정도 보상은 당연한 거야."

"그럼 맞지. 나도 인정. 솔이가 준 곡으로 우리 앨범도 대박 난 거니까."

엘시도 고개를 끄덕였다.

현우와 엘시의 칭찬에 이솔이 수줍어했다. 일본에서 절대적인 인기를 끌고 있음에도 처음 보았을 때와 달라진 게 없었다. 여전히 수줍음이 많은 이솔이었다.

"대표님! 저는 방 하나만 만들어주세요!"

이지수가 손을 들며 질문을 했다. 질세라 배하나도 손을 번쩍 들었다.

"저는 햄버거 가게 만들어주세요!"

"햄, 햄버거?"

현우가 당황해했다. 돌아온 두 악동이 히히 웃으며 현우를 쳐다보고 있었다.

"이미 유기농 뷔페 만들기로 했어."

송지유가 대신 대답을 했다. 배하나가 울상을 했다.

"지유 언니, 우리 오랜만에 봤는데 너무 단호박이잖아요. 그리고 유기농은 맛없는데."

"그러니까. 힝."

덩달아 유나도 울상이었다.

"어쩔 수 없잖아. 지유가 중국에서 벌어온 돈으로 신사옥 짓는 건데."

엘시가 장난스럽게 말했다.

"그럼 신사옥 주인은 지유 언니예요?"

"그럼 지유 언니, 햄버거 가게 하나만 부탁해요."

이지수와 배하나의 엉뚱한 대화에 i2i의 군기반장 유지연이 슥 고개를 들었다. 유지연의 서늘한 시선이 두 멤버에게로 향했다.

"그만들 해. 너희 진짜 바보야?"

"바보인 거 하루 이틀도 아니잖아. 에휴."

리더인 김수정도 한숨을 내쉬었다.

결국 현우가 하하 웃었다. 그러다 진지한 표정을 했다.

"지수랑 하나. 농담인 건 알겠는데 신사옥은 그 누구의 것도 아냐. 우리 어울림 식구 모두의 것이지."

"그럼 대표실에서 뭐 시켜 먹어도 되나요?"

배하나도 이지수도 아닌 엘시가 장난을 쳤다.

"대표실이 12층인데, 12층까지 배달 오려면 치킨 식어요, 선배님."

"배하나 바보냐? 설마 계단으로 오겠어? 얘는 진짜 바보라니까요, 대표님?"

"나 바보 아니야!"

"바보들이 그렇게 말하더라고 보통!"

"야! 이지수!"

"얘네 진짜 재밌어. 오키! 2회 게스트는 배하나랑 이지수!"

엘시까지 나섰다.

"찬성! 찬성!"

"선후배 걸 그룹끼리 철인 경기 대결 어때? 다연 언니?"

유나와 연희도 신이 났다.

순식간에 대표실이 소란스러워졌다.

"후우."

현우가 한숨을 내쉬었다. 엘시와 드림걸즈 멤버만으로도 벅찼는데, i2i의 악동 배하나와 이지수까지 합류를 했다. 비글즈와 원조 악동 듀오가 만나니 통제 불능이었다.

고석훈이 멀뚱멀뚱 상황을 지켜만 보고 있었다.

"오빠, 오빠가 나서야 할 것 같아요."

"내가?"

평소라면 차가운 한마디로 사태를 진정시켰을 송지유였다. 하지만 오늘은 달랐다. 송지유가 현우의 팔을 꼭 쥐었다.

"오빠가 대표님이잖아요. 오늘 주인공은 내가 아니고 오빠예요."

송지유의 나긋한 말에 현우가 빙그레 미소를 머금었다. 결국 현우가 자리에서 일어났다.

"우리 삼촌이 말한대요!"

신지혜의 외침에 비글즈와 악동 듀오가 와자지껄 떠들던 것을 멈추고 현우를 주목했다. 신지혜의 머리를 쓰다듬어 준 다음 현우가 어울림 식구들을 둘러보았다.

"그동안 못난 대표를 믿고 여기까지 따라와 줘서 정말 고맙습니다. 우리 식구들, 그간 고생들 많았습니다."

"……."

"……."

"……."

현우의 따듯한 말 한 마디에 순간 모두가 숙연해졌다.

어울림 식구들은 단순히 비즈니스적인 이해관계로 모인 사이가 아니었다. 매니저부터 시작해서 소속 연예인들 모두가 서로 간의 신뢰와 사연으로 똘똘 뭉쳐 있었다.

현우가 어울림 식구들 한 명, 한 명과 모두 눈을 맞추었다. 그런 다음에 다시 입을 열었다.

"신사옥은 우리 어울림 가족들의 신뢰가 쌓여서 만든 곳입니다. 앞으로 좋은 일들이 더 많겠지만 인생이라는 게 좋은 일만 있을 수는 없을 겁니다. 시련이 온다고 해도 지금까지 해왔던 것처럼 서로 힘을 합쳐 잘해봅시다."

"김현우 멋있다!"

김은정을 시작으로 박수가 쏟아졌다.

현우의 시선이 어울림 엔터테인먼트 신사옥 설계도에 향했다. 그토록 꿈꾸던 신사옥의 꿈이 마침내 이루어진 순간이었다.

"음. 그리고 두 번째 안건도 있습니다. 석훈아?"

"예, 대표님."

고석훈이 피피티를 다음 장으로 넘겼다.

들떠 있던 어울림 식구들의 표정이 순간 진지해졌다.

월간 회의의 두 번째 안건은 바로 '제1차 어울림 엔터테인먼트 공개 오디션'이었다. 피피티 문구가 가지고 있는 무게에 어울림 식구들이 진지해졌다.

연습생들이야말로 기획사의 근간이며 재산이었다.

4대 기획사를 넘어 국민 기획사로 불리고 있는 어울림 엔터테인먼트였지만 아직 미래를 위한 준비는 하지 못한 상태였다.

"이번 1차 공개 오디션을 통해 40명 정도의 연습생을 뽑을 계획입니다. 모집 분야는 가수와 배우입니다."

"와아! 언니들! 저도 후배 생겨요! 드디어 막내 탈출!"

막내 그룹인 i2i 멤버들 가운데서도 가장 어린 나이의 전유지가 유난히도 기뻐했다. 다른 i2i 멤버들도 후배가 생긴다는 생각에 들떴다.

"그럼 우리 어울림도 보이 그룹 만드나요?"

엘시가 손을 들고 질문을 던졌다. 이다연 실장다웠다. 신현우를 제외한 어울림 소속 아티스트는 모두 여성이었다. 심각한 여초 회사가 바로 어울림이었다.

고석훈이 현우를 쳐다보았다. 현우가 팔짱을 풀고는 입을 열었다.

"보이 그룹도 당연히 만들 겁니다."

"좋아! 이 누님이 훌륭하게 키워주겠어! 수정아! 크로스!"

"크로스!"

먼 미래의 일이긴 했지만 어쨌든 남동생 격 아이돌 그룹이 만들어진다는 말에 엘시와 김수정이 팔을 교차하며 전의를 불태웠다.

"다연이는 그렇다 치고 수정이도 매니지먼트에 관심이 있었나?"

"네. 언제까지 아이돌을 할 수는 없으니까요."

김수정이 제법 어른스럽게 말을 했다. 그리고 엘시가 김수정의 어깨에 팔을 척 올려놓았다.

"수정이는 제 오른팔이에요. 오빠, 아니, 대표님."

"그랬어?"

현우가 피식 웃었다. 드림걸즈와 i2i의 리더인 엘시와 김수정의 미래가 대충 그려졌다.

'뭐 똑똑한 아이들이니까.'

정말 매니지먼트 C팀을 창설해야 하나 고민이 될 정도였다.

그사이 고석훈이 다시 말을 이어갔다.

"1차 공개 오디션 모집안은 내일 오전 9시 홈페이지를 통해 공개할 겁니다. 참가자는 5일간 모집을 할 계획입니다. 연습생 모집 연령은 9세에서 12세까지입니다."

올해 신지혜가 12살이었다. 이번 연습생 선발의 모든 기준점은 어울림의 미래인 신지혜였다.

"다 좋은데 기한이 너무 짧지 않아요?"

김은정이 물어왔다. 현우가 고개를 저었다.

"은정이 말도 일리가 있긴 한데, 저번에 신입 직원 모집했을 때를 생각해 봐, 은정아."

"악! 맞다!"

김은정의 얼굴이 하얗게 질려 버렸다. 그때 몰려든 면접자의 수만 수천 명이었다. 간판스타인 송지유까지 나서서 밤새 서류 전형 작업을 해야 할 정도였다.

소수 정예로 운영되고 있는 어울림의 유일한 약점이 바로 인력 문제였다. 신사옥이 완공되면 다 해결될 문제이긴 했지만 아직 2년이라는 시간이 필요했다.

그렇기 때문에 현우와 손태명 그리고 김정우는 단 5일 동안만 오디션 참가자를 모집하기로 결정을 내렸다. 회사의 인력을 고려한 결정이었다.

"5일 정도면 시간은 충분할 겁니다. 다연이랑 수진이도 오디션 첫날에 발탁이 되었죠."

S&H의 전설적인 매니저 출신인 김정우가 말을 덧붙였다. 걸즈파워 1기 멤버들도 공개 오디션 3일차에 완성이 되었었다. 즉, 모집 기한을 늘린다고 해서 더 의미가 있는 건 아니었다.

"아~ 옛날 생각난다. 조수진 처음 봤을 때 완전 웃겼는데."

"너도 마찬가지였어. 어쨌든 대한민국이 난리가 나겠네요."

크리스틴이 엘시를 흘겨보다 말을 꺼냈다.

"아마도 그럴 겁니다, 수진 씨."

현우가 어깨를 으쓱했다. 저번에 신지혜가 드라마 '신(新) 콩쥐팥쥐전' 오디션을 봤을 때도 아이 엄마들의 오디션 문의가 쇄도를 한 적이 있었다. 아직도 SNS로 그때 만났던 아이 엄마들이 문의를 해오고 있었다.

"이번에는 몇 명이나 올까요?"

최영진의 말에 다들 쉽사리 대답을 하지 못했다. 하지만 한 가지 사실은 확실했다. 엄청난 숫자의 참가자들이 몰릴 것이라는 사실이었다.

"그럼 세 번째 안건을 말씀드리겠습니다. 공개 오디션을 통해 발탁될 연습생들을 위해 임시로 건물을 더 임대할 계획입니다."

고석훈의 말에 모두가 공감을 했다. 현재 어울림 본사는 지하 1층, 지상 3층으로 이루어진 그리 크지 않은 건물을 통째로 임대하고 있었다.

"근처 바로 옆 건물에 공실이 생겼습니다. 지하 1층 지상 3층짜리 건물이며 2년간 임대 계약을 맺기로 했습니다."

"지하에 연습실도 하나 만들 계획이니까 다들 힘냅시다."

손태명의 말에 드림걸즈와 i2i 멤버들이 환호를 질렀다. 이로써 연습실이 두 개가 생긴 셈이었다.

"마지막 안건은, 벚꽃 콘서트입니다. 다들 아시다시피 아는 언니가 한국에서 천만을 기록했습니다. 공약대로 여의도 한강 공원에서 벚꽃 콘서트가 열릴 겁니다. 이미 장소 섭외를 비롯해 특설 무대의 설치가 진행 중에 있습니다. 콘서트 일정은 다음 주 토요일 낮 12시입니다."

"그때까지 벚꽃이 피어 있어야 하는데."

유나가 창밖의 벚꽃나무를 보며 불안해했다.

"영진아, 날씨 확인해 봤지?"

"네, 태명 형님. 다음 주까지 날씨 쨍쨍하게 화사하답니다. 유나도 걱정하지 마. 벚꽃 지는 일은 없을 테니까."

"네, 영진 오빠. 히히."

유나가 이제야 안심을 했다.

"이상 월간 회의를 마치겠습니다. 대표님, 하실 말씀 있으십니까?"

고석훈의 말에 현우가 자리에서 일어났다. 어울림 식구들의 시선이 모아졌다.

"조금 전에 하고 싶은 말은 다 했고, 여기서 말 길게 해봐야 지유한테 혼날 것 같으니까 딱 한 마디만 하겠습니다. 오늘 태명이가 소고기 쏩니다."

"말도 안 돼!"

"설마요?"

다들 믿지 않았다. 긴축재정의 대가로 유명한 손태명이었다. 손태명이 자리에서 일어나며 후후 웃었다.

"신사옥 짓느라고 돈 쏟아부은 마당에 더 아껴서 뭐 하겠습니까? 소고기 갑시다! 회사 카드로 내가 쏩니다."

"와아! 태명 선배 만세!"

환호성이 쏟아졌다.

*   *   *

검은색 무광 스포츠카가 양화대교 위를 달리고 있었다.

조수석에 앉아 송지유가 가만히 현우를 살피고 있었다. '아는 언니'가 개봉하고 미국에서 'Galaxy Wars'의 여주인공으로 캐스팅된 후, 송지유는 비교적 한가한 일상을 보내고 있었다.

샤넬의 뮤즈가 되어 국제 광고 하나를 찍었고, 요즘은 영어 개인 교습을 제외하곤 대부분을 휴식을 취하고 있었다.

앞으로의 스케줄도 이번 달 말 상해에서의 스케줄 몇 개와 북경에서의 스케줄 한두 개를 제외하면 여름에 있을 'Galaxy Wars' 촬영이 전부였다.

반대로 현우는 정신없이 바쁜 나날을 보내고 있었다. 화류 C&C와의 중국 에이전시 계약을 마무리해야 했고, 그간 밀린 일들도 처리를 해야 했다.

"요즘 많이 피곤하죠?"

송지유의 목소리가 들려오자 현우가 고개를 저었다.

"피곤하긴. 내가 지금 피곤하다고 하면 배부른 소리지. 그동안 고생은 지유 네가 다했지 뭐. 요즘 쉬니까 좋지?"

"좋긴 한데 심심해요."

"그래? 그래도 푹 쉬어놓는 게 좋아. 이제 본격적으로 영화

촬영 들어가면 한동안 또 바쁠 테니까."

"알아요."

'Galaxy Wars'는 현재 시나리오 전면 수정 중에 있었다. 송지유의 캐스팅을 결정한 후 루이 메키스 감독이 'Galaxy Wars'의 시나리오와 연출에 복귀를 했기 때문이었다.

할리우드에서도 루이 메키스의 복귀를 격하게 환영하고 있었다. 덕분에 송지유를 향한 할리우드의 관심도 들끓고 있는 실정이었다. 일선에서 물러난 세계적인 거장이 동양의 여배우 때문에 다시 일선으로 복귀를 했다는 소문이 돌고 있었기 때문이었다.

"오늘은 나 데려다주고 회사로 가지 말고 집에서 자요. 네?"

송지유가 현우를 걱정하고 있었다. 현우가 빙그레 웃었다.

"그래. 우리 지유 말 들어야지."

"기대되네요."

"벚꽃 콘서트?"

"네. 팬분들 앞에서 오랜만에 노래 부르는 거잖아요."

그렇게 말하곤 송지유가 창문을 열었다. 한강 도로변에 아직 벚꽃이 피어 있었다. 봄바람이 새어 들어왔다.

"술 못 마셔서 섭섭하지 않아요? 태명 오빠랑 영진 오빠도 한 모금도 안마시던데."

"전혀. 오늘 같은 날은 왠지 나도 마시기 싫더라."

"오늘 같은 날이 어떤 날인데요?"

송지유가 궁금해했다. 현우가 씩 웃었다.

"남자들은 술 안 마셔도 취한 것 같이 기분 좋은 날이 아주 가끔 있어. 오늘이 그런 날이었어."

신사옥 건도 마무리가 되었겠다, 솔직히 현우는 더 이상 욕심이 없을 정도였다.

고가의 스포츠카가 마포 인근의 아파트 단지에 들어섰다. 현우가 얼른 내려 문을 열어주었다. 송지유가 현우의 손을 잡고는 차에서 내렸다.

"조심히 가요, 오빠."

"그래. 내일도 회사로 올 거야?"

"영어 수업 끝나고 바로 갈게요."

"그래. 할머님이랑 유라한테 안부 전해주고."

"들어가요."

현우가 다시 스포츠카로 올라탔다. 하늘 높이 솟아 있던 양쪽 문이 다시 내려왔다. 그리고 검은색 스포츠카가 빠르게 아파트 단지를 벗어나기 시작했다.

$$*\qquad*\qquad*$$

[어울림 엔터테인먼트 250억 금액으로 초호화 신사옥 짓는

다! 지하 5층, 지상 12층 규모의 초호화 신사옥 건설안, 홈페이지를 통해 밝혀!]

[어울림 엔터테인먼트 창립 후 최초로 공개 오디션 개최! 국민 기획사 드디어 미래에 투자하나?!]

[어울림 엔터테인먼트 '아는 언니' 천만 관객 돌파 공약 지킨다! 다음 주 토요일 낮 12시, 한강 여의도 공원에서 자선 벚꽃 콘서트 개최! 자선 금액 전액 기부 의사 밝혀!]

이른 아침부터 포털 사이트가 어울림 엔터테인먼트에서 밝힌 공식 입장들로 뜨거웠다.

─그렇지! 국민 기획사 클라스면 저 정도 사옥은 지어야지! ㅊ
ㅋㅊㅋ!

─와; 기획사 건물 맞음? 완전 장난 아니네?

─어울림 또 성장하는구나! 대박!

─드디어 어울림도 연습생 뽑음? ㄷㄷ

─연예인 지망생들 전부 오디션에 몰릴 듯; 경쟁률 장난 아니겠음 ㅋㅋ

─일단 어울림에 연습생으로 들어가기만 하면 성공은 보장된 거 아님? 김현우 대표부터 시작해서 손태명 실장이랑 김정우 실장이랑 완전 기획사판 삼총사

―최영진 팀장님은 왜 빼요? ㅋㅋㅋ

―벚꽃 콘서트 갑니다! 신청했어요!

―저번 크리스마스 콘서트에 이어 이번에도 갑니다! 기대 중!

―자선 콘서트 좋다, 좋아!

포털 사이트 기사들마다 댓글들이 빼곡했다.

"후훗."

"그렇게 좋냐, 태명아?"

현우가 손태명의 어깨에 손을 올렸다. 손태명이 씩 웃었다.

"신사옥 생각만 하면 자다가도 웃음이 난다니까? 왜 결혼한 사람들이 내 집, 내 집 하는 줄 이제 알겠다."

"아무리 좋아도 그렇지. 끔찍한 소리 하지 마라."

"시끄럽고 넌 돈이나 더 벌어와."

"하아… 잔소리꾼. 내가 여기서 어떻게 더 벌어 오냐?"

티격태격하는 현우와 손태명을 보며 유선미와 이혜은이 웃음을 흘리고 있었다.

"혜은 씨, 오디션 모집 상황은 어때요?"

접속 폭주를 우려해 홈페이지 서버를 증원했다. 이혜은이 자리에 앉아 확인을 했다.

"접수 한 시간 만에 천 명이 넘었어요. 이번에도 각오하셔야 할 것 같아요."

"그래요? 혹시나 했는데 다행입니다."

공개 오디션 모집안을 발표한 지 불과 한 시간 만에 천 명이 넘는 인원들이 오디션 신청을 하고 있었다.

"심사위원들을 더 늘려야겠다, 태명아."

"그 편이 낫겠어."

"대표님? 전화 받으셔야 할 것 같습니다."

유선미가 말을 걸어왔다.

"어딥니까?"

"대한가수협회라는데요?"

"대한가수협회요?"

장난스러웠던 현우의 표정이 의문으로 물들었다. 대한가수협회라면 대한민국 연예계에서 활동하는 대부분의 가수들이 등록되어 있는 일종의 단체였다.

어울림 엔터테인먼트 소속 가수들은 아직 단 한 명도 대한가수협회에 등록이 되어 있지 않았다.

"일단 조금 이따가 전화한다고 전해줘요, 선미 씨."

"네, 대표님."

현우와 손태명이 서로를 바라보았다.

"뭐지, 태명아?"

"우리 가수들 보고 가수협회에 등록하라고 연락 온 거 아닐까?"

"그런 평범한 이유라면 차라리 다행인데 말이지."

마침 안무가 릴리가 3층 사무실에 나타났다.

"저 릴리 선생님."

"네, 대표님. 무슨 일 있으세요?"

"한 가지 궁금한 게 있어서 말입니다."

"얼마든지 물어보세요. 뭔데요?"

"혹시 릴리 선생님도 대한가수협회에 등록이 되어 있습니까?"

릴리가 잠시 생각에 잠겼다. 그러다 입을 열었다.

"네. 아마 그럴 거예요. 현역으로 활동할 때 소속사에서 가입을 해놨았던 기억이 나네요. 그런데 왜요? 대표님?"

"조금 전에 대한가수협회 쪽에서 연락이 와서 말입니다."

"우리 가수들은 아직 등록 안 했죠?"

"네. 뭐."

현우의 대답에 릴리가 아무렇지도 않다는 표정을 했다.

"가입을 하던, 아니면 하지 않던 큰 상관은 없을 거예요."

"그렇습니까?"

"네, 대표님."

릴리의 말에 현우가 생각에 잠겼다. 대한가수협회는 사실 어떤 영향력이나 강제성이 큰 단체는 아니었다. 쉽게 비유를 하자면 친목 겸 가수들의 권익을 위한 것들을 논의하기 위해

뭉친 그런 단체였다.

"현우야, 어떻게 할 건데?"

손태명이 물었다. 어울림 직원들의 이목이 대표인 현우에게로 쏠렸다.

"충무로랑은 척을 졌어도 대한가수협회까지 척을 질 필요는 없겠지. 일단 통화나 해보지 뭐."

"그게 낫겠습니다, 형님."

최영진도 현우의 의견에 공감을 했다.

"선미 씨, 전화 연결 부탁해요."

"네, 대표님."

유선미가 곧장 대한가수협회로 전화를 걸었다. 현우가 수화기를 건네받고는 한참이나 통화를 했다. 어울림 식구들은 가만히 서서 그런 현우를 지켜보고 있었다.

짧게 끝날 줄 알았던 통화는 무려 10분이 넘게 이어졌다. 탁. 현우가 수화기를 내려놓았다.

"문제라도 생긴 거야?"

손태명이 현우에게 물었다. 현우가 고개를 저었다.

"문제는 아니고, 내일모레 대한가수협회에서 원로 가수 선생님들을 모시고 행사를 여는 모양이야."

"그래서?"

"소속 가수들을 보내줄 수 없겠냐고 부탁을 해오는데?"

"그래? 그럼 큰일은 아니네. 어떻게 할 건데?"

"내일 모레 스케줄 누가 비어 있지?"

최영진이 급히 스케줄을 확인했다. i2i는 오늘 아침 비행기로 일본으로 돌아갔고, 드림걸즈 멤버들은 '아는 언니들' 첫 녹화 때문에 SBC 작가들과 붙어서 살다시피 하고 있었다.

신현우는 내일 모레 신지혜, 신지선 자매를 데리고 일본 오키나와 여행을 떠나기로 되어 있었다.

"지유가 비는데요, 형님?"

"그래? 그럼 나랑 지유랑 잠깐 다녀오지 뭐."

현우가 빙그레 웃으며 대답했다.

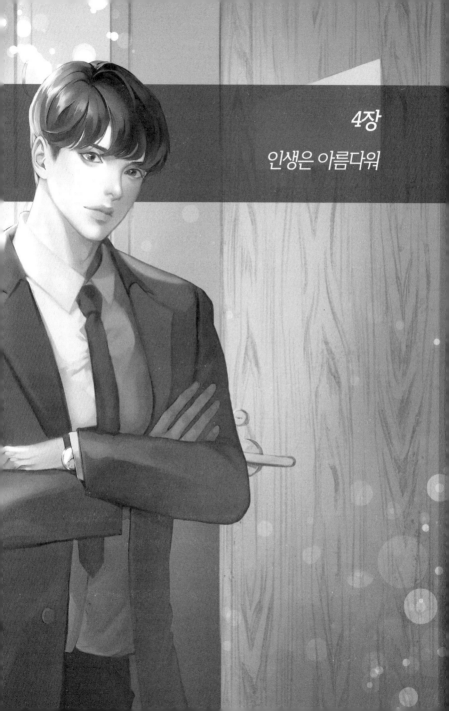

4장
인생은 아름다워

어울림 본사 바로 옆 3층짜리 건물이 새 단장에 한창이었다. 인테리어 시공을 위해 얼굴천재지유 박 팀장과 함께 업체 직원들이 분주하게 새 건물을 돌아다니고 있었다.

새 건물 앞에 검은색 무광 스포츠카가 들어섰다. 문이 위쪽으로 열리며 현우가 차에서 내렸다. 현우를 발견한 박 팀장이 급히 다가왔다.

"이야! 차 좋네요! 이 차가 지유 님이 대표님한테 선물한 바로 그 차입니까?"

"네, 차 좋죠?"

현우가 씩 웃었다. 박 팀장은 물론이고 직원들이 현우의 차를 구경하느라 정신이 없었다.

현우는 단장에 한창인 건물을 올려다보았다. 본사와 마찬가지로 이번 건물도 부드러운 초록색 새 옷을 입고 있었다. 화물차 위엔 '어울림 엔터테인먼트 별관'이라고 적힌 간판도 보였다.

현우가 분주히 일을 하고 있는 직원들과 인부들을 살피며 옛 기억에 잠겼다. 자본금 몇 백 만원으로 어울림이라는 기획사를 세웠을 때, 박 팀장은 송지유의 팬이라는 이유 하나만으로 어울림 본사 건물의 수리와 단장을 거의 공짜에 가깝게 해 준 적이 있었다.

"이번에는 꼭 제값을 지불하겠습니다, 박 팀장님."

"제값이라니요? 이번에도 공짜로 해드리겠습니다!"

"또 말입니까?"

"당연하죠! 신사옥 건축 내장 재료를 전부 저희 회사에 맡겨주셨는데, 이 정도면 당연한 거 아닙니까?"

박 팀장이 사람 좋은 웃음을 흘렸다. 어울림 엔터테인먼트가 신사옥 건설 계획을 밝히며 가장 먼저 연락을 한 곳이 박 팀장이 소속되어 있는 업체였다. 덕분에 박 팀장은 회사에서도 입지가 더욱 탄탄해진 상태였다. 요즘 회사에서도 성공한 덕후인 '성덕'이라고 불리고 있는 판이었다.

"그럼 감사히 받겠습니다, 팀장님."

현우도 빙그레 미소를 지었다. 그러고는 길 건너 공터에 시선을 돌렸다. 주인 없이 비어져 있던 땅 주위에 길게 라인이 둘러져 있었다. 그리고 '어울림 엔터테인먼트 신사옥 부지'라는 팻말이 당당하게 적혀 있었다.

이제 곧 본격적으로 땅을 고르고 지반 공사에 들어갈 참이었다. 중장비들도 줄지어 세워져 있었다. 자연스레 현우의 얼굴 가득 미소가 머금어졌다.

"축하드립니다. 그리고 대단하십니다, 대표님."

박 팀장이 옆에 나란히 서며 현우를 치켜세웠다. 현우가 고개를 저었다.

"신사옥 건물은 박 팀장님처럼 지유랑 저희 어울림을 사랑해 주시는 팬분들이 세워준 거라고 생각하고 있습니다. 대단한 건 제가 아니죠."

"하하. 이래서 팬 카페 회원들이랑 사람들이 대표님을 좋아하는 거 아니겠습니까? 대표님을 보고 있자면 그냥 무조건 더 잘되었으면 좋겠다는 생각뿐입니다. 아마 저뿐만이 아니라 다들 그럴 겁니다."

"그런가요?"

현우가 쓴웃음을 머금었다.

그때였다. 초록색 스프린터가 들어섰다. 운전석 창문이 내려갔다. 최영진이었다. i2i의 전담 매니저이긴 하지만 바쁜 업무 때문에 최영진은 근래 한국에서 빈틈을 메꾸고 있었다.

"형님! 별관 공사 벌써 시작된 거예요?"

"응. 박 팀장님이 서둘러 주신다. 몽마르트 다녀온 거지?"

"네! 형님! 그리고 감사합니다, 박 팀장님."

"감사는요. 우리 지유 님 회사가 아닙니까?"

최영진과 박 팀장이 대화를 나누는 사이 스프린터의 문이 열리고 송지유가 모습을 드러내었다.

검은색 선글라스를 쓴 송지유는 레이스가 달린 하얀색 블라우스 위에 검은색 재킷 그리고 검은색 H라인 스커트에 검은색 하이힐을 신고 있었다.

스프린터에서 내린 송지유가 선글라스를 벗었다.

얼굴천재지유 박 팀장과 직원들이 멍하니 구경을 했다. 요즘 들어 송지유의 미모가 더욱 빛을 발하고 있었다. 뭐랄까, 성숙한 느낌도 풍겼다.

"영진 오빠."

"어, 지유야!"

최영진이 황급히 뒷좌석에서 짐 꾸러미를 꺼내 들었다.

"그거 다 뭔데?"

현우가 물었다.

"박 팀장님이랑 직원분들 드시라고 싸왔어요."

순간 박 팀장이 흠칫하며 현우를 쳐다보았다. 현우가 피식 웃기만 했다. 송지유표 건강 음식은 어울림을 넘어 팬들과 대중들에게도 이미 유명한 소재였다.

"배고프셨죠? 직원분들이랑 좀 드세요. 도시락 싸 왔어요."

"우리 지유 님, 바쁘고 힘드신데 도시락까지 손수 싸주시고 영광입니다! 영광!"

박 팀장이 정말로 좋아했다. 그리고 직원들도 환호를 질렀다.

박 팀장의 영향으로 직원들 중에서는 송지유의 팬 카페 SONG ME YOU에서 활동하는 사람들이 제법 있었다.

박 팀장과 직원들이 트럭 뒷좌석을 내리고 즉석에서 식사 자리를 만들었다.

"그, 그런데 직접 만드신 겁니까?"

"아니에요. 시간이 없어서 할머니 반찬들 좀 싸온 거예요."

"그렇습니까?"

순간 박 팀장과 직원들의 얼굴이 눈에 띄게 밝아졌다. 그러고는 마음 놓고 식사들을 시작했다.

"영진아, 너는 여기서 박 팀장님이랑 직원분들 도와드려라."

"형님이 직접 운전하고 가시게요?"

"응. 오랜만에."

현우가 차키를 건네받고는 스프린터 운전석 위에 올라탔다.

최영진이 급히 송지유를 위해 문을 열어주었다.

"형님! 다녀오세요! 지유 님 잘 모시고요!"

"오케이!"

현우가 쓴웃음을 머금으며 시동을 걸었다. 초록색 스프린터가 어울림 본사를 빠르게 벗어나기 시작했다.

*　　　*　　　*

'대한가수협회'라고 적힌 명패가 걸려 있는 건물 앞에 초록색 스프린트가 세워졌다. 스프린트에서 내린 현우와 송지유가 대한가수협회 건물을 둘러보았다.

현우가 살짝 눈썹을 찌푸렸다. 대한가수협회 관계자들의 말에 의하면 이미 여러 기획사들에 협조 요청을 보냈다고 했다. 그런데 넓은 주차장이 텅 비어 있었다. 연예기획사 밴으로 보이는 차량은 코인 엔터테인먼트의 밴 한 대가 전부였다.

마침 코인 엔터의 밴에서 익숙한 얼굴이 모습을 드러내었다. 백동원 팀장이었다.

"대표님! 지유 씨!"

백동원 팀장이 서둘러 다가오며 인사를 건넸다. 현우가 부드러운 미소를 머금었다. 백동원 팀장은 '프로듀스 아이돌 121' 기획 초반부터 현우에게 큰 힘을 보태준 사람이었다.

"현우 씨도 그렇고 지유 씨도 이제 함부로 대하면 안 될 것 같습니다."

백동원 팀장이 현우와 송지유를 살피며 뿌듯한 표정을 했다. 가난하고 패기만 넘쳤던 젊은 청년과 도도하고 예쁘기만 했던 어린 아가씨가 이제는 할리우드까지 진출을 했다. 그리고 어느새 대한민국의 자랑거리가 되어 있었다. 그야말로 격세지감이라는 사자성어가 딱 어울렸다.

하지만 현우의 생각은 달랐다.

"그러시면 제가 섭섭합니다. 팀장님은 영진이나 저한테는 형님 같은 분인데요?"

"그래요? 그렇게 생각해 주니 고맙고 또 고맙습니다, 현우씨."

백동원이 현우를 보며 흐뭇한 미소를 숨기지 못했다.

그사이 코인 엔터의 밴에서 걸 그룹 프리즘의 멤버들이 모습을 드러내었다. i2i의 멤버인 전유지와 양시시가 본래 프리즘 출신이기도 했다.

프리즘 멤버들이 다다다 현우와 송지유의 앞으로 섰다. 그리고 꾸벅 90도로 인사를 했다.

"안녕? 오랜만이에요?"

현우가 인사를 했다. 그리고 프리즘을 살펴보았다. 4인조였던 프리즘은 현재 8인조로 재편이 되어 있었다. 최영진이 본

인생은 아름다워 189

래 속해 있었던 디온 뮤직이 문을 닫으면서 갈 곳을 잃었던 사바나의 멤버들이 프리즘으로 대거 이적을 했기 때문이었다.

그리 큰 인기를 얻고 있는 건 아니었지만 프리즘도 어느 정도 팬덤이 존재하긴 했다.

특히 전 사바나 멤버들은 현우에게 호의적이었다. 코인 엔터로 이적을 할 수 있었던 배경에 현우와 최영진의 입김이 있었다는 것을 멤버들 전원이 알고 있었기 때문이었다.

"대표님! 더 멋있어지셨네요!"

"나야 뭐, 늘 멋있지."

"네?"

현우의 가벼운 농담에 전 사바나 멤버들이 꺄르르 웃기 시작했다.

"저, 대표님. 영진 오빠요. 회사에서 정말로 핵심 직원이에요? 영진 오빠 말로는 자기가 없으면 회사가 안 돌아간다고 하던데?"

사바나의 멤버 한 명이 질문을 했다. 현우가 난감해했다. 한때 데리고 있었던 사바나 멤버들에게 잔뜩 허세를 부려놓은 모양이었다.

"뭐, 영진이가 없으면 안 되긴 하죠."

"와아. 영진 오빠 말이 진짜였구나."

"우리 회사 응원단장이긴 해."

송지유의 말에 사바나 멤버들이 또 꺄르르 웃었다.

"지유 언니! 저 기억하시죠?"

사바나의 막내 멤버 한 명이 송지유에게 알은척을 했다. 송지유가 선글라스를 벗고 살짝 웃어주었다.

"응. 기억해. 잘 지냈니?"

"언니! 나도 기억해요?"

"당연하지. 더 예뻐졌네?"

싱글벙글 현우와 송지유를 보며 좋아하고 있는 전 사바나 멤버들과 다르게 전 프리즘 멤버인 박소연과 김현주는 표정이 어두웠다.

"……"

"……"

당연했다. 프리즘의 리더였던 박소연과 핵심 멤버인 김현주는 현우의 제안을 거절하고 '프로듀스 아이돌 121' 대신 'K-POP! 슈퍼 아이돌!'에 출연을 결정했고, 결과는 처참했다. 두 멤버 모두 대형 기획사 연습생들에게 밀려 변변한 샷 한 번 잡히지 못하고 탈락의 고배를 마셔야 했다.

반면 프리즘의 전유지와 양시시는 프로젝트 그룹 i2i의 인기 멤버로서 한국과 일본에서 큰 사랑을 받고 있었다.

'인생은 선택과 결과의 연속이라고들 하지만 어린아이들에겐 너무 가혹해.'

박소연과 김현주를 바라보는 현우도 표정이 그리 좋지 못했다. 시커멓게 멍든 두 아이의 속마음이 훤히 보였기 때문이었다.

"그때는 정말 죄송했었어요. 죄송해요, 대표님."

"죄송합니다."

박소연과 김현주가 현우에게 사과를 해왔다.

"소연이랑 현주."

현우가 두 멤버의 이름을 불러주었다. 박소연과 김현주가 가만히 서서 현우를 쳐다보았다.

"너희들은 아직 충분히 어려. 그리고 내가 봤을 때 소연이랑 현주 둘 다 예쁘고 연예인으로서 끼도 많잖아."

"정말요?"

박소연이 물어왔다. 현우가 고개를 끄덕였다.

"당연하지. 할리우드 킴이라고 들어봤지?"

요즘 현우에게 새로 생긴 별명이 '할리우드 킴'이었다. 할리우드에 송지유를 진출시킨 현우에게 붙은 별명이었다.

현우의 실없는 농담에 무거웠던 분위기가 풀어졌다. 전 사바나 멤버들은 아예 대놓고 웃었다. 박소연과 김현주도 조금씩 웃기 시작했다.

"WE TUBE에서 가끔 프리즘 직캠도 보거든. 예뻐. 아주 예뻐. 노래도 잘 부르고. 열심히 노력해서 연습한 티가 나더라.

그리고 기회가 되면 우리 회사에서 곡 하나 줄 테니까 열심히들 해봐. 그리고 스케줄 맞으면 벚꽃 콘서트에 게스트로 나올래?"

"대표님?"

박소연이 깜짝 놀랐다. 그러더니 눈동자가 붉어졌다. 김현주는 소리 없이 울고 있었다. 어울림 소속 작곡가들의 곡을 받는다는 건, 그야말로 꿈이었다. 거기다 벚꽃 콘서트에 게스트로 초대까지 해주었다. 프리즘을 홍보할 수 있는 최고의 기회나 마찬가지였다.

"애들아! 뭐 해?! 메이크업 수정 안 할 거야?!"

코인 엔터 소속 코디들이 프리즘 멤버들을 찾았다.

"애들아."

박소연이 운을 띄었다. 그러자 프리즘 멤버들이 일렬로 늘어섰다.

"감사합니다! 대표님!"

꾸벅 고개를 숙이는 프리즘 멤버들을 보며 현우가 씩 웃었다.

"그래그래. 가봐. 언니들이 찾는다."

프리즘 멤버들이 밴으로 우르르 달려갔다. 백동원 팀장이 진심으로 고마운 표정을 했다.

"감사합니다. 소연이랑 현주가 슬럼프를 벗어나지 못하고 있었는데, 대표님 덕분에 이제 마음의 짐을 좀 내려놓겠어요. 매번 도움받는 것만 같아 뭐라 드릴 말씀이 없습니다… 정말, 정말 감사합니다, 대표님."

백동원 팀장이 진심을 담아 고개를 숙여 보였다. 현우가 급히 백동원 팀장의 어깨를 잡아 일으켰다.

"대표님은요. 그냥 전처럼 현우 씨라고 하세요, 팀장님."

"매번 신세를 지니 어떻게 보답을 해야 할지 참 난감합니다. 현우 씨는 정말 못 당하겠습니다. 볼 때마다 신세를 지니까 늘 고마울 수밖에 없어요. 다른 사람들도 마찬가지일 겁니다."

"아닙니다. 어른이 돼서 어린아이들한테까지 이 악물고 싶지는 않아서요. 그나저나 애들이 씩씩한 게 보기가 좋네요."

"다 현우 씨 덕분입니다."

"아뇨. 영진이랑 팀장님이 고생이 많으셨죠. 그나저나 다른 기획사들은 어째 보이지가 않는데요?"

현우가 텅 빈 주차장을 살펴보며 아쉬워했다. 행사 시간이 임박했음에도 대한가수협회에 도착을 한 기획사는 어울림과 코인 딱 두 곳 뿐이었다.

백동원 팀장도 현우처럼 텅 빈 주차장을 보며 고개를 내젓고 있었다.

"그러게 말입니다. 아무리 시대가 흘렀어도 원로 가수분들이 없었으면 지금 가요계도 없었을 텐데, 그리고 매번 부르는 것도 아닌데 정말이지 너무들 합니다."

"팀장님, 일단 들어가시죠. 우리까지 늦으면 큰 실례가 아니 겠습니까?"

"그럽시다."

현우와 백동원 팀장이 대한가수협회 건물로 들어섰다. 그리 고 그 뒤를 송지유와 프리즘 멤버들이 뒤따랐다.

*　　　*　　　*

대한가수협회 본관 4층 홀에 행사장이 꾸려져 있었다. 현 우와 송지유가 승강기에서 모습을 드러내자 대한가수협회 관 계자들이 크게 놀랐다.

"아이고! 우리 김현우 대표님! 지유 후배님!"

대한가수협회의 부회장인 원로 트로트 가수 백호가 현우와 송지유를 보며 크게 기뻐했다.

"백호 선생님, 처음 뵙겠습니다. 어울림 엔터테인먼트 대표 김현우입니다. 뵙게 되어 영광입니다."

"송지유입니다, 백호 선생님."

현우와 송지유가 정중하게 인사를 했다. 머리가 희끗한 원 로 가수 백호가 한껏 감동을 받은 상태였다. 현우와 송지유 를 바라보는 눈길이 따듯했다.

"잘 왔습니다. 잘 왔어! 아이고! 이거 우리 젊은 아가씨들도 왔습니까?"

"안녕하세요! 반짝! 반짝! 프리즘입니다!"

프리즘 멤버들도 단체 구호를 외쳤다. 순식간에 4층 행사장의 분위기가 밝아졌다.

"송지유다! 갓 지유다!"

"세상에! 진짜 왔어? 저 사람들?"

비교적 젊은 나이의 대한가수협회 직원들도 우르르 몰려들어 핸드폰들을 꺼내 들었다.

대한가수협회의 주요 행사에는 보통 시대의 흐름에 흘러간 옛 원로 가수들이나 찾는 그저 그런 행사였다. 그런데 현재 대한민국에서 가장 유명한 두 사람이 등장을 했다. 젊은 직원들은 뜻밖의 상황에 당황하거나 놀라고 있었다.

"자자! 들어갑시다. 나를 따라와요."

부회장 백호가 친히 현우 일행을 행사장 홀로 안내했다. 현우와 송지유가 나타나자 테이블마다 모여 있던 원로 가수들의 시선이 집중되었다.

백호가 현우와 송지유를 단상 위에 세웠다. 백호가 마이크를 잡았다. 그리고 현우의 어깨를 굳게 잡은 채로 입을 열었다.

"존경하는 많은 선배님들. 그리고 우리 후배님들. 여기 오늘 원로 가수의 날을 위해 우리 김현우 대표님과 송지유 양이 찾아와 주었습니다. 우리 김현우 대표님을 설명하자면 젊고 유능하며 훌륭한 청년이라고 할 수 있습니다. 얼마 전에는 계약 분쟁 때문에 힘들어하던 후배 그룹을 친히 구제해 주기도 했습니다. 세상에 우리 시절에 이런 기획사 대표가 있기나 했습니까? 정말 훌륭하지 않습니까?"

원로 가수들이 고개를 끄덕이며 박수를 보내왔다. 현우의 얼굴이 부끄러움에 벌게졌다.

"백호 선생님, 너무 띄워주시는데요?"

백호가 잔뜩 흥분해 있었다. 이번에는 송지유 차례였다.

"여기 송지유 양은 다들 아실 겁니다. 데뷔 앨범으로 트로트도 불러준 아주 고마운 후배님입니다. 지금 대한민국에서 가장 인기가 많은 가수가 바로 우리 지유 양입니다. 그리고 얼마 전에는 미국 할리우드에도 진출을 했습니다. 그 뭐냐? 스타워즈라는 영화에도 주인공으로 출연을 한답니다."

백호가 송지유를 쳐다보며 박수를 쳤다. 원로 가수들의 뜨거운 박수가 쏟아졌다. 현우와 다르게 태연한 표정을 하며 송지유가 꾸벅 고개를 숙였다.

'하여간 송지유답다.'

비록 'Galaxy Wars'를 '스타워즈'로 잘못 말하긴 했지만, 후배 가수 송지유를 아끼는 마음이 느껴졌다.

백호가 백동원 팀장과 프리즘을 소개하는 사이 현우와 송지유는 지정된 자리로 향했다. 가는 길목마다 원로 가수들이 현우와 송지유에게 애정 어린 덕담을 건네어 왔다.

마침내 현우와 송지유가 지정석에 도착했다. 지정석에는 50대로 보이는 원로 여자 가수 한 명이 앉아 있었는데, 누군지 도저히 알아볼 수가 없었다.

"안녕하십니까, 선생님?"

현우가 공손하게 인사를 했다.

'그런데 누구지? 내가 모르는 분인가?'

그때, 송지유가 현우에게 속삭였다.

"오빠, 유은아 선생님이에요."

순간 현우의 눈동자가 당혹감으로 물들었다.

'천하의 유은아가 맞아?'

현우는 당혹스러웠다.

유은아라면 1970년대 초에 데뷔를 한 이래 70년대와 80년 초반을 주름잡았던 원조 국민 여동생이었다. 엄청난 인기몰이를 하며 히트곡도 수없이 많았다. 히트곡 중에는 수십 년의 세월이 흐른 지금까지도 사랑을 받고 있는 곡이 정말 많았다.

미모도 출중해 영화나 드라마에 출연을 한 적도 많았다. 어찌 보면 1970년대의 송지유라고도 할 수 있는 인물이 바로 유은아였다. 그런데 지금의 모습은 처참하기 이를 데가 없었다. 병색도 완연했다.

'어쩌다 이 꼴이 된 거지?'

실례가 될까, 현우가 재빨리 표정 관리를 했다. 유은아가 송지유의 손을 꼭 잡았다. 다른 손으로는 송지유의 머리를 쓰다듬었다.

"지유 후배님, 정말 예쁘네요. 실물이 훨씬 예뻐요."

"감사합니다, 선생님. 그리고 편하게 말씀하세요."

송지유의 말에 유은아가 부드럽게 웃었다.

"그래도 될까?"

"그럼요. 저 선생님 노래를 참 좋아해요."

"그래? 고마워, 지유 씨."

선후배 가수끼리 대화를 나누는 사이 현우는 행사장 홀을 유심히 둘러보고 있었다.

'인생이란 게 참 덧없구나.'

유은아의 현실을 보고 나자 주변 원로 가수들의 현실이 눈으로 들어왔다. 한 시절을 풍미하며 한국 가요계에 한 획을 그었던 인물들이었다. 하지만 세월의 풍파에 찌들어 화려했던 영광은 사라지고 없었다.

특히 현우는 유은아의 현실이 이해가 되지 않았다. 탑 오브 탑이었고, 10년 넘게 최정상의 위치에서 전성기를 가졌던 시대적인 가수였다. 히트를 한 앨범도 수없이 많았다. 그런데 지금의 모습은 병색으로 찌들었으며 행색도 초라하기 짝이 없었다.

현우가 급히 손태명에게 코코넛 톡을 보냈다.

[김현우: 태명아, 유은아 선생님 근황 좀 조사해 줘.]

[손태명: 유은아? 왜?]

[김현우: 그냥 알아봐 줘.]

[손태명: ㅇㅇ 알았다.]

코코넛 톡을 보내놓고도 현우는 티 나지 않게 유은아를 살폈다. 그사이 백동원 팀장과 프리즘 멤버들도 자리로 와 앉았다.

백동원 팀장이 현우에게 속삭였다.

"현우 씨, 안색이 왜 그래요? 어디 안 좋습니까?"

"아뇨. 아닙니다."

"후우. 너무 신경 쓰지 말아요. 인생이 다 그런 거 아니겠습니까?"

현우가 백동원을 쳐다보았다. 백동원도 유은아의 상태를 확인하곤 적잖이 놀란 상태였다. 현우나 백동원이나 지금의 현실이 씁쓸하긴 마찬가지였다.

행사장 홀도 초라하기가 짝이 없었고, 뷔페랍시고 차려진 음식도 형편이 없었다. 백동원이 계속해서 현우에게 속삭였다.

"가수협회 재정이 상당히 열악합니다. 회비도 얼마 되지도 않을뿐더러 요즘 기획사들이나 젊은 가수 아이들이 가수협회에 신경이나 쓰겠습니까? 행사라도 더 뛰면 그게 다 돈인데 말입니다."

"그렇군요."

현우가 쓴웃음을 머금었다. 그때였다. 핸드폰이 울려댔다. 손태명이었다.

"누구예요, 오빠?"

"태명이. 지유야, 유은아 선생님 잘 모시고 있어. 잠깐 통화 좀 하고 오겠습니다, 선생님."

현우가 양해를 구한 다음 급히 행사장 밖으로 나갔다. 백동원 팀장도 현우의 뒤를 따랐다.

"어. 알아봤어?"

―알아봤는데, 몇 년 전부터 암 투병 중이라는 기사가 있어.

"투병?"

―갑상선 암이란다.

"암이라고?"

현우의 표정이 굳었다. 손태명의 설명이 계속해서 이어졌다.

―작년 이맘때쯤에 KBN 아침 방송에도 출연을 하신 적이 있거든? 신림 쪽에서 여든이 넘은 어머니를 모시고 홀로 사는 모양이야. 경제적인 상황도 최악인 것 같아. 아침 방송 자료를 찾아봤는데 단칸방에서 생활을 하시더라.

"모아놓은 돈은?"

―기획사 측에서 다 갈취를 했던 모양이야. 너도 알잖아. 1970년대나 80년대 가요계가 대충 어떤 곳이었는지.

21세기로 들어선 지금도 일부 기획사에서는 노예 계약이 성행했다. 정산도 제대로 해주지 않아 3년간 1,000만 원도 채 받지 못한 아이돌 그룹도 많았다. 하물며 1970년대나 1980년대는 말할 것도 없었다.

―유은아 선생님이랑 같이 아침 방송에 출연을 했던 정지숙 선생님도 알아봤거든. 그분은 더해. 아예 연고지가 없어. 기사가 하나 있긴 한데, 성당에서 운영하는 노숙자 쉼터에서 수녀님들 일을 도우면서 지내시더라고. 후우.

핸드폰 너머 손태명이 한숨을 내쉬고 있었다.

현우가 행사장 안에서 원로 중의 원로인 정지숙 선생을 찾아내었다. 자그마한 체구의 초라한 노인이 허겁지겁 뷔페 음식을 먹고 있었다.

정지숙이라 하면 1960년대 큰 인기를 끌었던 원로 중의 원로인 가수였다. 미 8군에서 밴드 공연을 하던 보컬 출신인 그

녀는 히트곡도 많았다. 또 젊었을 적에는 전쟁고아나 가난한 사람들에게 선행도 많이 베푼 가수이기도 했다.

─행사장에 계시지?

"응, 태명아."

─조사를 해보니까 놀랍다, 놀라워. 원로 가수분들이 이 정도로까지 참혹한 생활을 하고 있는지는 미처 몰랐어.

"일단 알았어. 오래는 자리 못 비우니까 끊을게."

─너, 또 나설 생각이지?

정곡을 찌르는 손태명의 말에 현우가 쓰게 웃었다.

"아직 모르겠는데, 도울 일이 있으면 돕고 싶기는 하다. 이건 너무하지 않아? 다른 대형 기획사나 단체들은 대체 뭘 하고 있는 건데?"

─헬조선에 뭘 바라냐? 미국 잠깐 다녀오더니 여기가 할리우드나 빌보드인 줄 알아?

"그건 아니지만 말이야."

더 이상 현우는 말을 잇지 못했다. 철저한 자본주의 논리로 돌아가는 곳이 미국 연예계 시장이었다. 제작 시스템이나 유통 시스템도 그랬고, 송지유와 함께 거대한 스튜디오를 보면서 현우는 자본주의의 힘을 느꼈었다.

하지만 빌보드나 할리우드에서는 원로들에 대한 대우와 복지가 존재했다. 일종의 예우였다. 시상식에서도 그 공로를 인정해 원로 가수나 배우들의 업적을 기리고, 후배 가수들이 모금과 기부를 통해 선배를 돕기도 했다.

'Galaxy Wars' 오디션장에서도 그랬고, 'Galaxy Wars' 세트장 곳곳에서도 나이가 지긋한 노인들을 수없이 많이 볼 수 있었다. 노인이 아닌 베테랑으로 존중을 받으며 그들도 사회의 한 일원으로서 어울리고 있었다.

하지만 한국 연예계는 어떠한가? 현우의 시선이 다시금 행사장 안으로 향했다. 원로 가수들에 대한 예우? 한국 가요계에서 그딴 건 존재하지도 않았다. 요 근래 들어 공로상이니 뭐니 원로들을 초청하긴 했지만 빌보드나 할리우드를 의식한 수박 겉핥기식 처사에 불과했다.

─기분 풀어. 독립운동가 후손들도 판자촌에서 사는 세상이야. 뭘 더 바라겠냐?

"태명아, 우리 재정 넉넉하지?"

─미친놈. 하아… 그래. 불의를 보고 가만히 있으면 천하의 김태식이 아니지. 내 친구 김현우도 아니고. 네 마음 내키는 대로 해. 대신 정도는 지키자. 무슨 말인지 알지?

"고맙다, 태명아."

─고맙긴. 국민 기획사라는 명함을 지키려면 어쩔 수 없는 거지 뭐.

"끊는다. 또 연락할게."

현우가 통화를 끝냈다.

"현우 씨?"

곁에서 서 있던 백동원 팀장이 조심스럽게 현우를 불렀다.

"가수협회 회장님을 좀 만나야 할 것 같습니다, 팀장님."

"하하. 역시 가만히 있을 현우 씨가 아닌 걸 진즉에 알고 있었습니다."

현우의 단호한 표정을 확인한 백동원 팀장이 너털웃음을 흘렸다. 과연 국민 기획사 어울림 엔터테인먼트의 수장답다는 생각이 들었다.

* * *

대한가수협회 부회장실. 현우와 부회장 백호가 독대를 하고 있었다. 아직 4층 행사장에서는 원로 가수들의 행사가 한창이었다. 오래 자리를 비울 수는 없었기에 현우가 재빨리 본론을 꺼내들었다.

"백호 선생님, 유은아 선생님과 정지숙 선생님 근황을 좀 듣고 싶습니다. 그리고 가능하다면 다른 선생님들의 근황도 듣고 싶습니다."

현우가 운을 띄었다. 순간 백호의 얼굴이 어두워졌다.

"허허… 이것 참, 젊은 대표 앞에서 부끄럽기가 짝이 없습니다."

"말씀 편하게 하셔도 됩니다, 선생님."

"내가 자격이나 있을까 모르겠습니다."

백호가 길게 한숨을 내쉬며 현우를 살펴보았다. 젊은 대표 앞에서 동료 가수들의 이야기를 꺼내도 될 지가 망설여져 갈등이 일었다. 한때 시대를 풍미한 선후배 가수들이었다. 비록 과거의 영광은 사라지고 없었지만 다들 스타로서의 자존심이란 게 있었다.

"선생님."

현우는 진지했다. 백호가 질끈 눈을 감았다. 다른 기획사는 이번 원로 가수 행사 모임 초청에 거절의 의사를 표시하거나 아예 전화조차 제대로 받지 않았다.

하지만 어울림의 젊은 대표는 친히 국민 소녀라 불리는 송지유까지 데리고 참석을 해주었다. 일흔이 넘은 나이였지만 백호도 어울림과 현우, 그리고 송지유의 위상을 잘 알고 있었다. 결코 쉬운 발걸음이 아니었다. 그 때문인지 젊은 대표를 보니 자그마한 기대감이 일었다.

"자네를 믿어도 될까?"

백호가 힘겹게 말을 꺼내들었다. 현우가 고개를 끄덕였다.

"예. 편하게 말씀하시면 됩니다. 그리고 여기 백동원 팀장님도 믿을 만한 분이니까 안심하셔도 됩니다."

"코인 엔터테인먼트의 팀장 백동원입니다, 선생님."

백동원도 정식으로 인사를 했다. 백호가 잠시 숨을 고른 다음 입을 열었다.

"은아 후배님이나 정 선배는 원로 가수들 중에서도 상황이 특히 좋지 않아. 그런데 김현우 대표가 그 둘을 딱 꼬집어 말하니 내가 참 할 말이 없더군. 이미 다 알아본 건가?"

"예. 실례인 줄 알았지만 조금 알아봤습니다. 조금 무례한 질문입니다만, 대한가수협회나 다른 단체들에서는 지금까지 두 선생님을 지켜만 보신 겁니까?"

현우가 가장 이해가 되지 않는 것이 바로 이 부분이었다. 백호의 표정이 부끄러움으로 물들었다.

"자네도 알다시피 다들 상황이 좋지 않아. 나도 내 몸 하나 건사하기도 힘든 현실을 살아가고 있네. 요즘이야 세상이 좋아져서 가수들이 대우를 받고 큰돈을 벌고 있지만 우리 때는 그러지를 못했어. 다들 좋아하는 음악을 위해서 밤무대에 서거나 지방을 돌면서 노래를 불러야 했어. 그나마 벌어들인 돈도 기획사에서 다 가지고 가는 게 태반이었지. 한마디로 빛 좋은 개살구들이었던 걸세."

"……"

손태명이 전해주었던 말과 별반 다르지 않는 백호의 설명에 현우는 더 이상 할 말이 없었다.

"은아 후배님 수술을 앞두고 여러 기획사들에 도움을 받으려고 공문까지 보냈지만 효과도 없었네. 그렇다고 선배가 되어서 까마득한 후배 가수들한테 손을 벌릴 위인들도 아니야."

"유은아 선생님 병세는 어떠십니까?"

"하루하루 버티고 있는 셈이지. 곧 수술을 한다는데 병원비도 부족한 현실이고. 사실 오늘 원로 가수 모임에 초청장을 보낸 것도 혹시나 하는 기대감이었네."

백호가 근심이 가득 담긴 한숨을 내쉬었다.

현우가 백호를 똑바로 쳐다보며 입을 열었다.

"유은아 선생님의 수술을 비롯해 병원비 전액을 저희 어울림에서 지원하겠습니다, 선생님."

"진심인가?"

내심 기대를 하고 있었던 백호의 음성이 흔들렸다.

"정지숙 선생님의 거처도 저희가 알아보겠습니다."

"정말 고마운 일이지만… 왜 이러는 건가?"

백호는 얼떨떨했다. 백동원 팀장이 대신 입을 열었다.

"다른 의도는 절대 없을 겁니다. 김현우 대표님은 제가 보증하겠습니다, 선생님."

"보증 함부로 서는 거 아닙니다, 팀장님."

"현우 씨 보증이라면 백 번도 섭니다."

현우와 백동원이 서로를 보며 웃었다. 백호가 조용히 입을 열었다.

"그럼 우리 대한가수협회도 최대한 어울림 엔터와 김현우 대표 자네를 돕겠네. 고맙네, 정말 고마워! 최 대리! 언론사에 연락하게!"

"아뇨. 언론에 공개는 하지 않을 생각입니다, 선생님."

"……!"

백호가 눈을 크게 떴다.

어울림 엔터테인먼트가 국민 기획사라는 사실을 잘 알고 있었다. 이번 원로 가수들에 대한 어울림의 지원 계획이 밝혀진다면 절대적인 여론의 지지를 얻어낼 수 있었다. 원로 가수들도 돕고 기획사 이미지도 챙길 수도 있는 일석이조의 기회였다.

"선생님들의 자존심을 건드리기는 싫습니다. 존중해 드리고 싶습니다."

"그렇구먼… 내가 생각이 짧았네. 젊은 대표 앞에서 부끄럽기가 짝이 없어. 그런데 그렇게 무작정 지원만 하면 자네와 어울림 엔터에게 남는 게 뭔가?"

백호가 현우에게 진심을 담아 물었다. 주름살이 가득한 그의 얼굴만큼이나 백호는 세월의 풍파를 수없이 겪은 인물이었다. 아무런 이득도 없는 일에 열을 내는 젊은 대표의 의중이 궁금했다.

현우가 손을 들어 심장에 가져다 대었다.

"양심. 제 양심을 지킬 수 있습니다."

그리고 현우가 백동원 팀장을 쳐다보았다. 백동원 팀장도 현우의 시선을 피하지 않았다.

"그리고 사람입니다."

"……."

백동원 팀장이 생각에 잠겼다.

어울림 엔터 초장기에 허름한 카페에서 현우를 처음 만났을 때가 떠올랐다. 야심차게 데뷔시킨 프리즘의 실패로 문을 닫을 위기에 놓여 있던 코인 엔터를 향해 무작정 손을 내민 사람이 바로 현우였다.

말도 안 되는 패기는 그렇다고 쳐도, 이유 없는 호의에 백동원 팀장은 처음 현우를 의심했었다. 박소연과 김현주도 그러한 까닭으로 '프아돌'을 거절하고 SBC의 아이돌 육성 프로에 출연을 결정했었다.

백동원 본인도 현우에게 그리 큰 기대를 걸지 않았다. 그저 주변에 널리고 널린 수많은 인연 가운데 한 사람이라고 생각했던 적이 있었다. 하지만 그 예상은 보기 좋게 빗나간 상태였다.

보잘 것 없었던 삼류 기획사의 대표였을 때나, 대한민국을 대표하는 국민 기획사의 대표인 지금이나 달라진 점이 없었다. 여전히 작은 인연도 소중히 여길 줄 아는 그였다.

조금 전만 해도, 박소연과 김현주를 챙기지 않아도 그만인 상황이었다. 하지만 김현우 대표는 어린아이들에게 먼저 손을 내밀어주었고 다시 기회를 주었다.

'김현우 대표는 누구에게나 기회를 주는 사람이야. 어쩌면 그게 매니지먼트의 모든 것일 수도 있겠지.'

6살이나 아래였지만 백동원 팀장의 롤모델이 바로 현우였다.

"대한민국 연예계에 걸출한 인물이 등장했다더니, 사실이었어."

백호가 현우를 보며 흐뭇한 얼굴을 했다. 현우의 얼굴이 벌게졌다. 백동원 팀장이 현우의 팔을 툭, 쳤다.

"양심이니 사람이니 낯 부끄러운 말은 거리낌 없이 잘만 하시더니 백호 선생님의 칭찬은 또 부끄럽습니까, 현우 씨?"

"전 그렇게 대단한 사람이 아니니까요. 당연히 부끄러울 수밖에요."

"겸손도 병입니다, 병. 나같이 평범한 사람 앞에서 그러는 거 아닙니다."

"그렇습니까?"

현우가 쓴웃음을 머금었다.

백호가 그런 현우를 향해 손을 내밀었다. 현우가 백호의 손을 맞잡았다.

"김현우 대표, 잘 부탁하네. 그리고 고맙네."

"그럼 가시죠, 선생님."

현우가 씩 웃으며 말했다.

초라했던 원로 가수들의 행사는 현우와 송지유의 참석으로 빛을 발하고 있었다. 송지유는 유은아 선생의 히트곡 중 하나인 '봄비'를 불러 행사장 분위기를 더욱 끌어 올렸다.

본인의 노래를, 그리고 동료 선후배 가수의 명곡을 송지유가 불러주었다는 생각에 유은아와 원로 가수들은 정말로 행복해했다.

원로 가수들이 무대에서 내려오는 송지유를 사랑스러운 눈빛으로 쳐다보고 있었다.

"우리 같은 늙은이들이 뭐가 중요하다고. 고마워요, 지유 후배님."

"고맙네, 고마워. 어쩜 이리 예쁠까? 응?"

"아니에요. 언제든 불러만 주시면 또 올게요."

송지유가 원로 가수들을 보며 부드러운 미소를 머금었다.

뒤이어 프리즘의 발랄한 무대가 펼쳐졌다. 그리고 행사장 안에 현우와 백동원 팀장이 부회장인 백호와 함께 나타났다.

송지유의 시선이 현우에게서 떨어질 줄을 몰랐다. 현우가 다시 송지유 옆자리에 앉았다.

"어디 갔다 왔어요? 태명 오빠랑 전화하고 온 거 아니에요?"

"태명이랑 통화도 하고 부회장님이랑 잠깐 이야기 좀 하고 왔어. 노래 잘 불렀지?"

"네. 선배님들이 이렇게 좋아하실 줄은 몰랐어요. 오길 잘한 거 같아요."

"그렇지? 내 생각도 그래. 오길 잘한 거 같다."

현우가 빙그레 웃었다. 송지유가 현우의 팔을 살짝 잡고 흔들었다.

"오빠."

송지유의 목소리가 은근하게 착 가라앉아 있었다. 현우가 고개를 돌려 송지유와 눈을 맞추었다.

"왜?"

"나 오빠한테 할 말 있어요."

"할 말?"

"응. 그런데 부탁이에요."

"자! 그럼 이쯤에서 우리 김현우 대표의 이야기를 들어보겠습니다!"

현우가 대답을 할 사이도 없이 부회장 백호가 마이크를 들고 현우를 찾았다. 현우가 옷매무새를 바로 했다.

"오빠?"

송지유가 눈을 동그랗게 떴다. 현우가 작게 웃었다.

"다녀올게. 부탁은 다녀와서 들어줄게."

"알았어요."

현우가 단상 앞으로 걸어 나가 백호의 옆에 섰다. 백호가 현우의 어깨를 한 차례 다독인 후에 다시 마이크를 들었다.

"존경하는 동료 선후배 가수님들. 저 백호, 행사 중간에 우리 김현우 대표와 참으로 많은 이야기를 나누었습니다."

원로 가수들이 큰 관심을 보이고 있었다. 유은아와 정지숙도 송지유의 손을 꼭 잡고는 현우를 쳐다보고 있었다.

"그럼 우리 김현우 대표의 이야기를 들어보겠습니다. 자, 부탁하네."

백호의 지긋한 눈길이 현우에게 향했다. 현우가 백호로부터 마이크를 건네받았다. 무대를 마친 프리즘 멤버들이 뒤에 서서 호기심 가득한 눈길로 현우를 지켜보고 있었다.

원로 가수들의 시선이 쏟아져 은근히 긴장이 되었지만 현우는 차분하게 말을 꺼냈다.

"존경하는 선생님들께 정식으로 제 소개를 하겠습니다. 저는 어울림 엔터테인먼트의 대표를 맡고 있는 김현우라고 합니다."

박수가 쏟아졌다. 현우가 부드러운 미소를 머금은 채로 다시 입을 열었다.

"한국 가요계와 연예계를 이끌어 오신 많은 선생님들을 직접 뵙게 되어 정말 영광입니다. 하지만 앞서 선생님들께 감히 고백드릴 게 있습니다."

현우의 표정이 무거워졌다. 흐뭇한 얼굴을 하고 있던 원로 가수들도 덩달아 진지해졌다.

"오늘 행사에 참석을 하며 솔직히 저는 아무런 생각도 없었습니다. 더 솔직히 말씀을 드리면 근래 들어 스케줄이 한가해져서 선생님들을 찾아온 것뿐입니다."

뒤에 서 있던 프리즘 멤버들이 깜짝 놀라 현우를 살펴보았다. 원로 가수들도 웅성웅성 동요를 하고 있었다.

현우가 원로 가수들을 차례차례 눈 안에 담으며 입술을 떼었다.

"하지만 선생님들을 직접 두 눈으로 보게 되면서 많은 생각이 들었습니다. 안타까움보다는 죄송스러운 마음이 더 컸습니다. 혹자들은 말합니다. 저희 어울림 엔터테인먼트가 현재 대한민국을 대표하는 기획사라고 말입니다. 그리고 부끄럽게도 저는 그 기획사의 대표 자리를 맡고 있습니다. 가끔은 국민 기획사라는 대중들의 칭호에 우쭐하기도 하지만 오늘에서야 저는 깨달았습니다. 한국 가요계와 연예계 발전에 이바지한 많은 선생님들이야말로 대한민국을 대표하는 분들이라는 것을 말입니다."

현우의 진심에 백발이 희끗한 몇몇 원로 가수들은 연신 고개를 끄덕거렸다.

"실례인 줄 알면서도 유은아 선생님과 정지숙 선생님의 이야기를 듣게 되었습니다. 먼저 죄송하다는 말씀을 드리고 싶습니다. 하지만 제 별명이 김태식입니다. 저희 어울림에서 두 선생님들의 노고에 보답을 해드리고 싶습니다."

현우의 이야기에 유은아와 정지숙이 깜짝 놀라했다.

"선생님, 괜찮아요. 정말이에요."

송지유가 그런 두 원로 가수의 손을 꼭 잡고는 놓지 않고 있었다. 그사이 현우의 이야기는 계속되었다.

"어울림. 함께 어울리다가 우리 기획사의 모토이기도 합니다. 저희 어울림 엔터테인먼트는 선생님들과 함께 어울리고 싶습니다."

원로 가수들의 뜨거운 박수가 쏟아졌다. 원로 가수들 중 일부는 손수건으로 눈물을 훔치기도 했다.

현우의 진심이 통한 것이다. 현우가 속으로 숨을 들이켰다. 한 시대를 풍미한 스타들이었다. 최대한 존중을 하고 싶었는데 다행히도 원로 가수들이 진심을 알아주는 것 같았다.

"먼저 오늘 저녁 식사를 저희 어울림에서 대접을 해드리고 싶습니다."

말라비틀어지고 초라하기 짝이 없는 한식 뷔페가 영 거슬린 현우였다. 원로 가수들의 박수가 또 쏟아졌다.

　"그리고 제가 책임지고 장기적인 대책도 마련해 보겠습니다. 어울림이라는 이름과, 김현우라는 제 이름을 걸고 약속드리겠습니다, 선생님들."

　현우의 마지막 말에 결국 원로 가수들이 하나둘 참았던 감정을 터뜨렸다. 연예계라는 곳은 정말 비정한 곳이었다. 젊었을 시절 누린 찬란했던 순간들은 사라지고, 지금은 그 어디에도 설 자리가 없었다.

　그런데 젊은 대표가 자신들을 책임지겠다는 말을 당당하게 하고 있었다. 말뿐일지라도 고마운 감정이 들었다.

　현우가 프리즘 멤버들과 함께 자리로 돌아왔다.

　"……."

　"……."

　유은아와 정지숙이 현우 앞에서 고개를 제대로 들지 못했다. 고맙기도 했지만 미안했기 때문이었다.

　"선생님, 고개 드세요. 네?"

　송지유가 두 선생님을 달래느라 애를 썼다.

　"선생님들, 괜찮습니다. 저희 어울림은 끄떡없습니다. 국민기획사인걸요?"

　현우도 일부러 가벼운 말로 두 원로 가수를 달랬다. 현우의 위로에 유은아와 정지숙이 고개를 들었다.

"고마워요. 김현우 대표님한테 어떻게 이 은혜를 갚아야 할지 모르겠어요. 정말로 고마워요."

말없이 울고 있는 정지숙의 손을 잡은 채로 유은아가 현우에게 거듭 고마움을 표시했다. 현우가 고개를 저었다.

"세상에는 아무리 애를 써도 힘든 게 있게 마련이죠. 괜찮습니다. 편안하게 저희의 제안을 받아주셔서 감사합니다, 유은아 선생님."

＊　　　＊　　　＊

초록색 스프린터가 도로 위를 달리고 있었다. 송지유가 양손으로 턱받침을 한 채 옆 좌석에서 현우를 빤히 쳐다보고 있었다.

현우가 잠시 고개를 돌렸다.

"내 얼굴에 뭐 묻었어?"

"김. 묻었어요."

"김? 아까 김밥 먹었는데 붙었나 보다."

"그 김 아니에요."

"그럼?"

"잘생김."

"……."

현우가 일부러 전방을 주시하며 못 들은 척을 했다. 하지만 조금씩 올라가는 입꼬리는 어쩔 수가 없었다.

"그런 말은 또 어디서 배웠어?"

"어디서 들었어요. 오빠, 오늘 정말 김현우다웠어요."

"그랬나?"

현우가 쓰게 웃었다. 송지유가 턱받침을 한 채로 현우를 올려다보았다.

"난 이런 김현우가 좋아요."

"난 가끔은 이런 내가 싫더라. 오지랖이라고 하는 팬분들도 있잖아."

송지유가 도리도리 고개를 흔들었다. 그리고 단호한 표정을 했다.

"그런 남자들은 딱 그 정도의 도량밖에 없는 소인배겠죠. 내 남자는 달라요. 기분 나쁘니까 그런 남자들이랑 오빠를 비교하지 말아요. 벌을 달게 받기 싫으면."

"하하. 내 남자라… 설비비 앞에서 그 말 할 때 솔직히 너 멋있더라."

현우의 말에 송지유가 보기 드물게 빙그레 웃었다.

"앞으로도 그렇게만 해요. 김현우한테는 송지유가 있잖아요."

"그래. 너만 믿는다."

현우가 씩 웃었다.

"근데 아까 부탁한다는 건 뭐였어?"

"유은아 선생님을 돕고 싶다는 말을 하려던 참이었어요. 오빠가 먼저 선수를 쳤지만."

"그랬구나? 역시 착하다. 가만히 보면 너도 참 순해. 앞으로 순둥이라고 부를까?"

"뭐래요? 진짜 못 하는 말이 없어. 지혜가 있었으면 또 귀막았을 거예요. 알죠?"

그렇게 말하면서도 송지유의 얼굴이 붉게 물들었다. 천하의 얼음 여왕에게 순둥이라니 처음 들어보는 말이지만 기분은 좋았다.

그 사이 초록색 스프린터가 어울림 본사 앞에 세워졌다. 이미 손태명과 최영진이 마중을 나와 있었다.

현우가 어색한 표정을 하며 운전석에서 내렸다. 정도를 지키라는 손태명의 말이 떠올랐기 때문이었다.

'저, 정도는 지킨 거겠지?'

걱정을 하는 사이 손태명이 현우에게로 다가왔다. 현우가 슬쩍 눈치를 봤다.

"바쁜데 뭘 마중까지 나와 있어?"

"김현우."

손태명이 나지막하게 현우를 불렀다. 현우가 괜히 주춤거렸다.

"어, 어?"

"…잘했다."

손태명의 말에 현우가 안도를 하며 피식 웃었다. 손태명이 눈살을 찌푸렸다.

"뭐야, 그 웃음은? 내가 뭐, 잔소리라도 할 줄 알았어?"

"손 부인 악명이 평소에 자자하지 않습니까, 태명 형님?"

최영진의 말에 현우가 고개를 끄덕거렸다. 손태명이 황당해했다.

"그건 긴축재정 때 이야기였지. 이번 일은 정말 잘한 일이라고 생각해. 이 더럽고 치사한 연예계 판에서 최소한 우리 어울림이라도 양심은 지켜야 하지. 안 그러냐, 현우야?"

손태명도 현우처럼 '양심'이란 단어를 거론하고 있었다. 현우가 씩 웃으며 손태명의 어깨에 팔을 둘렀다.

"그런 의미에서 말인데 오늘 저녁 식사도 대접하기로 했다."

"누구? 유은아 선생님이랑 정지숙 선생님?"

"아니, 원로 가수 선생님들 전부. 잘했지?"

현우가 자랑스러운 표정을 했다. 손태명의 팔꿈치로 현우의 명치를 가격했다.

"윽! 언제는 잘했다며?"

"야! 네 월급에서 다 깐다."

"치사하게 이러기야? 250억짜리 신사옥 계약건도 네가 마무리했잖아. 너는 꼭 푼돈에 약하더라?"

"푼돈? 푼도온?! 티끌 모아 태산 모르냐?"

현우와 손태명이 또 티격태격 거리고 있었다. 별관 공사를 하고 있던 박 팀장과 직원들이 그런 현우와 손태명을 신기한 듯 쳐다보고 있었다.

"이게 말로만 듣던 어울림표 시트콤입니까, 지유 님?"

박 팀장이 웃음기를 머금은 채로 송지유에게 물었다.

"네. 뭐 그러네요."

송지유가 철없는 두 사람을 보며 한숨을 내쉬었다.

*   *   *

어울림 대표실. 현우와 함께 어울림 임직원들과 송지유, 그리고 한국에 남아 있는 드림걸즈 멤버들이 회의에 한창이었다.

"일단 오늘 저녁 식사 대접을 해드릴 계획이니까 영진이랑 철용이, 석훈이는 회사 밴 전부 준비해 놓고."

"예, 현우 형님!"

김철용이 대표로 씩씩하게 대답을 했다. 원로 가수분들을 직접 모셔서 좋은 음식들을 양껏 대접할 생각이었고 다들 찬성을 했다. 이미 고급 한정식 집을 통째로 예약해 놓은 상태였다.

"그리고 유은아 선생님의 치료비와 더불어 정지숙 선생님의 거처도 마련할 계획입니다."

"역시 이다연 오빠다워. 응응."

엘시가 상당히 만족스러워했다. 현우가 피식 웃으며 다시 말을 이어갔다.

"또한 장기적으로 원로 가수분들에 대한 지원도 아끼지 않을 생각입니다. 그런 의미에서 한 가지 생각이 있긴 합니다만."

현우가 말끝을 흐렸다. 송지유가 현우와 눈을 맞추며 고개를 끄덕여 주었다. 송지유와는 이미 어느 정도 의논이 된 사항이었다.

"오랜만에 지유 앨범을 하나 낼까 합니다."

송지유의 새 앨범이라는 말에 임직원들을 비롯해 엘시와 드림걸즈 멤버들도 깜짝 놀라 버렸다. 여름에 있을 'Galaxy Wars' 촬영을 위해 송지유는 거의 모든 스케줄을 올 스톱 해 놓은 상황이었다. 최상의 컨디션을 유지하기 위해서였다.

"지유가 괜찮을까요?"

크리스틴이 조심스레 물었다.

"이번 앨범은 지유 본인의 뜻이기도 합니다."

"현우 오빠 말대로예요. 다들 열심히 일하고 있는데, 어울림 간판스타가 놀아서야 되겠어요? 미국으로 가기 전에 앨범 하나 내고 싶어요. 마침 노래가 부르고 싶기도 했었고."

송지유가 현우를 거들며 자신의 의사를 피력했다.

"가요계에 또 한바탕 피바람이 불겠구나."

엘시가 고개를 흔들며 애늙은이처럼 말을 했다. 엘시의 농담에 어울림 식구들이 기분 좋게 웃었다.

"대표님! 앨범 콘셉트는요? 저 지유 팬이잖아요! 완전 궁금해요!"

유나가 또 물었다. 현우가 송지유를 쳐다보며 말을 이어갔다.

"이번 앨범은 기존의 앨범과는 전혀 다른 콘셉트로 발매를 할 계획입니다. 지금까지 많은 기획사가 기획했지만 그 누구도 실행에 옮기지 못했던, 그런 콘셉트입니다."

"뭔데요, 오빠? 궁금해 죽겠네! 진짜!"

엘시가 호기심 가득한 표정으로 재촉을 했다. 현우가 어울림 식구들을 눈에 담은 채 입을 열었다.

"이번 지유 새 앨범은 흘러간 옛 노래들을 모아 리메이크 앨범으로 발매를 할 생각입니다."

현우의 선언에 어울림 식구들이 저마다 놀란 표정들을 했다. 리메이크 앨범이라니 뜻밖이었다.

얼마 전 어울림으로 합류를 한 블루마운틴이 급히 손을 들었다.

"구체적으로 설명을 해줘. 리메이크 대상은 누군데?"

블루마운틴의 질문에 현우가 어깨를 으쓱했다.

"원조 국민 여동생이셨던 유은아 선생님을 중심으로 정지숙 선생님 곡을 한 곡 정도. 또 행사에서 만났던 원로 가수분들의 대표곡들도 몇 곡 리메이크를 할 생각이야, 청산아."

"정말이야? 그렇게 많은 곡들을 리메이크하겠다고? 저작권 문제가 만만치가 않을 텐데?"

이번에는 오승석이 깜짝 놀람과 동시에 현실적인 질문을 던졌다. 한 곡도 아니고 무려 열 곡이 훨씬 넘는 곡들을 리메이크하겠다는 말을 현우가 아무렇지도 않게 하고 있었다.

21세기에 들어서야 곡을 만든 원곡자와 가수 사이의 배분을 비롯해 저작권 같은 비즈니스적인 관계가 명확해졌지만 1960대나 70년대, 80년대는 그 개념이 모호했다.

가수가 자신이 만든 곡의 저작권을 소속 기획사에게 뺏기는 경우가 허다했다.

가왕이라 불리며 살아 있는 신화인 조필오도 본인이 만든 명곡들이 수없이 많음에도 불구하고 소속사와의 불공정 계약으로 한때 큰 어려움을 겪기도 했었다. 가왕도 이럴진대 원조 국민 여동생이었던 유은아의 상황은 뻔했다.

저작권 문제를 해결하려면 오승석의 우려처럼 꽤나 복잡한 과정을 거쳐야 할 것이 분명했다.

"지유가 유은아 선생님의 곡들을 리메이크한다는 사실이 알려지면 원곡의 저작권을 소유하고 있는 인간들이 한탕 하려고 달려들 게 뻔해."

작곡가로서 가요계의 생리를 잘 알고 있는 블루마운틴도 걱정을 했다. 오승석도 블루마운틴의 의견에 동조를 하는 눈치였다.

"나도 어느 정도는 예상하고 있어. 이미 유은아 선생님에겐 리메이크 허락을 받은 상태야. 다행히 히트곡 중에서 두 곡 정도는 선생님이 직접 만드신 곡이었어. 그리고 저작권 문제는 대한가수협회에서 적극적으로 해결을 해주겠다는 약속도 받았어."

대한가수협회에서 저작권 문제를 해결해 주겠다는 현우의 말에 블루마운틴과 오승석의 표정이 한결 가라앉았다. 공적 강제성은 없지만 원로 가수들이나 옛 가요계 관계자들 사이에서 대한가수협회가 가지는 상징적인 의미는 제법 컸다.

현우가 서늘하게 눈동자를 빛냈다.

"그리고 우리 어울림이 엄한 인간들이 숟가락 얹게 가만히 보고만 있을 거 같아? 그동안 많이들 해먹었으면 그걸로 충분해. 여기서 다 나대면 부숴 버리면 그만이야."

부숴 버린다는 현우의 표현에 송지유가 살짝 웃었다. 부숴
버린다는 표현은 송지유가 설비비한테 했던 말이기도 했다.

반면 어울림 식구들은 오랜만에 보는 현우의 김태식 모드
에 흠칫했다. 그사이 현우의 설명이 이어졌다.

"또한 리메이크 앨범으로 벌어들이는 수익 중 일부는 생계
가 곤란한 원로 가수분들의 처우 개선에 사용할 계획이야."

"이익과 명분을 다 잡겠다는 말이네요? 역시 김현우!"

엘시가 감탄을 터뜨렸다. 현우가 담담한 표정으로 고개를
끄덕거렸다. 김정우도 그런 현우를 보며 흐뭇한 표정을 했다.

단순히 병원비를 지원해 주거나 주거지를 해결해 주는 일차
원적인 해결책에서 끝난 것이 아니었다. 한때는 시대를 풍미했
지만 이제는 세월에 퇴색된 가수들과 그들의 명곡들을 세상
밖으로 다시 끄집어내겠다는 게 현우의 목표이자 송지유의 뜻
이었다.

"선미 씨랑 혜은 씨는 회의 끝나는 대로 언론사들 쪽에 리
메이크 앨범 관련 자료 뿌려주세요."

"네, 대표님."

유선미와 이혜은이 서둘러 메모를 했다.

"김현우, 제법인데?"

손태명이 보도 자료를 뿌리라는 현우의 말에 입꼬리를 올

렸다. 언론을 통해 먼저 리메이크 앨범에 대한 기사를 뿌린다면, 리메이크 곡들의 저작권을 놓고 한탕 해보려는 작자들의 술수를 사전에 차단할 수 있을 것이다.

"리메이크 앨범이라… 우리도, 지유도 쉽지는 않을 거야."

오승석이 염려를 했다.

"각오하고 있어요, 승석 오빠."

송지유의 목소리는 담담했지만 그 속에는 굳은 의지가 담겨 있었다.

흘러간 옛 노래들을 리메이크한다는 것은 결코 쉬운 일이 아니었다. 특히 원조 국민 여동생이라 불렸던 유은아처럼 한 시대를 풍미했던 가수들의 명곡이라면 더더욱 그랬다.

명곡일수록 그 곡만이 가지고 있는 원곡의 감성이란 것이 존재했다. 무엇보다 무서운 건 원곡이 유행했을 무렵의 '시대상'이라는 것이 존재한다는 것이었다. 리메이크곡이 제대로 고평가를 받기 위해서는 그 시대를 살아갔던 다수의 사람들에게 인정을 받는 것이 중요했다.

"사실 그동안 뭐 일도 없이 편하게 놀았으니까."

블루마운틴의 솔직한 말에 현우가 피식 웃었다.

"청산이랑 승석이가 고생 좀 해줘. 벚꽃 콘서트가 끝나는 대로 의논을 해서 리메이크할 곡들 명단을 완벽하게 뽑아놓자. 제대로 된 앨범 하나 만들어보자고."

현우의 제안에 송지유와 오승석, 블루마운틴이 고개를 끄덕거렸다.

"그리고 이번 벚꽃 콘서트에 유은아 선생님이나 정지숙 선생님을 비롯해 행사에 참석을 하셨던 원로 가수분들을 초대할 거야."

"우와! 그럼 선배님들 엄청 오시는 거네요? 선배님들 앞에서 공연이라니!"

유나가 양어깨를 부여잡으며 호들갑을 떨었다. 반면 엘시는 의미심장한 미소를 머금고 있었다.

"작가 언니들이 좋아하겠다. 대박 아이템 하나 추가요!"

크리스틴이 고개를 저으며 한숨을 내쉬었다.

"가수 그만두면 차라리 구성 작가를 해. 너 재능 있어."

"그럴까?"

"정말 못 말려. 너."

농담을 또 진담으로 받는 엘시였다.

그렇게 티격태격거리는 엘시와 크리스틴을 보며 현우는 조용히 웃기만 했다.

* * *

[어울림 엔터테인먼트 이번 주 토요일 낮 12시, 여의도 한강

공원에서 벚꽃 자선 콘서트 개최! 어울림 소속 아티스트들 총출동!]

[어울림 엔터! 벚꽃 콘서트에 유명 선배 가수들 대거 초청한다!]

[국민 소녀 송지유! 드디어 새 앨범 낸다! 어울림 엔터 송지유 정규 2집 앨범 발매 계획 발표! 새 앨범은 리메이크 앨범으로 가닥!]

[여왕의 귀환? 송지유 리메이크 앨범으로 돌아온다! 어울림 엔터 공식 입장 발표!]

[리메이크 앨범에 과연 어떤 곡들이 실리나? 가요계 관계자들도 관심 집중!]

공식 입장 발표 후, 포털 사이트들이 어울림 엔터테인먼트와 관련된 기사들로 가득했다. 벚꽃 콘서트와 맞물려 송지유의 새 앨범 소식은 큰 후폭풍을 몰고 오기에 충분했다.

—벚꽃 콘서트 드디어 열리네! 여의도로 갑시다!

—재밌겠다. 가고 싶다!ㅎㅎ

—근데 갑자기 옛날 가수들은 왜 초청? 그 사람들도 노래 부르나? 옛날 노래들 별로이지 않나?;

　—ㄴㄴ 뭘 모르시는 듯. 옛날 노래들도 좋은 거 많아;

─ㄹㅇ다른 기획사들 앨범 다 접거나 미루겠네? 여왕이 돌아왔
으니 장사 다한 거나 마찬가지지 ㅋㅋㅋ

─ㅇㅈ 당분간은 갓 지유 세상!

─옛날 가수들 초청하고 확실히 어울림은 개념이 옹골 차~

─울림이로서 추측을 해보자면 리메이크 앨범에 실릴 곡들 원
곡자들, 벚꽃 콘서트에 오는 선배 가수들 아님?ㅋㅋ

─오? 그럴듯함?ㄷ

─ㅋㅋ근데 송지유가 리메이크하는 곡들 주인들은 가만히 있
다가 복권 맞은 거네? ㅋㅋㅋ

─ㅋㅋㅋㅋㅋㅋ 복권 잼ㅋㅋㅋ

─맞네? 복권ㅋㅋㅋㅋ

대중들의 반응은 정확했다. 기사가 나간 직후부터 현우와
어울림이 예상하지 못한 상황이 벌어지기 시작했다.

벚꽃 콘서트 당일인 토요일 아침에도 이곳저곳에서 연락들
이 쏟아지고 있었다. 송지유의 리메이크 앨범에 곡을 실어줄
수 없겠냐는 문의들이었다.

최영진이 회사 전화기를 들고는 현우를 쳐다보았다.

"형님! 또 전화 왔는데요?"

"이번엔 누군데?"

"그게 도파라 레코드라고."

"도파라?"

도파라 레코드라면 90년대 초반까지만 해도 대형 음반사로 이름을 날렸던 곳이었다.

"적당히 말 잘하고 끊어."

"네, 형님."

"후우."

현우가 한숨을 내쉬었다. 송지유의 범국민적인 인기에 묻어 가려는 사람들이 끝도 없이 나타나고 있었다. 물론 좋은 의도를 가지고 연락을 해오는 쪽들도 많았다.

"형님. 그냥 유은아 선생님 곡들을 리메이크한다고 발표해 버리죠? 인터넷 보니까 다들 추측도 하고 궁금해서 죽던데요? 윽! 태명 형님?!"

"최영진 너는 아직 멀었어. 아무리 리메이크 앨범이라고 쳐도 대중들이나 팬들이 가지고 있는 기대감이라는 게 있는 거다. 초장부터 다 알려서 김빠지면 네가 책임질 거야?"

"아! 그렇긴 하네요. 하지만 이건 밤에도 잠을 잘 수가 있어야 말이죠! 어떻게 연락처들을 알고 연락을 해오는지 오늘도 3시간밖에 못 잤다니까요?"

최영진이 하소연을 했다. 현우가 그런 최영진의 어깨를 두 들겼다.

"오늘 하루만 견디자. 그럼 우리도 슬슬 강남 쪽으로 가자."

현우가 어울림 식구들을 둘러보며 말했다. 현재 어울림 소속 아티스트들은 단장을 위해 뷰티숍 몽마르트에 가 있었다.

이제 슬슬 합류를 해야 했다.

"여의도 쪽 상황은? 석훈이한테 연락 왔어?"

"네, 형님. 여의도 특설 무대는 완벽하게 준비가 되었답니다."

"오케이. 우리도 바로 나가자."

현우가 먼저 앞장을 섰다.

＊   ＊   ＊

토요일 낮 12시 무렵의 여의도 한강 공원. 화창한 햇살과 더불어 봄바람도 따스했다. 그리고 한강이 내려다보이는 공원 바로 옆으로 특설 무대가 세워져 있었다.

특설 무대 아래로 만들어져 있는 객석에는 정말로 많은 관객들이 자리를 하고 있었다. 미처 자리를 얻지 못한 관객들은 아예 특설 무대 주변에 돗자리를 깔고 앉아 있었다. 그야말로 정겨운 피크닉 분위기가 물씬 풍겼다.

그리고 특설 무대 뒤편, 초록색 스프린터 4대와 밴 4대가 원형으로 자리를 잡고 대기실 역할을 하고 있었다.

벚꽃과 어우러져 있는 관객들을 살펴보며 어울림 식구들은 잔뜩 흥이 나 있었다.

"공연 완전 재밌겠어! 간만에 공연이잖아!"

"그러니까요! 유나 언니! 맛있는 음식도 잔뜩 싸왔나 봐요! 얻어먹어야지!"

"나도! 나도!"

유나와 하나가 서로를 얼싸안았다. 그런 둘을 크리스틴과 유지연이 흘겨보고 있는 진풍경이 벌어졌다.

"컨트롤 C, 컨트롤 V도 아니고… 소름이다, 소름."

닮은 구석이 많은 드림걸즈와 i2i 멤버들을 보며 최영진이 하하 웃었다. 그때 하얀색 밴 한 대가 초록색 스프린터들 옆으로 세워졌다.

드르륵. 문이 열리며 프리즘 멤버들이 뛰쳐나왔다.

"영진 오빠!"

"오빠~!"

전 사바나 소속이었던 멤버들이 우르르 최영진에게로 몰려들었다. 최영진의 얼굴이 환해졌다. 디온 뮤직이 망하기 전만 해도 동고동락을 함께했던 멤버들이었다.

"얘들아? 너희가 여긴 무슨 일이야?"

"히히! 오늘 우리 게스트예요! 게스트!"

"게스트? 은아? 넌 알고 있었어?"

한때는 사바나의 멤버로 활동을 했던 유은이 쪼르르 달려왔다. 리더인 유은의 등장에 사바나 멤버들이 유은을 감싸 안고는 난리가 났다. 밀린 수다들을 떠느라 최영진은 안중에도 없었다.

어리둥절해하고 있는 최영진에게로 백동원 팀장이 다가왔다.

"동원 형님? 이게 어떻게 된 일이에요? 게스트라고요?"

"대한가수협회 모임에서 현우 씨를 만났어. 현우 씨가 우리 프리즘도 게스트로 초대를 해주신 거야, 영진아."

"그랬어요? 그런데 왜 저한테 말을?"

"깜짝 선물 같은 거 아닐까?"

백동원 팀장이 사람 좋은 미소를 지어 보였다. 허탈한 웃음과 함께 현우에 대한 고마움이 밀려들었다.

"현우 형님도 참."

"그리고 영진아, 현우 씨가 어울림 작곡가들 곡도 주기로 약속하셨다."

이어지는 백동원의 말에 최영진의 코끝이 찡해졌다. 사바나 멤버들은 최영진에게 있어 늘 마음 한구석의 짐이었다. 유은을 제외한 다른 멤버들을 미처 건사하지 못했다는 죄책감이 늘 존재했었다.

그런데 현우가 그 짐을 알고 최영진의 짐을 덜어주고 있었다.

"또 울면 현우 씨도 그렇고 나도 이제는 싫다?"

"그때 처음 만났을 때 울고 저 운 적 없습니다! 현우 형님도 그렇고 동원 형님도 너무하시네요!"

그렇게 말하곤 최영진이 이제는 프리즘의 멤버가 된 사바나 멤버들을 쳐다보았다. 저번에 잠깐 공개홀에서 봤을 때만 해도 다들 표정들이 무거웠다. 그런데 오늘은 정말이지 밝아보였다. 마음이 놓였다.

그리고 그사이 현우가 모습을 드러내었다. 최영진이 현우에게로 달려갔다.

"형님, 감사합니다!"

"갑자기?"

소란스러웠던 야외 대기실이 순간 조용해졌다. 프리즘 멤버들도 쪼르르 현우에게로 달려와 꾸벅 고개를 숙이며 살갑게 굴었다.

"왜 이래, 영진아?"

최영진의 빨개진 눈동자를 확인한 현우가 곧장 백동원 팀장을 쳐다보았다. 백동원 팀장은 그저 웃고만 있을 뿐이었다.

"그동안 영진이 너도 열심히 했잖아. 그건 그렇고 특별석은 다 채워졌나?"

"아, 네. 형님. 석훈이랑 철용이가 직접 한 분, 한 분 회사 차로 모시고 왔습니다."

"그래?"

현우가 야외 대기실 너머 특별석으로 시선을 돌렸다. 유은 아와 정지숙을 비롯해 원로 가수들이 특별석에 앉아 있는 게 얼핏 보였다. 날씨도 따듯했고, 오랜만의 큰 무대에 원로 가수들이 표정들이 밝았다.

현우가 어울림 소속 아티스트들을 살펴보았다. 송지유를 필두로 모든 준비들이 끝마쳐진 상태였다.

"준비해라, 김현우."

손태명이 현우의 어깨를 툭, 쳤다.

"어? 대표님이 또 진행하세요?"

프리즘 멤버들이 의아해했다. 저번 송지유 팬 미팅은 그렇다고 쳐도 벚꽃 콘서트는 규모가 큰 이벤트였다.

"후우. 내가 지은 죄가 있어서 말이지."

"김태식이니까 죄를 지었으면 벌을 달게 받아야지."

현우와 손태명의 대화에 프리즘 멤버들이 꺄르르, 웃었다. 엘시가 현우의 어깨를 다독이며 프리즘 멤버들을 쳐다보았다.

"괜찮아, 괜찮아. 나도 이번 콘서트 구성 작가 언니들이랑 내가 다 짰거든? 피장파장이지 뭐."

"이 실장에 이어서 이제는 이 작가냐?"

"뭐래요? 김현우 사회자님?"

SBC '아는 언니들' 제작진이 그런 현우와 엘시를 카메라에 담으며 하하 웃음을 터뜨렸다.

김은정이 마지막으로 현우의 상태를 점검해 주었다.

"됐다! 김현우 출격 완료!"

"그럼 올라가 볼까?"

*　　　　*　　　　*

"와아아!"

"김현우 대표다!"

"잘생겼다!"

특설 무대 위로 현우가 등장하자 여의도 한강 공원이 들썩였다. 현우는 자신의 얼굴이 나오는 커다란 전광판을 보며 어색한 표정을 했다.

"이거 잘생긴 얼굴도 아니고 영 적응이 안 되네요. 인사드리겠습니다. 어쩌다 보니 이번 벚꽃 콘서트도 진행을 맡게 되었습니다. 어울림 엔터테인먼트의 대표 김현우입니다."

"김태식! 김태식!"

박수와 함께 환호가 쏟아졌다.

"이제는 진행도 잘하네? 그치? 지유야?"

"그러네요."

"근데 오늘따라 왜 이렇게 치근덕거려요?"

송지유가 엘시의 팔을 빼내려 했다. 하지만 엘시는 완강했다. 송지유 옆에 찰싹 붙어서 떨어질 줄을 몰랐다.

"……."

엘시가 얼른 SBC 제작진에게 자신과 송지유의 투 샷을 잡으라고 눈총을 보냈다. 제작진이 서둘러 엘시와 송지유를 카메라로 담고 있었다.

한편 특설 무대 위에서는 현우의 독무대가 한창이었다.

"음. 오늘은 진행자가 한 명 더 있습니다."

현우의 발언에 관객들은 환호했지만 야외 대기실에는 침묵이 내려앉았다. 순간 무언가를 직감한 손태명의 얼굴이 굳었다.

"손태명, 올라와라."

"……."

결정적인 현우의 한마디에 손태명이 결국 돌처럼 굳어버렸다. 반면, 여의도 한강 공원은 함성으로 가득 찼다.

"손태명! 손태명!"

"태명 선배! 태명 선배!"

여의도 한강 공원 일대가 들썩이고 있었다. 손태명도 현우 못지않은 인기를 자랑하고 있었다.

"하아… 김현우 이 자식."

손태명은 얼굴을 감싸 쥔 채로 한숨을 내쉬고 있었다. 반면 어울림 식구들은 키득, 키득 대놓고 웃고 있었다.

"언니! 언니! 찍어! 오디오도 담고!"

엘시가 송지유의 팔을 풀고는 작가들을 총지휘했다. 벚꽃 콘서트 오프닝부터 현우가 대형 사건을 터뜨린 상황이었다.

"어서요!"

엘시의 눈동자가 시청률 욕심으로 가득 찼다. 작가들과 카메라 감독들이 서둘러 지금의 상황을 담기 시작했다. 찍으면서도 감탄을 숨기지 못했다. 김현우 대표나 손태명 실장의 인기가 보통이 아니었다. 이 정도면 어지간한 A급 남자 연예인들은 저리가라 할 정도였다.

반면, 손태명은 이러지도 저러지도 못하고 있었다. SBC '아는 언니들' 제작진이 일거수일투족을 담고 있었기 때문이었다.

"태명아, 내가 대신 올라갈까?"

신현우가 손태명의 어깨를 두드리며 물었다.

"후우… 아닙니다, 큰 형님. 그냥 제가 올라가죠."

"나이스! 손 선배 파이팅!"

"시청률 보증 수표 훈남 듀오 출격!"

엘시와 드림걸즈 멤버들이 어디서 구했는지 치어리더들이 사용하는 '응원 수술'을 마구 흔들어댔다. 선배들이 치어 리딩을 하는데 후배들이 가만히 있을 리가 없었다. 덩달아 i2i 멤버들까지 합류를 했다.

SBC 제작진도 웃음을 꾹꾹 참은 채로 카메라를 들고 있었다. 결국 보다 못한 송지유가 팔짱을 낀 채로 손태명에게로 다가갔다.

"태명 오빠, 더 험한 꼴 보기 전에 얼른 올라가요."

송지유의 말 그대로였다. 여기서 현우가 비하인드 스토리라도 몇 개 풀면 그거야말로 대형 사건이었다.

"태명 삼촌, 그냥 올라 가, 응?"

신지혜도 안쓰러운 표정을 짓고 있었다.

결국 손태명은 특설 무대 위로 올라갔다.

손태명이 무대 위로 모습을 드러내자 여의도 한강 공원이 더 큰 함성으로 물들었다. 손태명이 얼굴 가득 미소를 머금은 채로 연신 손을 흔들었다.

"안녕하세요! 여러분! 어울림 엔터테인먼트 실장 손태명입니다! 오랜만에 인사드립니다!"

마이크를 건네받은 손태명이 꾸벅 고개를 숙인 다음 인사부터 했다.

"태명 선배! 잘생겼어요!"

"커피나 한잔하자! 커피!"

"나랑 만나요! 실장님!"

온갖 말들이 쏟아졌다. 여자들보단 남자들한테 인기가 많은 현우와 달리 손태명은 부드러운 선배 이미지 덕분에 여성 팬들이 압도적으로 많았다.

현우가 손태명의 팔을 툭, 쳤다.

"인기 좋다?"

"시끄러워. 나까지 왜 부르는 건데?"

손태명이 물었다. 현우가 씩 웃었다.

"그냥 너한테 의지하고 싶어서?"

"돌았냐?"

손태명이 정색을 했다. 현우가 또 피식 웃었다.

"보셨습니까? 태명 선배는 다 가식입니다. 이 녀석 이거, 엄청 까칠하다니까요?"

"오해입니다. 제가 까칠하게 구는 건 김현우 한정이죠. 워낙에 문제가 많으니까요."

"내가?"

"일 벌이면 뒷정리는 늘 내 몫인 거 모르냐?"

"그래서 너보고 손 부인이라고 하잖아. 그리고 이번에 신사옥 올려줬잖아."

"하아… 그래서 거기서 내가 사냐? 말을 말자."

"방 만들어줄게."

"생각을 하고 말을 해. 이미 설계 다 끝났다, 김현우."

"아, 그래?"

"하여간 이런 놈이 대표라니."

"놈? 야!"

"왜?"

현우와 손태명의 치열한 공방전에 여의도 한강 공원이 일제히 웃음으로 물들었다. 김현우, 손태명표 불꽃 브로맨스 시트콤이 펼쳐지고 있었다.

"아, 정말이지, 어울림 사람들은 예능에 최적화된 인간들 같아!"

"그러니까요, 선배!"

SBC '아는 언니들'의 작가들을 비롯해 제작진은 잔뜩 흥분하고 있었다. 아직 오프닝인데도 카메라에 담을 게 너무나 많았다. 야외 대기실에서 있었던 일이며, 김현우 대표와 손태명 실장의 불꽃 시트콤만 방송에 내보내도 한 회 분량은 채워질 정도였다.

예능국 윗선의 우려와 다르게 엘시와 드림걸즈 멤버들이 유독 자신감을 보였던 이유도 뒤늦게 깨달았다.

"태명 선배는 여자 친구 없나요?!"

한 여성 팬이 큰 소리로 물었다. 현우가 손태명을 쳐다보았다. 손태명이 입을 열었다.

"아쉽게도 아직 좋은 분을 만나지 못했습니다."

"만나실 의향은요?!"

"있죠, 당연히. 그런 의미에서 여자 친구가 있는 최영진 팀장을 불러보겠습니다. 최영진! 올라와라!"

여의도 한강 공원에 다시 한번 폭소가 터졌다. 손태명에 이어 어울림 F4가 줄줄이 소환이 되고 있었다.

"킥킥! 영진 오빠! 뭐 해요? 빨리 올라가요!"

"올라가자!"

배하나와 이지수가 최영진의 양팔을 잡고 무대 쪽으로 끌고 갔다.

"후우… 나는 또 왜? 죽으시려면 혼자 죽으시지……."

배하나와 이지수에게 끌려가며 최영진이 울상을 지었다.

"진짜 김현우 예능감 미쳤다. 얘들아! 우리 아직 아무것도 안 했는데 대박 터졌어! 아무것도 안 하고 대박 나기!"

"아무것도 안 하고 대박 나기!"

엘시와 연희가 하이파이브를 주고받을 정도로 여의도 한강 공원은 뜨겁게 달아오르고 있었다.

결국 최영진까지 무대로 올라왔다. 관객들 중에는 너무 웃겨 배까지 부여잡은 사람들도 있었다. 진행 요원이 최영진에게도 마이크를 건넸다.

하늘같은 형님들이라 감히 어쩌지도 못하고 최영진이 마이크를 받았다.

"어울림 엔터테인먼트 팀장 최영진입니다. 결국 저까지 올라오네요. 그나저나 오늘 날씨 참 좋죠? 여러분들처럼 벚꽃도 아름답게 피었네요. 하하."

최영진이 어색하게 웃었다. 소개팅 프로 출연 이후 창피함에 최대한 방송 노출을 꺼리고 있었던 최영진이었다.

"연애는 잘되어가나요?!"

"아직 안 헤어졌어요?"

온갖 질문들이 쏟아졌다. 최영진이 벌게진 얼굴로 머리를 긁적거렸다.

"잘 만나고 있는데요?"

"그럼 전화 연결! 전화 연결!"

"김선영! 김선영!"

점점 팬들의 요구가 거세지기 시작했다. 최영진이 어어, 하며 당황해했다. 그러고는 현우와 손태명을 원망스러운 눈빛으로 쳐다보았다.

"형님들! 왜 저까지 힘들게 하세요?"

"내가 그랬냐? 손태명이 그랬지?"

"내가? 웃기네. 시작은 김현우 너였잖아."

현우와 손태명이 발뺌을 했다. 결국 빗발치는 통화 요구에 최영진이 핸드폰을 들었다. 와아아! 팬들이 기쁨의 함성을 쏟아내었다.

현우가 최영진의 핸드폰으로 마이크를 가져다 대었다. 신호가 가더니 통화가 연결되었다. 현우가 팬들을 향해 쉿! 조용히 해달라며 신호를 보냈다.

"서, 서, 선영 씨?"

—여보세요? 무슨 일 있어요? 아기 전화 받았는데, 왜 그래요? 영진 씨?

순간 특설 무대를 비롯해 여의도 한강 공원이 적막으로 물들었다.

"제, 제가 아기라고 언제 그랬죠? 선영 씨, 악기라고 한 거죠? 그렇죠? 하하."

최영진이 당황해하며 아무 말이나 막 내뱉었다.

—우리 애칭이잖아요. 영진 씨가 그렇게 부르잖아요. 아기라고.

김선영 아나운서의 확인 사살에 싸해졌던 여의도 한강 공원으로 커다란 웃음 폭탄이 터졌다.

—어? 지금 어디예요, 영진 씨?

팬들의 웃음소리에 김선영 아나운서도 당황해하고 있었다. 결국 현우가 통화를 이어나갔다.

"접니다, 선영 씨."

—김현우 대표님이세요?

"네. 지금 벚꽃 콘서트 진행 중이에요. 영진이도 옆에 있습니다.

핸드폰 너머로 잠시 말이 없었다.

"미안해요. 팬 여러분들이 워낙 선영 씨 목소리를 듣고 싶어 해서 말입니다. 그나저나 애칭이 참 인상적이네요. 아기라……. 역시 영진이네요. 영진이가 잘해주죠?"

—휴우… 네. 영진 씨는 늘 잘해줘요. 그래서 고맙게 생각하고 있어요. 근데 어쩌죠? 저 때문에 우리 영진 씨 창피당했죠? 그렇죠?

"오오!"

팬들이 부러움 반 감탄 반이 섞인 탄성들을 내질렀다. 최영진이 현우로부터 핸드폰을 건네받았다.

"선영 씨, 갑자기 전화해서 미안해요. 많이 놀랐죠?"

—아니에요. 영진 씨가 늘 챙겨주고 잘해주잖아요. 관객분들은 많이 즐거워하시나요?

"네. 그런 것 같아요. 정말 미안해요. 화났어요?"

—아뇨. 화 안 났어요. 관객분들이 웃으셨다니까 다행이에요. 어울림 팬 여러분! 우리 영진 씨 정말 따뜻하고 좋은 사람이에요. 우리 최영진 팀장님, 많이 사랑해 주세요!

부러움과 함께 최영진과 김선영을 향한 격려의 박수가 쏟아졌다.

—감사합니다. 저도 1시에 라디오 끝나면 여의도로 갈게요! 그럼 끊을게요. 영진 씨! 힘내요! 수고하고요!

"네. 선영 씨. 조금 이따가 봐요."

특설 무대 위에서의 통화가 끝이 났다.

벚꽃 콘서트를 찾은 대부분의 팬들은 커플이거나 가족 단위였다. 그러다 보니 최영진과 김선영의 훈훈한 전화 통화에 분위기가 더욱 분홍빛으로 물들었다.

"……."

"……."

잠시 특설 무대 위와 객석으로 고요함이 가라앉았다. 따스한 봄바람과 함께 사방에 만개해 있는 벚꽃 나무들에서 연분홍빛 벚꽃 잎들이 우수수 떨어졌다.

어울림 식구들도 그리고 팬들도 그 광경을 보며 눈을 떼지를 못했다. 현우가 다시 마이크를 들었다. 그리고 빙그레 웃으며 팬들을 눈으로 담았다.

이름도 사는 곳도, 각자의 삶도 모르는 사람들이었지만 지금 이 순간만큼은 뭐랄까, 한 가족이라는 생각이 들었다.

봄바람이 잦아들자 현우가 최영진을 쳐다보았다.

"부럽네. 영진이, 할 말 더 없냐?"

현우가 물었다. 팬들의 시선이 다시 최영진에게로 집중되었다. 최영진이 잠시 생각을 하다 마이크를 들었다.

"고석훈 팀장, 올라와."

최영진의 한마디에 여의도 한강 공원으로 다시 웃음 폭탄이 터졌다.

        *   *   *

어울림 F4의 뜻하지 않았던 활약으로 벚꽃 콘서트는 절정의 분위기에서 공연을 시작할 수 있었다.

첫 번째 무대는 일본에서 돌아온 i2i가 화려하게 장식을 했다. 데뷔곡이자 히트곡인 '소녀는 무대 위에'를 시작으로 한국을 비롯해 일본에서도 크게 히트를 친 공전의 히트곡 '마법 소녀: Legends never die'까지 선을 보였다.

뒤를 이어 신현우가 아직까지도 큰 인기를 얻고 있는 '겨울 꽃'을 열창했다.

"선배님! 수고하셨습니다!"

"수고하셨습니다!"

엘시와 드림걸즈 멤버들, 그리고 i2i 멤버들이 무대를 내려오는 신현우를 향해 90도로 인사를 했다. 성별만 달랐지 무슨 조직의 후배들 같았다.

신현우가 쓰게 웃었다.

"허리들 다쳐. 춤을 추는 친구들이 그렇게 허리를 막 쓰면 되나?"

"형님을 위해서라면 이깟 허리가 뭐가 중요하겠습니까? 충성!"

"충성!"

엘시의 장난에 드림걸즈 멤버들이나 i2i 멤버들도 또 꾸벅 허리를 숙였다. 신현우는 그 장단에 같이 어울려 주기로 마음을 먹었다.

"하긴. 다음 무대가 누구지?"

"저희입니다!"

유나가 번쩍 손을 들었다.

"그래. 안무 틀리지 말고. 그 야구방망이 휘두르는 안무도 너무 약해. 더 강하게 휘둘러야지. 방망이 줘봐."

"네!"

유나가 들고 있던 야구방망이를 건넸다. 신현우가 야구방망이를 들더니 자세를 잡고는 그대로 휘둘렀다.

붕! 공기를 가르는 소리가 터졌다. 짝짝짝! 드림걸즈와 i2i 멤버들이 일제히 박수를 쳤다.

"내가 소싯적에 국회의원인가 뭔가를 기타로 내려쳤을 때보단 스윙이 약하긴 하네."

"……"

"……"

신현우의 과거에 SBC 제작진이 겁을 먹은 듯 흠칫했다. 조각 같은 외모만큼이나 락커가 풍기고 있는 특유의 분위기가 제법 어렵게 느껴졌다. 하지만 그러면서도 SBC 제작진은 카메라를 놓지 않았다. 신현우가 그런 제작진을 보며 작게 웃었다.

"다연아, 이 정도면 방송에 나갈 건 충분하겠지?"

"네! 선배님! 협조해 주셔서 정말 감사합니다!"

신현우가 엘시와 후배들을 보며 빙그레 미소를 머금었다. 그제야 SBC 제작진도 마음을 놓았다.

현우가 그런 신현우에게 다가왔다.

"괜찮으시겠어요? 과거 이야기는 별로 좋아하시지 않는 거 아니었습니까?"

"현우야, 괜찮아. 후배들 방송인데, 이 정도는 상관없다."

"후우… 이거 다연이랑 비글즈 때문에 다들 고생이 이만저만이 아니네요."

오프닝 무대부터 어울림 F4를 시작해 어울림 가족들의 일거수일투족들이 카메라에 담기고 있었다.

이번에는 또 송지유에게 우르르 몰려가 있었다. 엘시와 드림걸즈 멤버들이 주축이 되어 온갖 질문이나 상황을 연출하고 있었다. 국민적 스타인 만큼 송지유가 주 단골 대상이었던 것이다.

분주하고 정겨운 야외 대기실 광경을 현우와 신현우가 나란히 지켜보고 있었다.

"좋다, 현우야."

문득 신현우가 입을 열었다.

"예?"

"돈 벌려고 노래하는 것보다 이렇게 나누려고 노래하는 경우는 흔치 않잖아."

"그렇긴 하죠. 그래서 전 죄송한 마음인데요?"

"죄송하긴. 조금 전에 무대 내려오면서 선배님들이랑 인사도 했는데, 다들 행복해하시더라. 현우 네 주변에 있으면 누구든 행복해지는 것 같아. 나랑 지혜, 지선이도 그렇고."

"히히. 아빠 말이 맞아! 삼촌이랑 있으면 늘 행복해."

신지혜가 신현우의 품으로 파고들며 말을 했다.

"더 노력해야죠."

현우가 살며시 웃으며 대답했다.

어느새 벚꽃 콘서트도 중반부에 이르러 있었다. 이제 세 번째 무대는 드림걸즈의 차례였다.

엘시와 드림걸즈 멤버들이 무대에 오르기 위해 마지막 점검을 하는 것이 눈에 들어왔다.

현우가 드림걸즈 멤버들에게로 다가갔다.

"오늘 너희가 제일 바쁜 거 알지?"

"당연히 알고 있죠! 대표님! 어때요? 우리 프로, 대박 날 거 같죠?"

연희가 헤헤 웃으며 말을 했다. 오늘 하루 카메라에 담긴 분량은 정말 많았다. 양뿐만이 아니고 내용도 훌륭했다.

현우가 피식 웃었다.

"나랑 태명이는 또 안 나와도 되는 거 확실하지? 그리고 지유 좀 가만히 둬라. 분량 충분히 뽑았잖아."

"알았어요. 그 대신 콘서트 끝나고 뒤풀이 장면도 좀 담아도 될까요?"

엘시와 드림걸즈 멤버들이 불쌍한 표정을 했다. 반대로 SBC 제작진은 잔뜩 기대에 차 있었다. 어울림 엔터의 뒤풀이라면 확실히 엄청난 소재였다.

"후우… 좋아, 그러지 뭐."

"나이스!"

엘시와 멤버들이 기쁜 나머지 저마다 현우를 얼싸안고 방방 뛰었다.

그렇게 하하 웃던 현우의 표정이 살짝 굳어버렸다. 야외 대기실 너머에 있는 무언가를 봤기 때문이었다.

"다연아, 내가 헛것을 본 건 아니지?"

"그건 아닌 것 같아요. 진짜 대박이네?"

엘시의 표정도 덩달아 사나워졌다.

그사이 사태를 파악한 최영진이 급히 뛰어왔다.

"형님! 저거 뭐예요? 형님은 알고 계셨어요?"

"아니. 그럴 리가."

현우의 표정이 썩 좋지 못했다. 손태명도 현우의 옆으로 서서 안색을 굳혔다.

"가지가지 하는구나. 정말."

"그러게 말이다."

현우와 손태명이 동시에 한숨을 내쉬었다.

뜻하지 않았던 불청객이 벚꽃 콘서트를 찾아온 것이었다.

5장

당신은 기억하십니까 I

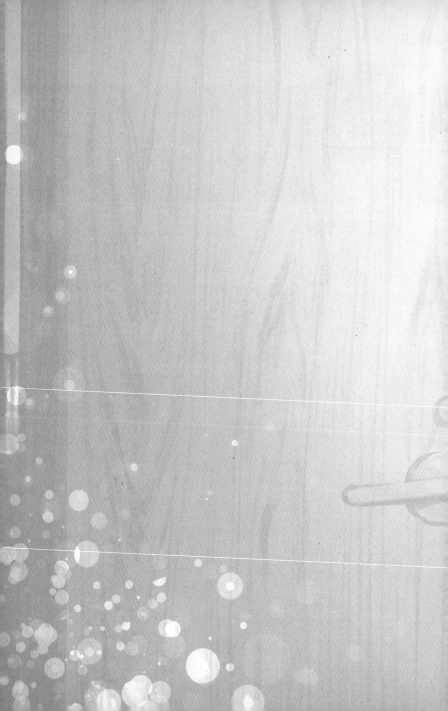

"와아아!"

달아오를 대로 달아오른 특설 무대 위에 드림걸즈가 나타나자 더욱 뜨거운 함성이 쏟아졌다.

"하이! 헬로! 안녕! 엘시, 그리고 징글징글 비글즈! 드림걸즈입니다!"

엘시와 드림걸즈 멤버들이 새 구호를 외치며 팬들을 향해 꾸벅 고개를 숙였다. 비글즈라는 표현에 박수와 함께 웃음이 쏟아졌다.

"유나! 예쁘다!"

어느 남자 팬의 외침에 유나가 두 손으로 꽃받침을 해 보이며 끼를 잔뜩 부렸다. 엘시가 급히 마이크를 들었다.

"유나한테 얼마 받았어요?"

특설 무대 밑의 남자 팬이 당황해하다 센스 있게 손가락 하나를 들어 보였다. 엘시가 급히 손가락 두 개를 들어 보였다.

"난 두 장, 오키?"

"엘, 엘시 예쁘다! 예쁘다!"

재빠른 태세 전환에 유나가 울상을 했다. 반면, 벚꽃 콘서트를 찾은 어울림 팬들은 하하 웃음들을 터뜨렸다. 역시 비글즈다웠다.

이번에는 크리스틴이 마이크를 들었다.

"다들 즐거우시죠?"

"네!"

팬들이 한목소리로 대답을 했다. 크리스틴이 미소를 머금었다.

"이번 저희 앨범에 정말 많은 사랑을 보내주셔서 감사합니다. 이렇게까지 좋아해 주실 줄은 미처 몰랐어요."

크리스틴의 말대로였다. 드림걸즈의 첫 데뷔곡이자 타이틀곡 'Heart breakers'는 아직까지도 음원 차트 1위를 굳건히 지키고 있는 중이었다. 공식 뮤직비디오 조회 숫자도 역대 한국 걸 그룹 역사상 최고치를 기록하고 있었다.

국내 활동만을 고집하고 있음에도 일본 측에서 다시 뜨거운 러브콜을 보내고 있을 정도였다.

"그런 의미에서 뿌뿌뿌 가자!"

엘시가 크리스틴의 팔에 팔짱을 끼며 소리쳤다. 크리스틴이 양 주먹을 볼 앞으로 동그랗게 말고 애교를 부렸다. 그리고 깜찍한 윙크까지.

"……"

기계 같은 모습에 팬들이 할 말을 잃어버렸다. 깜찍했던 모습은 싹 사라지고 크리스틴이 다시 평온한 표정을 했다.

"식사 중인 분들도 계신데, 죄송합니다. 제가 너무 영혼이 없었죠?"

그제야 팬들이 하하 웃음을 터뜨렸다. 크리스틴이 푹, 한숨을 내쉬었다.

"예능 출연만 하면 시키니까 이젠 자동 반사적으로 나오는 거 같아요."

"조련사 엘시답죠? 자, 보세요. 유나, 손."

"손!"

엘시의 작은 손 위로 유나가 고양이처럼 톡, 손을 올려놓았다.

"좋아. 연희!"

"네!"

가장자리에 있던 연희가 두 팔을 벌리고 특설 무대를 훨훨

날아 엘시의 팔을 두 손으로 콕, 잡았다.

머리 하나는 더 큰 유나와 연희가 엘시의 손과 팔에 매달려 있는 모습에 팬들이 하하 웃음을 감추지 못했다.

엘시가 씩 웃으며 크리스틴을 쳐다보았다.

"착한 크리스틴도 이리 오렴! 어? 지, 진짜 와?"

크리스틴이 순순히 다가오자 엘시가 눈을 동그랗게 떴다. 하지만 거기까지였다. 크리스틴이 차가운 표정으로 돌변하더니 엘시에게 헤드록을 걸었다.

"아야! 뿌뿌뿌 씨가 미쳤어요! 여러분!"

"뿌뿌뿌라고 하지 마! 쪼그만 게?"

"야! 유나랑 연희랑 너희들도 이럴 거야?"

고분고분 말을 듣던 유나와 연희도 사나운 야생 치타와 독수리로 변해 있었다. 크리스틴과 두 멤버의 협공에 엘시가 속수무책으로 당하고 있었다.

"얘들아! 도와줘."

엘시가 다급히 다른 멤버들을 찾았지만 소용이 없었다.

"인과응보다. 받아들여."

"언니, 미안해요."

제시나 나나 같은 멤버들도 합세를 했다.

"너희들, 이거 반란이야? 조수진 네가 결국 나를 배신하는구나!"

"창피하니까 조용히 좀 해! 진짜 물에 던져도 입만 둥둥 뜰 거야, 너는!"

크리스틴이 엘시를 타박했다. SBC 제작진이 황급히 엘시와 크리스틴을 클로즈업으로 잡았다. 그런데 무언가 표정이 이상했다. 엘시가 발그레한 얼굴로 씩 웃고만 있었다.

"언니, 왜 그래요? 숨 막혀요?"

유나의 물음에 엘시가 음흉한 웃음을 머금었다.

"아니 푹신해서. 오우~ 조수진, 생각보다 큰데?"

"야! 너 미쳤어?!"

크리스틴이 빽 소리를 지르며 황급히 품에서 엘시를 풀어 주었다. 그러고는 벌게진 얼굴로 엘시를 노려보았다.

특설 무대 위에서 벌어진 한 편의 상황극에 팬들은 물론 SBC '아는 언니들' 제작진들까지 웃음을 참지 않았다.

*　　　　*　　　　*

웃음이 끊이지 않는 밖과 다르게 특설 무대 뒤편의 분위기는 어딘지 모르게 냉랭했다. 30대 초반의 청년이 특설 무대의 전광판을 지켜보다 풋, 작게 웃고 말았다.

그러고는 어울림 식구들을 향해 고개를 돌렸다.

"어울림 사람들은 유쾌하다는 말은 사실이었네요. 확실히 유쾌합니다."

"그렇습니까?"

현우가 굳은 표정으로 눈앞의 사내를 살폈다. 훤칠한 체격의 귀티가 흐르는 전형적인 귀공자 상을 한 사내가 은은한 미소를 머금고 있었다.

"아, 제 소개를 잊었습니다. CV E&M 기획팀의 기획팀장 문태진입니다."

"어울림 엔터테인먼트 대표 김현우입니다. 기획팀장이라, 생각보다 젊으신데요?"

"하하. 그런 말을 종종 듣습니다. 하지만 김현우 대표님에 비하면 아무것도 아니라고 생각합니다. 어떻게 보면 제 롤모델이시거든요. 이렇게 직접 뵙게 되어 큰 영광입니다."

문태진이 먼저 공손하게 손을 내밀었다. 상대방의 호의를 무시할 수는 없었기에 현우가 마주 손을 잡았다.

'호오?'

현우의 눈동자에 호기심이 일었다.

보통 첫 만남에서 현우를 만나면, 또래 남자들이 보이는 반응 패턴은 늘 비슷했다. 이른 나이에 성공을 한 현우를 향해 질투의 시선을 보내거나 아니면 동경의 시선을 보내 왔다.

하지만 상대방은 단순한 호의를 넘어서서 여유가 넘쳤다.

'꼭 이장호 회장을 처음 봤을 때 같은데.'

반면, 문태진의 소개에 손태명은 묘한 표정을 했다. 문태진. 분명 어디선가 들어본 이름이었다. 그때 김정우가 현우에게 다가와 속삭였다.

"현우 씨, 문태진 기획팀장은 CV 그룹의 장남입니다."

김정우의 귀뜸에 현우가 차분히 고개를 끄덕였다.

연예계에 뛰어들면서 이장호 회장 같은 거물도 만나봤고, 샤인 같은 월드 스타와도 친분을 맺었지만 재벌 2세를 만나는 건 처음이었다. 더군다나 CV 그룹의 장남이라면 재벌 2세 중에서도 그 급이 달랐다. 어쨌든 CV는 대한민국의 미디어 산업을 주름잡고 있는 재벌가였다.

'재벌 2센데 뭐 어쩌라고?'

솔직히 지금 상황이 불편할 뿐, 재벌 2세를 만났다고 특별한 감정은 없었다. 그저 루이 메키스 감독을 만났을 때처럼 신기한 정도였다.

"여긴 어쩐 일로 찾아오신 겁니까? 그리고 혼자 오신 것도 아닌 것 같은데요?"

현우가 표정의 변화 없이 문태진에게 물었다. 문태진 뒤편으로 정근식 부장은 물론이고 김미영 팀장, 그리고 CV 측 직원들이 다수 보였다.

순간 문태진이 안색이 오묘하게 변했다가 빠르게 돌아왔다. 문태진이 미소를 가득 머금었다.

"썩 반겨주시는 것 같지는 않습니다."

손태명과 김정우 같은 실장들과 최영진, 고석훈 같은 팀장들이 현우의 좌우에 서서 냉랭한 표정들을 하고 있었다. 소속 아티스트들도 그랬다. 신현우의 등 뒤로 i2i 멤버들과 신지혜가 숨어 있었다.

문태진이 볼을 긁적였다.

"하아… 이럴 줄 알았습니다. 하긴 염치도 없이 숟가락 얹으러 온 인간들을 웃으면서 반겨주면 그건 말이 안 되는 거죠."

문태진이 쓴웃음을 머금으며 자조했다. 문태진의 말에 현우가 피식 웃었다. 솔직한 태도가 마음에 들었다.

"그래서 어떤 방식으로 숟가락을 얹으러 오신 겁니까, 문 팀장님?"

"하하. 최대한 도움이 되는 방식으로 숟가락을 얹으러 왔습니다. 김 팀장님?"

"네!"

김미영 팀장이 현우에게 다가오며 눈빛으로 고맙다는 신호를 보냈다. 현우가 어깨를 으쓱했다.

"오늘 벚꽃 콘서트에 찾아와 주신 관객분들을 위해서 담요랑 돗자리, 생수, 그리고 간단하게 간식들을 준비해 왔습니다, 김현우 대표님."

"그래요?"

"네. 문태진 기획팀장님께서 다 지시하신 사항들이에요."

김미영 팀장이 뿌듯해했다. 때마침 야외 대기실 쪽으로 물품들이 담긴 트럭이 모습을 드러내고 있었다.

벚꽃 콘서트를 찾아와 준 팬들을 위해 준비를 했다는데, 현우도 기분이 나쁘지는 않았다.

"제법 신경을 써주셨는데요, 문 팀장님?"

"하하. 그럼요. 염치없이 숟가락 얹으려면 이 정도는 해야죠. 그럼 숟가락 얹게 허락해 주시는 겁니까?"

현우가 대답 대신 손태명과 김정우를 쳐다보았다.

손태명과 김정우가 고개를 끄덕였다. 최영진과 고석훈도 같은 반응이었다. 거친 분위기를 풍기고 있던 신현우도 본래의 모습으로 돌아와 있었다. i2i 멤버들도 신현우의 등 뒤에서 나와 트럭으로 시선을 보내고 있었다.

현우의 태도가 누그러지자 주변 어울림 식구들도 경계 태세를 해제한 것이었다. 문태진이 부러움 가득한 얼굴을 했다.

"김미영 팀장님한테 들었던 것보다 김현우 대표님과 어울림 식구들의 믿음이 더 단단한 것 같은데요? 제가 사는 세상은 하루하루가 전쟁터라서 말입니다. 부럽네요."

어딘지 모르게 슬픔이 느껴지는 말이었다. 현우가 쓰게 웃었다.

"저희도 사방이 적입니다. 그러니까 뭉칠 수밖에요."

"그래요? 그렇다면 김현우 대표님이나 저나 동병상련이네요. 앞으로 종종 볼 것 같습니다."

현우는 그냥 웃고 말았다.

"정 부장님, 드림걸즈의 무대가 끝이 나면 최대한 콘서트에 방해 안 가게 행사 물품들, 관객분들에게 돌리세요."

"네! 알겠습니다."

기회주의자 같은 정근식 부장의 모습에 최영진이 절레절레 고개를 흔들었다.

정근식 부장과 김미영 팀장이 직원들과 함께 트럭을 인솔하는 사이, 문태진은 어울림 식구들과 하나하나 인사를 했다.

현우를 대할 때나 다른 식구들을 대할 때도 상당히 예의가 발랐다. 손태명이 그 모습을 보며 현우에게 넌지시 말했다.

"재벌 2세치고는 개념이 있는데?"

"첫인상은 나쁘지 않아. 그런데 모르지. 오히려 저런 인간들이 더 무서운 인간들이 많아."

"김태식만 하겠어?"

손태명의 말에 현우는 할 말이 없어 피식 웃었다. 그런데 문태진이 주변을 두리번거리며 누군가를 찾고 있었다.

"가봐."

"오케이."

현우가 문태진에게로 다가갔다.

"혹시 누굴 찾으시는 겁니까?"

"아, 티가 났습니까? 하하… 네. 제 안사람이 송지유 씨의 열혈한 팬입니다. 사진 한 장 꼭 찍어오라고 하더군요."

"벌써 결혼을 하셨습니까?"

현우가 깜짝 놀랐다. 딱 봐도 30살 언저리 같았는데 결혼을 한 모양이었다. 문태진이 고개를 끄덕거렸다.

"네. 저희 집안이 좀 특이해서요. 서른을 맞이해서 저번 달에 결혼을 했습니다. 달달한 신혼이죠."

"아하. 그러셨군요. 그럼 이쪽으로 오시죠. 제가 안내해 드리겠습니다."

"감사합니다. 이거 괜히 떨리는데요?"

정말이었다. 문태진이 잔뜩 긴장을 하고 있었다. 시종일관 여유롭던 그의 표정이 어딘지 좋지 못했다.

현우가 피식 웃었다.

"지유가 얼음 여왕이라는 이미지 때문에 그렇지 속마음은 가장 여린 친구입니다."

"그래요?"

문태진이 관심을 보였다.

"착하죠. 힘들지 않은 척, 슬프지 않은 척을 잘해서 그렇지, 무뚝뚝한 경호원 친구들도 지유를 가장 좋아합니다. 건강 음료가 문제긴 하지만요."

"건강 음료라. 저도 언젠가 한 번은 꼭 마셔보고 싶네요."

"예?"

"아닙니다."

문태진이 마른 웃음을 머금었다. 무언가 쓸쓸함이 느껴졌다. 그리고 현우는 묘한 감정을 느꼈다. 마치 현우 자신을 부러워하는 것처럼 느껴졌다.

그런 이유에서인지 현우도 문태진에게 점점 관심이 갔다.

'외로운 사람이구나. 그래서 내가 부러운 걸까?'

생각에 잠겨 걸음을 옮기는 사이 두 사람이 송지유의 초록색 스프린터 앞으로 다다랐다.

"여기 송지유 씨가 있습니까?"

"네. 그럴 겁니다. 지유야, 나야. 무대 준비 다 끝났어?"

현우가 문 하나를 사이에 두고 물었다.

"응. 다 끝났어요. 드림걸즈 무대 끝났죠?"

"이제 곧 끝날 거야. 다연이 때문에 무대 인사가 좀 길어졌어. 준비는 다 했고?"

"네. 다 했어요. 오늘 선배님들도 계시고 더 예쁘게 보여야 하는데 걱정이에요."

송지유의 작은 투정에 현우가 픽 웃었다.

"지유야, 여기서 더 어떻게 예뻐? 여기서 더 예뻐지면 진짜 큰일 난다."

"여자는 원래 욕심이 끝이 없는 법이거든요?"

"오호. 천하의 갓 지유가 그런 욕심도 있었어?"

"나도 여자거든요?"

"하하. 그렇지, 맞지."

현우가 얼굴 가득 미소를 머금은 채로 슥, 문태진을 살펴보았다. 문태진의 표정이 좋지 못했다.

"……."

"팀장님? 어디 안 좋으십니까?"

"아, 아닙니다. 두 분이서 오누이처럼 사이가 좋으시군요."

"네, 뭐. 대외적으로는 공식 국민 남매니까요."

"국민 남매……."

문태진이 홀로 혼잣말을 중얼거렸다.

"나, 나가요."

"오케이. 열어드리겠습니다."

현우가 스프린터의 문을 열었다. 스프린터의 문이 열리며 세팅을 마친 송지유가 모습을 드러내었다.

"어어?"

현우가 깜짝 놀랐다. 송지유가 폴짝 현우에게로 안겨들었기 때문이었다. 송지유를 안아 든 채로 현우가 주춤 뒤로 물러섰다.

"지, 지유야?"

"왜요? 은정이 빼면 아무도 없잖아요."

"야! 송지유! 내가 늘 조심하라고 했지!? 여기가 미국이야?!"

뒤따라 나온 김은정이 문태진을 확인하곤 빽 소리를 질렀다. 뒤늦게 사태를 파악한 송지유가 서둘러 현우의 목을 놓아주며 품에서 빠져나왔다.

"……."

문태진이 멍한 표정을 하고 있었다. 송지유가 고개를 돌려 문태진과 눈을 맞추었다. 그제야 문태진이 정신을 차렸다.

"저, 있잖아요. 이거 그냥 둘이 친해서 그런 거니까 오해는."

김은정이 급히 변명을 했지만 문태진은 관심도 없어 보였다. 그저 송지유를 가만히 쳐다만 보고 있을 뿐이었다.

송지유와 문태진 사이에 침묵이 감돌았다. 결국 문태진이 먼저 입을 열었다.

"CV E&M 기획팀의 기획팀장 문태진입니다. 반갑습니다, 송지유 씨."

"송지유입니다."

어색함이 감돌았다. 문태진이 잠시 말을 잇지 못하다가 쓴웃음을 머금었다.

"김현우 대표님."

"네. 말씀하시죠."

"와이프가 벚꽃 콘서트에 와 있습니다. 저도 함께 콘서트를 보기로 약속을 했거든요. 이만 가보겠습니다. 그리고 두 분 관계는 비밀로 해드리겠습니다."

문태진이 미련 없이 몸을 돌렸다.

석상처럼 굳어 있던 송지유가 휘청거리자, 현우가 급히 송지유를 부축했다. 그러고는 송지유의 안색을 살폈다.

"괜찮아? 많이 놀랐어? 병원 갈까?"

"아니에요. 괜찮아요, 오빠."

송지유가 가만히 두 눈을 감았다. 기다란 속눈썹이 파르르 떨리고 있었다.

현우의 시선이 문태진의 뒷모습으로 향했다.

"……"

특설 무대 위에 다시 현우가 모습을 드러내었다.

타이틀곡이자 히트곡인 'Heart breakers'와 서브 타이틀곡 'Miss You'를 열창한 드림걸즈 멤버들이 격하게 현우를 반겼다.

"대표님이다!"

유나가 히히 웃으며 소리쳤다.

"어? 우리 대표님 올라오시네요! 박수!"

엘시의 박수 요청에 수많은 팬들이 박수를 보내었다. 현우가 살짝 웃으며 엘시의 옆으로 섰다.

"우리 드림걸즈 멤버들의 무대, 즐거우셨습니까?"

"네!"

팬들이 입을 모아 크게 외쳤다. 현우가 가만히 서서 벚꽃 콘서트를 찾은 팬들을 둘러보았다. 따스한 햇살 아래, 다들 표정이 밝아 보였다. 다행이었다.

"그럼 다음 무대는 누굴까요, 여러분? 맞춰보세요!"

크리스틴이 마이크를 들고 팬들과 대화를 나누는 사이 엘시가 현우의 소매를 잡고 흔들었다.

"오빠, 무슨 일 있었어요?"

엘시가 조용히 속삭였다. 역시 눈치 백단 엘시였다.

"CV에서 행사 지원을 나왔어."

"정말요? 숟가락 얹으러 왔구나. 그래서요? 어떻게 했어요?"

"정중하게 사과까지 하는데 봐줘야지, 뭐."

"그렇죠… 뭐, 어쩌겠어요?"

엘시도 작게 한숨을 내쉬었다. 그러면서도 고개를 갸웃했다. 원래 눈치도 빠른 편이지만 현우의 표정만 봐도 심리 상태가 어떤지 알아낼 수 있는 게 바로 엘시였다. 어딘지 모르게 현우의 표정이 복잡해 보였다.

엘시가 다시 속삭였다.

"그 일 말고는요?"

"어?"

현우가 살짝 당황해하자 엘시가 눈이 가늘어졌다. 확실히 뭔가 있는 것 같았다.

"내려가서 이야기 좀 해요."

시종일관 장난기 가득하던 엘시가 진지해졌다. 현우가 고개를 끄덕거렸다.

"다들 아시네요? 다음 무대는 우리 어울림의 히로인! 지유의 무대입니다!"

그사이 크리스틴이 다음 무대의 주인공을 소개했다. 바로 송지유였다. 팬들이 커다란 함성을 질렀다.

현우가 다시 마이크를 들자 팬들의 시선이 다시 현우에게로 모아졌다.

"지유의 무대가 있기 전, 한 가지 말씀을 드려야 할 것 같습니다. '아는 언니'의 천만 관객 돌파를 축하하기 위해 CV 측에서 특별히 지원을 나왔습니다. 벚꽃 콘서트를 찾아주신 여러분들을 위해 간단한 먹거리와 물품을 나누어 주신다고 합니다. 부담 갖지 마시고 받아주시면 감사하겠습니다."

"와아아! 김태식 최고다!"

팬들이 또 함성을 질러댔다. 대기를 하고 있던 CV 측 직원들이 담요와 돗자리, 생수 같은 물품들을 팬들에게 나누어 주기 시작했다.

직원들 사이로 문태진 기획팀장과 그의 아내도 보였다. 일반 직원들처럼 팬들에게 열심히 물품을 나누어 주고 있었다.

그렇게 CV 측의 행사 지원이 끝나고 특설 무대에 전주가 흘러나오기 시작했다. 낯선 전주에 팬들이 고개를 갸웃거렸다. 어디선가 들어본 전주이긴 했지만 송지유의 노래가 아닌 건 확실했다.

하얀색 원피스 차림의 송지유가 무대 위에 나타났다. 와아아! 특설 무대가 함성으로 뜨겁게 달아올랐다.

현우와 송지유의 눈동자가 마주쳤다. 현우가 먼저 웃어 보였다. 송지유도 아무 일 없었다는 듯 현우를 향해 웃어 보였다.

"안녕하세요! 송지유입니다!"

특유의 인사법으로 꾸벅, 고개를 숙이는 송지유였다.

걱정되는 마음에 현우가 잠시 머뭇거렸다. 엘시가 그런 현우의 팔을 잡고 흔들었다.

"뭐 하고 있어요, 오빠?"

"어? 응."

현우가 드림걸즈와 함께 내려간 것을 확인한 송지유가 작게 숨을 골랐다. 그러고는 원로 가수들이 모여 있는 VIP 객석으로 시선을 돌렸다.

유은아와 정지숙이 송지유를 향해 손을 흔들고 있었다. 따스한 격려의 미소는 덤이었다. 송지유도 두 선생님을 향해 따스한 미소를 머금었다.

"송지유가 웃었다!"

보기 드문 송지유의 미소에 팬들이 환호를 보내었다. 전주가 흘러나오는 가운데 송지유가 마이크를 들었다.

"여러분, 어디서 많이 들어본 노래 같지 않으세요?"

"네!"

팬들이 송지유의 질문에 화답을 했다. 송지유가 작게 고개를 끄덕거렸다.

"네, 맞아요. 제가 존경하는 유은아 선배님의 노래예요. '미소를 띠우며 나를 보낸 그 모습처럼' 들려 드리겠습니다."

송지유가 조용히 두 눈을 감으며 감정을 잡았다. 벚꽃 콘서트를 찾은 팬들뿐만 아니라 특설 무대 뒤편에서도 송지유를 주목하고 있었다.

송지유가 사르르 두 눈을 뜨며 입술을 떼었다.

날 위해 울지 말아요
날 위해 슬퍼 말아요
그렇게 바라보지 말아요
의미를 잃어버린 그 표정
날 사랑하지 말아요

송지유 특유의 청아한 음색이 순식간에 여의도 한강 공원을 물들여 갔다.

"평소랑은 좀 다르다, 현우야."

신현우가 송지유의 무대를 지켜보며 입을 열었다.

"……."

현우도 고개를 끄덕거렸다. 원곡도 서정적이면서 쓸쓸한 느낌이 짙었지만, 어쩐지 송지유가 부르는 유은아의 곡은 쓸쓸함이 더욱 깊었다.

특설 무대 아래 팬들도 숨을 죽이고 있을 정도였다. 그때 엘시가 현우에게 다가왔다.

"오빠, 이야기 좀 해요. 선배님, 오빠 좀 잠시 빌릴게요."

"그래, 다녀와."

신현우가 엘시에게 현우를 맡겼다. 현우는 엘시를 따라 드림걸즈의 스프린터 앞에 당도했다. 스프린터 앞에는 김은정도 서 있었다.

엘시가 팔짱을 꼈다.

"은정이한테 아까 전에 있었던 일 다 들었어요. 문태진이라는 사람이 대체 누구예요?"

"재벌 2세라는데."

"아니, 그거 말고요. 은정이 말로는 지유랑 그 재벌 2세랑 처음 보는 사이는 아닌 것 같다는데요?"

"은정아."

현우가 김은정을 쳐다보았다. 김은정이 길게 한숨을 내쉬었다.

"오빠도 그렇게 느끼지 않았어요? 지유랑 문태진이라는 사람이랑 아는 사이 같았어요."

"확실해?"

"확실해요. 지유는 내 친구잖아요? 오빠만큼 저도 지유를 잘 알아요. 이상했어요… 지유가 그렇게 화를 참는 건 처음 봤단 말이에요."

화를 참는 게 눈에 보였다는 김은정의 말에 현우의 얼굴이 굳었다. 확실히 그랬다. 무표정이긴 했지만 분명 송지유는 화가 나 있었다.

현우도 길게 한숨을 내쉬었다.

"은정이 너도 그렇게 느꼈구나. 후우……."

"지유 사생 팬이래요? 아니면 지유한테 관심 있나?"

"결혼도 했다는데요, 언니?"

"정말? 그럼 사심은 아니네?"

엘시가 고개를 갸웃하며 턱을 쓰다듬었다. 확실히 수상했다.

"지유한테 내가 물어볼까요?"

김은정이 현우에게 물었다. 현우가 고개를 저었다. 사람은 누구나 말 못 할 사연이 있게 마련이었다. 그리고 차마 말 못 할 사연이라면 캐묻는 것보다는 본인 스스로가 이야기할 때까지 기다리는 편이 나았다.

"일단 지켜보자. 은정이도 그렇고 지유 성격 알잖아. 마음이 정리되면 분명 먼저 이야기를 꺼낼 거야. 다연이도 호기심은 잠시 접어두고."

"하아… 뭔 그리 비밀이 많대요? 오빠나 지유나 진짜. 하긴 그러니까 둘이 쌍쌍바인가?"

엘시의 하소연에 현우는 그냥 조용히 웃기만 했다. 그사이 송지유의 노래가 절정에 달해 있었다. 현우의 시선이 특설 무대 전광판으로 향했다. 오늘따라 송지유의 처연한 음색이 더욱 애절했다.

그리고 벚꽃 콘서트 무대 아래의 모습이 잡혔다. 팬들이 높이 두 손을 들고 파도를 타고 있었다.

그러다 문태진이 잡혔다. 훤칠한 귀공자가 씁쓸한 얼굴로 서 있었다. 그리고 아내로 보이는 젊은 여자가 그런 문태진을 안타까운 표정으로 바라보고 있었다.

"……"

현우의 눈동자에 많은 생각이 어렸다가 사라졌다. 곧 송지유의 노래가 끝날 것 같았다.

"가자."

현우가 몸을 돌렸다.

*　　　*　　　*

"감사합니다."

노래를 마친 송지유가 꾸벅, 고개를 숙였다. 박수와 함께 응원들이 쏟아졌다. 송지유가 빙그레 웃으며 마이크를 들었다.

"오늘 저희 어울림 벚꽃 콘서트를 찾아와 주셔서 감사합니다."

송지유가 가만히 특설 무대 아래 팬들을 둘러보았다. 다정한 연인도 있었고, 혹은 친구들끼리 삼삼오오 모여 있기도 했다. 하지만 대부분의 팬들이 가족 단위로 모여 앉아 있었다.

한참이나 팬들을 둘러본 후에야 송지유가 다시 입을 열었다.

"연인분들도 많이 와주시고, 가족끼리 오신 분들도 정말 많네요. 전 어려서부터 가족끼리 소풍을 가는 게 꿈이었어요. 그런데 늘 꿈에만 머물러야 했어요. 할머니는 장사를 하느라 바쁘셨고, 동생이랑 저는 너무 어렸어요."

송지유의 옛 이야기에 팬들이 숙연해졌다. 송지유가 어려서부터 외할머니, 동생과 함께 힘겹게 자라온 이야기는 온 국민이 다 알고 있었다. 그랬기에 송지유를 응원하는 팬들도 존재했다.

어두운 얼굴로 생각에 잠겨 있던 송지유가 언제 그랬냐는 듯 환히 웃었다.

"하지만 지금은 정말로 행복해요. 제 곁에는 항상 현우 오빠랑 어울림 식구들이 있으니까요."

이번에는 송지유의 시선이 개나리 색깔 티셔츠를 맞춰 입은 팬 카페 회원들 쪽으로 향했다.

얼굴천재지유 박 팀장을 중심으로 팬 카페 회원들이 개나리 색깔 풍선을 열심히 흔들고 있었다.

"예쁘다! 갓 지유! 최고다!"

"지유 님! 은혜롭습니다!"

팬들의 성화에 송지유가 풋, 하고 웃어버렸다.

"네, 맞아요. 우리 팬분들도 계시죠?"

"지유 님! 지유 님 드시라고 도시락도 싸 왔습니다!"

"네. 무대 끝나고 그리로 갈게요!"

송지유의 말에 팬 카페 회원들이 난리가 났다.

"그리고 현우 오빠가 여러분들한테 할 말이 있을 거예요. 오빠!"

송지유가 현우를 찾았다. 특설 무대 아래에서 대기를 하고 있던 현우가 서둘러 무대 위로 올라갔다.

그러고는 송지유의 옆에 섰다.

"오늘 저희가 준비한 무대는 여기까지입니다."

"아아~!"

팬들이 아쉬움의 탄성을 터뜨렸다. 현우가 피식 웃었다. 날씨도 화창했고 봄바람도 선선했다. 충분히 아쉬울 만 했다.

"식사들 하셔야죠. 저희도 마침 배가 고파서 여러분들과 같이 점심을 먹을 생각인데, 도시락들 넉넉하게 싸오셨습니까?"

어울림 식구들이 팬들과 함께 돗자리를 깔고 점심을 먹겠다는 말이었다.

"와아아!"

현우의 제안에 여의도 한강 공원이 떠나가라 팬들이 기뻐했다. 현우가 씩 웃었다. 송지유도 그런 현우를 보며 웃고 있었다.

"괜찮아?"

"네. 안 괜찮은 것 같아요?"

"응."

"……."

송지유가 현우를 보며 눈을 흘겼다.

현우가 못 본 척 다시 마이크를 들었다. 때마침 특설 무대 위에 어울림 식구들이 모두 올라왔다. 그리고 현우의 뒤편으로 나란히 섰다.

"점심을 먹기 전에 벚꽃 콘서트를 찾아와 주신 여러분들에게 소개해 드릴 분이 있습니다."

현우가 VIP 석을 향해 눈짓을 했다. 밑에서 대기하고 있던 김철용과 고석훈이 고개를 끄덕였다. 그러고는 원로 가수들을 이끌고 특설 무대 위로 올라왔다.

연배가 있는 팬들은 유은아나 정지숙 등을 알아봤지만 대부분의 팬들은 원로 가수들을 알아보지 못하고 있었다. 생소

했기 때문이었다.

어색한 분위기 속에서 유은아가 마이크를 들었다. 평소 병색이 완연했지만 유은아도 오늘만큼은 화사한 분위기를 풍기고 있었다.

"선생님."

송지유가 얼른 유은아의 팔짱을 꼈다.

"여러분! 유은아 선생님이세요. 오늘 제가 노래를 부를 수 있도록 허락해 주셨어요. 노래 참 좋았죠?"

송지유의 말에 환호가 쏟아졌다. 유은아가 눈물을 글썽였다. 송지유의 부축을 받은 채로 유은아가 조신하게 고개를 숙였다.

"유은아입니다. 오랜만에 무대에 서서 여러분들한테 인사를 드리게 되었어요. 오늘 지유 후배님이랑 우리 많은 후배님들 덕분에 참 행복했습니다. 그리고 김현우 대표님, 감사합니다."

유은아가 현우를 향해 고개를 숙여 보였다. 엘시의 부축을 받고 있던 정지숙도 현우를 향해 고개를 숙여 보였다.

현우가 이러지도 저러지도 못하고 손사래를 치기만 했다.

팬들은 영문도 모른 채 어리둥절해하고 있었다. 그때 백호가 마이크를 들었다.

"선생님?"

현우가 급히 말리려 했지만 백호는 완강했다. 현우를 뿌리치고는 끝내 마이크를 들었다.

"대한가수협회 부회장 백호입니다. 이렇게 좋은 무대를 함께할 수 있게 되어 진심으로 영광입니다."

원로 가수이긴 했지만 백호는 생소한 인물이었다. 낯설어하면서도 팬들의 시선이 모아졌다.

백호가 현우를 가리키며 말을 이어갔다.

"오늘 벚꽃 콘서트에 김현우 대표가 친히 초청을 해주었습니다."

그리고 백호의 설명이 이어졌다.

모두가 외면했던 대한가수협회 원로 가수 모임에 찾아온 것부터 시작해, 유은아의 암 투병 사실과 원로 가수 정지숙의 이야기, 그리고 현우와 어울림에서 유은아의 병원비 전액과 정지숙의 거처를 마련했다는 이야기까지, 백호가 마치 울분을 토해내듯 열변을 쏟아냈다.

현우가 미안한 마음에 유은아와 정지숙을 번갈아 쳐다보았다. 어쨌든 두 사람의 이야기가 팬들 앞에서 알려진 셈이었다.

"괜찮아요, 현우 씨. 우리가 해줄 수 있는 건 이것밖에 없네요."

유은아가 괜찮다며 현우를 위로했다. 정지숙도 현우의 손을 꼭 잡아주었다.

백호의 이야기가 끝이 나자 여의도 한강 공원에 침묵이 감돌았다.

"역시 김현우다!"

"김현우! 김현우!"

남성 팬들을 중심으로 김현우 이름 세 글자를 연호되기 시작했다. 현우가 쓴웃음을 머금었다. 손태명이 그런 현우에게 마이크를 쥐어주었다.

"워워~ 여러분, 백호 선생님이 괜한 말씀을 하신 겁니다. 그게 아니라."

현우가 팬들을 진정시키려 했지만 소용이 없었다. 이미 여의도 한강 공원엔 김현우 세 글자가 울려 퍼지고 있었다.

결국 현우도 하하 웃고 말았다. 그런 현우의 어깨를 백호가 두들겼다.

"굳이 왜 그런 이야기를 꺼내셨습니까?"

현우가 작은 원망을 터뜨렸다. 백호가 너털웃음을 머금었다.

"자네 같은 젊은이가 잘되어야 하는 게 세상 이치야. 어차피 한물간 가수들 체면이 좀 깎이면 어떻겠나? 응?"

백호의 논리에 현우도 딱히 할 말이 없었다.

"감사합니다, 선생님."

현우가 백호와 원로 가수들의 마음 씀씀이에 고마움을 표시했다. 백호가 고개를 저었다.

"됐네. 자네한테 거는 기대가 아주 커. 그것만 알아주게나."

"예, 선생님."

그렇게 말하곤 현우가 팬들을 향해 시선을 돌렸다.

"자자, 진정들 하시고, 점심들 드십시다."

현우가 먼저 특설 무대 아래로 내려갔다. 손태명과 어울림 식구들도 아무렇지 않게 특설 무대를 내려갔다.

＊　　　＊　　　＊

어울림 식구들과 벚꽃 콘서트를 찾아와 준 팬들이 자유롭게 뒤섞여 점심 식사가 벌어졌다.

현우는 송지유와 함께 팬 카페 팬들과 함께 점심 식사에 한창이었다. 개나리 색깔 돗자리 위로 팬 카페 회원들이 손수 준비해 온 도시락들이 좌르륵, 깔려 있었다.

"지유 님이 뭘 좋아하실지 몰라서 맛있는 건 다 준비해 봤습니다! 하하!"

"이건 제가 만든 소시지볶음입니다, 지유 님!"

얼굴천재지유 박 팀장과 지유는숙면중이라는 닉네임을 사용하는 팬이 자랑스러운 표정을 했다. 그때였다. 옆에 서서 묵묵히 도시락 뚜껑을 열고 있던 박 팀장의 아내가 등짝 스매싱을 날렸다.

"악! 여보?"

"으이구! 새벽부터 도시락을 싸더니, 지유 씨가 그렇게 좋아? 왜 안 하던 짓이야?"

"왜? 좋잖아? 지유 님 아니었어 봐. 지금 늦잠이나 자고 있을걸?"

"자랑이다! 정말 말이라도 못 하면!"

박 팀장의 아내가 한숨을 내쉬었다. 현우와 송지유가 애써 웃음을 참아야 했다.

"그나저나 김현우 대표님은 실물이 훨씬 멋있으시네요?"

"피부도 좋고, 키도 크고, 돈도 잘 벌고, 잘생기고, 게다가 젊기까지. 호호, 여러모로 참 좋네요."

"예?"

박 팀장의 아내를 시작으로 팬 카페 회원의 아내들이 현우에게 이것저것 음식을 나르기 시작했다. 시선이 현우에게로 모아지자 편해진 건 박 팀장 같은 유부남 회원들이었다.

볼이 빵빵해진 현우가 주변을 둘러보았다. 엘시와 드림걸즈 멤버들도 팬들과 화기애애한 분위기 속에서 식사를 이어나가고 있었다.

i2i 멤버들은 중에서도 배하나와 이지수는 아예 이곳저곳을 돌아다니며 반찬 서리를 하고 있었다. 신현우와 신지혜도 팬들에게 둘러싸여 있었다.

"저기, 저희도 같이 식사해도 될까요?"

부드러운 여성의 목소리에 현우의 고개가 돌아갔다. 고개를 올려보니 기품이 느껴지는 미모의 여성이 도시락을 들고 있었다. 그리고 그 옆에는 문태진도 함께였다.

"문 팀장님?"

문태진이 쓴웃음을 머금고 있었다.

순간 아차 싶었다. 현우의 시선이 자연스레 송지유에게로 향했다.

"……"

시종일관 즐거워 보이던 송지유의 얼굴이 싸늘해져 있었다.

*   *   *

[어울림 엔터테인먼트 주최 벚꽃 자선 콘서트 성황리에 이루어져!]

[여의도 한강 공원에 1만 여 어울림 팬 몰렸다! 벚꽃 콘서트는 대성공!]

[어울림 식구들, 팬들과 함께 점심 식사 즐겨, 팬들 SNS로 인증 행렬!]

[어울림 엔터테인먼트 벚꽃 콘서트에서 모은 후원금으로 생계 곤란 원로 가수들과 저소득층 지원한다 밝혀! 이때껏 이런 기획사가 있었나?]

[대한가수협회 어울림 엔터테인먼트 공식 지지 입장 발표!

대한가수협회 부회장 백호 무대 위에서 김현우 대표의 선행 밝혀 화제!]

ㅡ벚꽃 콘서트 다녀왔습니다! 엘시 님이랑 이솔 님이랑 같이 밥도 먹음! ㅋㅋㅋ

ㅡ송지유 건강 도시락 싸왔나요? ㅋㅋ

ㅡ억! 송지유 건강 도시락? ㅋㅋㅋ 싸왔으면 대박인데 다행히 안 싸오심 ㅋㅋ

ㅡ건강 음료는 싸왔다? 라는 소문이? ㅋㅋ

ㅡ무대 끝날쯤에 백호가 올라와서 한 이야기 때문에 다들 깜짝 놀람. 원로 가수들 부른 이유가 따로 있었을 줄은 몰랐음 ㅎㅎ

ㅡ그냥 어울림이 어울림 한 거지 뭐, ㅇㅈ?

ㅡㅇㅈ! 그리고 송지유 리메이크 앨범도 대박 날 듯. 의미도 있고 옛날 노래들도 좋은 노래 많으니까

ㅡ리메이크 앨범으로 우리들은 좋은 노래 듣고 어울림은 돈도 벌고 한물간 가수들도 도움 받고 일석삼조임. 김태식이 괜히 김태식이 아님.

어제 토요일에 벌어졌던 벚꽃 콘서트가 성대하게 끝이 났다. 역대급 콘서트였다며 대중들의 반응은 뜨거웠다. 어제 저녁부터 벚꽃 콘서트에 참석한 팬들이 계속해서 인증 글을 올리고 있었다.

그뿐만이 아니었다. 공연이 끝나고 백호가 현우와 어울림이 약속했던 것들을 관객들에게 밝히면서 온라인이 한바탕 난리가 난 상태였다. 팬들이 찍은 핸드폰 영상들이 WE TUBE에 수없이 돌아다니고 있었다.

[1970년대 원조 국민 여동생 유은아 암 투병 중? 충격 근황!]

[한국 여가수의 제보 정지숙 성당에서 노숙자들과 생활! 몰락한 여제의 현실]

[송지유 새 앨범이 리메이크 앨범인 이유가 밝혀졌다! 어울림 엔터 명분과 실리 두 마리 토끼를 다 잡나?]

[존중과 예우가 없는 나라 대한민국, 연예계도 다르지 않았다. 다른 것은 오직 어울림 엔터테인먼트였다!]

[어울림 엔터테인먼트가 나서는 동안 다른 대형 기획사들은 과연 뭘 했나?]

대한가수협회 부회장 백호의 발언이 큰 관심을 불러일으키고 있다.

대한가수협회가 공식적으로 어울림 엔터테인먼트를 지지하면서 얼마 전에 열렸던 '원로 가수의 밤' 행사 후일담이 속속 밝혀지고 있다. 대한가수협회 소속의 관계자들에 의하면 공문으로 협조 요청을 보냈음에도 '원로 가수의 밤' 행사에 참석을 한 기획사는 어울림 엔터테인먼트와 코인 엔터테인먼트 단 두 곳이라 한다. 참석 가수는 송지유와 프리즘. 대부분의 기획사들이 바쁜 스케줄과 행사 일정을 핑계로 협조 요청을 매번 무시했다는 것. 대한가수협회 부회장 백호는 경쟁이 치열하고 냉정한 연예계의 현실은 잘 알고 있지만 서운한 것이 사실이라고 밝혔다. 한편, 4대 기획사 중 한 곳인 JG는 행사 당일 강남의 모 클럽에서 벌어진 호화 이브닝 파티에 참석을 한 것으로 알려져 빈축을 사고 있다. 몇 년에 한 번 있는 그 모임이 그렇게도 부담스러웠던 걸까? 저명한 소설가 베르나르 베르베르의 소설 중 한 글귀가 떠오른다. '너희들도 언젠가는 늙는다'

―돈도 많으면서 좀 가보지; 강남 클럽에서 흥청망청 술은 마실 시간은 있나 보다? ㅋㅋ

―잠깐 참석만 하면 되는 건데; 하여간 ㅉㅉ

―원래 한국인들이 약자한테 강하고 강자한테 약함. 모름? ㅋ

―화난다, 화; 오죽했으면 김태식이 원로 가수들 돕는다고 나섰을까? 훤히 보여

―JG 빠순이들이 쉴드 치고 있는 중; 김현우 대표가 괜한 오지랖이라고 ㅋㅋ 좋은 일을 꼭 해야 하는 거냐며ㅋㅋ 진짜 대가리 텅텅

—미친 인간들 많네? 좋은 일 해도 욕먹는 나라는 우리나라밖에 없다니까? 그냥 너희들이 도와줄 생각 없으면 우리처럼 박수라도 치라고; 하여간 인성들;

—JG 새끼들 단체로 약이나 빨다 걸려라~

—워워~ 각도기 잽시다. 고소당해요?

이처럼 비난의 화살이 다른 대형 기획사들에게로 향하고 있었다. 특히 호화 클럽 파티에 참석을 했던 JG 엔터테인먼트는 융단 폭격을 맞고 있는 상황이었다. 뒤늦게 JG에서 후원금 명목으로 제법 큰 금액을 지원하겠다며 대응을 하고 있었지만 이미 성난 대중들의 민심은 가라앉을 줄을 모르고 있었다.

"하아. 우리 어울림만 또 바가지로 욕먹겠구나."

현우가 한숨을 내쉬었다.

사태가 생각보다 커져 버린 상황이었다. S&H와는 정전 협상을 맺은 상태였지만 선행 때문에 다른 대형 기획사에 불통이 튄 상황이었다. 어울림을 원망하는 소리가 여기까지 생생하게 들리는 것 같았다.

현우가 와이셔츠 손목 단추를 채우며 이번에는 다른 기사로 눈을 돌렸다.

[코인 엔터테인먼트 소속 프리즘 음원 역주행? 차트 진입!]

[8인조 걸 그룹 프리즘 벚꽃 콘서트 게스트 출연! 큰 관심 불러일으켜!]

[무명 걸 그룹 프리즘, 실시간 검색어 1등 기염 토해내!]

—어울림은 어울림 한 건데 코인 엔터테인먼트는 어디임? 프리즘은 뭐 하는 애들임? 누가 정보 좀?

—i2i 전유지랑 양시시 소속사임. 거기 프리즘이라고 8인조 걸 그룹 있는데 포텐은 확실히 있어. 내가 프리즘 좋아함.

—WE TUBE에서 프리즘 영상 보고 있는데, 귀엽고 예쁜데 왜 뜨질 못했지?

—프리즘 괜찮은데? 애들도 개념 있는 거 같고

—ㅜㅜ 프리즘 팬입니다. 여러분 우리 프리즘 사랑해 주세요!

—프리즘 갑자기 확 뜨네? ㅋㅋㅋ

—디온 뮤직이라고 있었는데 거기 망해서 사바나 멤버들도 합류해서 4인조에서 8인조로 재편성한 거. 참고로 어울림 최영진 팀장이 디온 뮤직 출신인 거 알지? 내가 알기론 최영진 팀장이 코인 엔터 쪽이랑 친해서 사바나 멤버들도 프리즘에 넣은 걸로 알고 있어.

—진짜? 최영진 팀장도 사람 괜찮네?

—그러니까 아나운서 만나지. 모르겠음? ㅋㅋ

—WE TUBE에 프리즘 대한가수협회에 무대 영상 있는데 진짜 열심히들 하는데? 오늘부터 팬이다!

―프리즘 가즈아! 노래도 좋음!

대한가수협회의 초청에 참석을 했던 코인 엔터와 프리즘이 대중들에게 큰 관심을 받고 있었다. 만년 듣보잡 그룹이었던 프리즘이지만 드디어 빛을 발하고 있었다.

"이거 하나는 잘됐네."

현우가 빙그레 미소를 머금었다. 다른 대형 기획사들의 원망이 쏟아지겠지만, 코인 엔터와 프리즘이 빛을 보는 건 좋은 일이었다.

그렇게 핸드폰을 들여다보던 현우가 방 안 거울을 보며 넥타이를 고쳐 맸다. 드르륵. 전화였다. 공교롭게도 발신자가 백동원 팀장이었다.

"네. 백 팀장님."

―현우 씨! 우리 프리즘 아이들 지금 난리 났습니다! 데뷔한 이후로 처음으로 실시간 검색어 1위에 올랐습니다! WE TUBE 조회 수도 미쳤습니다!

―대표님! 저예요! 소연이! 사랑해요! 감사해요! 꺅!

리더인 박소연의 목소리와 함께 다른 멤버들의 비명 소리가 들려왔다. 현우가 잠시 핸드폰을 얼굴에서 떼어내며 쓴웃음을 머금었다.

어두워 보였던 아이들이 이렇게 밝은 면을 가지고 있을 줄은 미처 몰랐다. 현우가 다시 핸드폰을 귀 가까이 대었다.

—현우 씨, 현우 씨?

"네, 백 팀장님. 다시 받았습니다. 축하드립니다. 이러다 저희 소속 가수들이랑 경쟁 붙는 거 아닙니까?"

—에이, 그럴 리가요! 드림걸즈랑 i2i를 어떻게 이깁니까? 지금도 충분히 행복합니다! 하하!

"조만간 곡 하나 드릴 테니까 애들한테도 말 잘해주세요."

—저, 정말입니까?

"네, 뭐. 가뜩이나 이곳저곳에 미운 털 박혔는데, 코인 엔터라도 우리 편으로 만들어놔야죠."

—하하! 프아돌 때부터 저희 코인 엔터는 늘 어울림 쪽이죠.

"감사합니다. 그럼 조만간 식사 한번 하시죠. 유지랑 시시도 데리고 나가겠습니다."

—에. 신경 써주셔서 감사합니다, 현우 씨.

통화가 끝이 났다.

현우가 마지막으로 송지유가 사준 향수를 뿌렸다. 그러면서도 시선은 여전히 핸드폰으로 향해 있었다.

CV E&M과 관련된 기사는 단 한 줄도 보이지 않았다.

"생각보다 더 괜찮은 사람인데?"

현우가 혼잣말을 중얼거렸다. 최대한 얌전하고 양심적으로 숟가락을 얹겠다던 문태진이 약속을 지키고 있었다.

때마침 방문이 살짝 열리며 최정희가 들어왔다.

"아들~ 오늘도 출근해? 하루만 쉬지, 응?"

"출근하는 거 아니에요, 엄마."

"그럼? 누구 만나러 가니?"

"네."

"저녁 먹고 올 거야?"

"아뇨. 일요일인데 저녁은 집에서 먹어야죠. 다녀올게요."

현우가 슈트 상의를 걸치고는 방을 나섰다. 그러고는 집 앞에 세워져 있던 스포츠카에 올라탔다. 검은색 스포츠카가 빠르게 동네를 벗어났다.

*　　　　*　　　　*

강남 가로수길 어느 카페. 현우가 야외 테라스에 앉아 아이스 아메리카노를 홀짝이고 있었다. 가로수길을 지나던 사람들의 시선이 검은색 무광 스포츠카를 넘어서서 현우에게로 쏟아졌다.

"김현우 대표님 아니야?"

"맞는 거 같은데?"

"가보자!"

유난히 화장이 짙은 여성 두 명이 현우의 맞은편에 앉았다.

'하아… 또?'

현우가 속으로 한숨을 삼켰다. 카페에 앉은 지 30분 째, 현우를 알아보고 인사를 건네는 사람이 많았다. 그리고 간혹 괜히 말을 붙여보는 사람들도 있었다. 물론 순수한 의도의 팬이라면 대환영이었지만 그게 아니었다.

그렇다고 불친절하게 대할 수는 없어 얼굴로는 가득 미소를 머금었다.

"대표님, 날씨 좋죠?"

"네, 날씨 좋은데요?"

"혼자서 뭐 하세요?"

"누구 기다립니다."

현우가 가로수길 너머를 바라보며 말했다.

"누구요?"

"여자? 여자 만나세요?"

두 여성이 꺄르르 웃으며 난리가 났다. 현우가 결국 핸드폰을 들었다.

—어, 왜?

"태명아, 보고 싶다. 빨리 와."

—일요일 점심부터 뭐 잘못 먹었냐? 어제 마신 술이 아직 안 깼어? 왜 갑자기 안 하던 짓이야?

"보고 싶으니까 빨리 와."

—미친? 뭔데 또?

현우의 통화를 엿듣던 두 여성의 표정이 무언갈 잘못 들었다는 듯 딱딱하게 굳었다. 어쩔 줄 모르겠다는 표정이었다.

"다, 다음에 또 뵈어요!"

두 여성이 황급히 자리를 떴다. 현우가 조용히 한숨을 내쉬었다.

"됐다."

—그냥 커피나 한 잔 사주고 보내면 되지. 이젠 하다하다 나랑 열애설 뜨고 싶냐?

대충 상황을 짐작한 손태명이 황당해하며 따졌다.

"지금까지 커피 사준 것만 따져도 열 잔이 넘어. 같은 월급쟁이 주제에 이러기야? 여기 강남이라 쓸데없이 비싸다니까?"

—하여간 오늘 만나서 잘해라, 알지?

"걱정 마. 마침 오네. 끊는다."

현우가 긴장된 얼굴로 통화를 끊었다. 하얀색 고급 SUV 한 대가 현우의 스포츠카 뒤쪽에 멈추자 운전석 문이 열리며 익숙한 얼굴이 모습을 드러내었다.

그랬다. CV E&M의 기획팀장이자 재벌 2세인 문태진이었다. 현우가 자리에서 일어났다. 문태진이 현우를 확인하곤 환하게 웃었다.

"생각보다 길이 막혔습니다. 늦어서 죄송합니다, 대표님."

문태진이 현우의 맞은편에 앉아 사과를 해왔다. 현우가 작게 웃었다.

"아닙니다. 제가 좀 빨리 도착을 했습니다. 그런데 왜 하필 이곳에서 보자고 하신 겁니까?"

현우가 주변을 둘러보았다. 재벌 2세와 카페 야외 테라스에서 앉아 이야기를 나눌 줄은 상상도 못 했다.

"이런 곳을 좋아해서요. 사람들 구경하는 것도 좋아하고 딱딱하고 답답한 곳은 그다지 좋아하지 않습니다."

"아하. 혹시 청담동에 한식집?"

"답답하죠. 일본 사무라이 영화에 나오는 곳도 아니고, 어르신들 취향은 영 못 맞추겠습니다."

"하하. 그렇죠? 사실 오늘 그곳에서 뵙자고 할 뻔했습니다. 제가 아는 고급 식당은 거기뿐이라서 말입니다."

이장호 회장을 처음 만났을 때 간 한식집을 떠올리며 현우가 웃었다. 문태진도 그런 현우를 보며 웃었다.

"어제는 여러모로 실례가 많았습니다, 대표님."

"실례까지는 아니었습니다."

현우가 작게 웃었다. 어제의 일이 떠올랐기 때문이다. 느닷없이 문태진이 아내와 함께 합석을 해왔다. 그때 송지유의 표정이 아직도 뇌리에 생생했다. 무표정 속에 분명 분노가 담겨 있었다. 마치 원수를 보는 것 같은 표정이었다. 문태진은 그저 쓸쓸히 웃고만 있을 뿐이었다. 문태진의 아내인 정민지가 아니었다면 상당히 어색하고 불편한 자리가 되었을 수도 있었다.

"아내분은?"

"일요일은 늦잠이죠."

"하하. 그렇죠."

현우가 문태진을 쳐다보며 생각에 잠겼다. 어제 문태진이 했던 말이 떠올랐다.

'소풍 같고 좋습니다. 저도 어렸을 적에는 제대로 된 소풍을 가본 적이 없어서 말입니다. 늘 수행원들한테 둘러싸여 살았거든요.'

문태진의 자조 섞인 말이 송지유를 겨냥한 말이라는 사실을 현우는 단번에 알아챘다. 그 후로 송지유는 팬들과 대화를 주고받을 뿐 문태진과 그의 아내에게는 눈길 한번 주지 않았다. 그렇게 어색한 식사가 끝이 나고 문태진과 정민지가 돌아갔다.

상념에서 빠져나온 현우가 물끄러미 문태진을 응시했다.

"팀장님, 기사 한 줄 내보내지 않으셨더군요."

"하하, 김현우 대표님이 먼저 호의를 베풀어주셨는데 양심은 지켜야죠."

양심이라는 단어에 현우가 빙그레 웃었다. 문태진도 빙그레 웃었다.

"'뭐 이런 재벌 2세가 다 있어?' 라고 생각하시는 거 같은데요?"

"네, 맞습니다. 제 입장에선 솔직히 신기하네요. 그건 그렇고 무슨 일로 저를 보자고 하신 겁니까?

"영화 제작 건으로 김현우 대표님을 만나자고 한 겁니다."

"영화요?"

현우가 커피를 마시며 의아해했다. 영화 제작 건으로 CV그룹의 후계자가 직접 미팅을 요청한다? 솔직히 조금 이상한 느낌이 들었다.

"음."

현우가 팔짱을 꼈다. 그 모습에 문태진이 설명을 이어갔다.

"이번에 '아는 언니'가 크게 흥행을 하긴 했지만, 현재 저희는 남은 게 없습니다. '신의 노래'가 흥행 참패를 겪고 말았으니까요."

"그렇죠."

현우가 고개를 끄덕였다.

'아는 언니'가 천만을 돌파하면서 CV E&M의 대외적인 이미지 손상은 없었다. 하지만 '아는 언니'는 단순히 배급과 유통을 맡았을 뿐, '신의 노래'야 말로 CV E&M의 주력 영화였다. 투자와 제작을 맡았기 때문이었다.

하지만 '신의 노래'가 홍행 부진을 겪으면서 CV 쪽에서는 엄청난 제작비를 허공에 날린 셈이었다.

"저희 CV에서는 차기작 작품으로 서유희 씨를 염두하고 있습니다."

"유희요?"

"그렇습니다."

"지유가 아니란 말입니까?"

현우의 날카로운 질문에 문태진이 멈칫하다 입을 열었다.

"할리우드 대작에 출연 예정인 배우의 발목을 잡을 생각은 추호도 없습니다. 또 업계 관례상 실례이기도 하고요."

"그렇긴 하죠. 저 역시 유희라면 충분하다고 생각합니다. 하지만 저희 어울림의 입장에서 팀장님의 제안은 솔직히 의외입니다. 앞으로 다시는 엮일 일이 없다고 생각을 했거든요."

현우의 말 그대로였다. '아는 언니'와 '신의 노래'가 충돌 아닌 충돌을 하면서 어울림이 CV라는 대기업에 반기를 든 것이나 마찬가지인 상황이었다.

"이런 좋은 제안을 해주시는 이유가 궁금합니다."

현우가 문태진에게 물었다.

"역시 김현우 대표님다우시군요. 솔직하게 말씀드리겠습니다. 저는 김현우 대표님 같은 분이 좋습니다."

"예?"

현우가 어리둥절해했다. 갑자기 뭔 뜬금없는 고백이란 말인가.

"전자가 인간 문태진으로서의 표현이라면 지금부터는 재벌 후계자로서 말씀을 드리죠. 제 주변에 김현우 대표님 같은 사람이 별로 없습니다. 장차 CV 그룹의 후계자로서 볼 때 사업 파트너로서 김현우 대표님만 한 인물이 없다는 생각이 듭니다. 국민 기획사와 국민 기획사의 수장과 좋은 관계를 이어나간다면 또 사업 파트너로서의 위치를 공고히 한다면 인간적으로도, 또 사업적으로도 남는 게 많다, 라는 것이 제 판단입니다. 이 정도면 설명이 됩니까?"

"솔직하게 말씀해 주셔서 감사합니다."

현우가 씩 웃으며 대답을 했다. 보면 볼수록 마음에 드는 인물이었다. 하지만 뭔가 석연치 않은 면이 있었다. 너무 대놓고 호의를 보이고 있었다. 충분히 의심을 할 수도 있었지만 의심을 가지기에는 사람이 너무 괜찮았다.

'확실히 지유랑 뭔가가 있어.'

현우의 눈동자가 깊어졌다.

저녁노을을 등진 채 검은색 스포츠카가 송지유의 집 앞에 세워져 있었다. 현우는 차 보닛에 기댄 채 송지유를 기다렸다.

"오빠!"

편안한 옷차림의 송지유가 손을 흔들며 나타났다. 생각에 잠겨 있던 현우가 고개를 들었다. 송지유치곤 쾌활해 보여 현우가 작은 웃음을 머금었다.

"오늘은 기분 좋아 보이는데? 안 춥겠어?"

현우가 트렌치코트를 벗어 송지유의 어깨에 둘러주었다. 송지유가 기다렸다는 듯 옷깃을 여몄다.

"이 시간까지 어디 갔다 왔어요? 태명 오빠 만났어요?"

"아니."

"그럼 영진 오빠?"

"아니."

"음? 신현우 선배님 만나고 왔어요?"

"아니야."

"그럼 갓 보이스 애들 만난 거예요?

"아니?"

송지유가 눈썹을 찌푸렸다.

"그럼요?"

"있어."

"누군데요, 여자는 아니죠?"

송지유가 불퉁한 얼굴을 했다.

"내가 만날 여자가 어디 있어?"

현우가 작게 하하 웃었다. 그러다 진지한 표정을 했다.

"사실 문태진 기획팀장님을 만나고 왔어."

"……."

송지유의 눈동자가 살짝 흔들렸다. 현우가 똑바로 서서 그런 송지유의 눈동자를 응시했다.

"오늘 나랑 만나고 싶다고 연락이 왔거든. 거절하기도 뭐해서 커피 한잔하고 오는 길이야. 브런치인가 뭔가도 먹었어. 재벌 2세치고는 소탈하더라. 딱 나랑 태명이 과던데?"

"그 사람이 오빠를 왜요?"

송지유가 조심스레 물었다.

"다음 영화 제작을 같이하자고 하더라고. 나쁘지 않은 제안이었어. 그리고 앞으로 사업적으로 협력을 하자고 하더라. 내가 제법 마음에 들었던 모양이야. 나도 썩 마음에 들고."

"……."

현우의 설명에 송지유가 고개를 푹 숙였다. 그런 송지유를 현우가 가만히 쳐다만 보았다. 송지유가 다시 얼굴을 들었다.

"난 싫어요. 그 사람이랑 엮이지 말아요, 오빠."

송지유가 현우를 물끄러미 쳐다보며 말했다. 현우의 눈동자가 흔들렸다. 항상 자신의 결정에 따라주었던 송지유다. 그런데 이번만큼은 달랐다.

하지만 한 가지 사실만큼은 확신할 수 있었다.

'분명 지유랑 문태진 그 사람 사이에 뭔가가 있어.'

생각을 정리한 현우가 조용히 송지유의 양어깨를 부여잡았다.

"걱정 마. 네가 걱정하는 일은 벌어지지 않게 할 테니까. 비즈니스 파트너 그 이상도 그 이하도 아니야."

"하지만……."

"그 이야기는 나중에 하자. 할머님이랑 유라는? 유라가 아이스크림 사오라고 해서 사오긴 했는데."

현우가 화제를 전환했다. 송지유가 길게 한숨을 내쉬었다. 그러고는 현우를 올려다보며 물었다.

"왜 아무것도 묻지 않아요?"

"너 말하고 싶지 않잖아."

"……."

"때가 되면 말해줄 거라 믿는다."

현우가 스포츠카 옆 좌석에서 아이스크림 박스를 꺼내 송지유의 집 쪽으로 향했다. 송지유는 우두커니 서서 생각에 잠겨 있었다.

현우가 고개를 돌렸다.

"아이스크림 녹으면 유라가 잔소리할 텐데?"

"미안해요."

송지유의 작은 목소리가 현우의 귓가를 두들겼다. 현우가 다시 걸음을 옮겨 송지유의 앞에 다가섰다.

"예전에 지유 네가 나한테 했던 말이 있어. 가수로 성공한 모습을 꼭 보여주고 싶은 사람이 있다고 말이야. 문태진 씨가 그 사람은 아닌 것 같고… 연관이 된 사람 같기는 해. 나도 바보가 아닌 이상 어느 정도 추측은 할 수 있었어. 하지만 난 여기서 더 알아볼 생각은 없어. 왜냐고? 언젠가는 네가 말을 해줄 거라고 믿으니까. 그러니까 지유 너도 더 이상은 신경 쓰지 말자. 다만 무슨 일이 생기면 그땐 나도 모른 척하지 않을 생각이야. 이것까지 막을 생각은 마라. 난 너를 잃고 싶지 않아."

"……"

송지유의 커다란 눈동자에서 툭, 툭 눈물이 떨어졌다.

"왜 나 빼고 다 착한 줄 모르겠어요. 오빠도, 은정이도, 다연 언니도, 태명 오빠도, 영진 오빠도 다 착한데 나만 나쁜 사람인 거 같아요."

"비밀이 있다고 해서 나쁜 사람이 되는 건 아냐. 말 못 할 비밀은 나도 많아."

"오빠도 비밀이 있어요?"

"그럼."

현우가 나머지 손으로 송지유의 눈물을 닦아주며 말했다. 그러고는 어둠으로 물든 저녁 하늘을 올려다보았다. 시간을 거슬러 과거로 돌아왔다는 비밀을 알고 있는 사람은 아직까지도 현우 본인뿐이었다.

"언젠가 나도 내 비밀을 말해줄게. 그러니까 어제오늘 일은 서로 잊기로 하자."

"알았어요."

송지유가 고개를 끄덕였다. 현우가 빙그레 웃었다.

"들어가자. 아이스크림 녹겠어."

*   *   *

"이제 시작이구나, 태명아."

"그러게 말이다."

슈트 차림의 현우와 손태명이 나란히 서서 신사옥 부지를
지켜보고 있었다. 커다란 중장비들이 신사옥 부지로 선정된
땅을 고르고 있었다. 본격적으로 시공에 들어간 것이다. 벌써
동네 상인 모두가 나와서 구경을 하고 있을 정도였다.

"어제 지유랑은 이야기 잘됐냐?"

손태명이 넌지시 물었다. 어울림의 안주인인 만큼 손태명도
문태진과 송지유 둘 사이에 미묘한 분위기를 알고 있었다.

"잘됐다고 봐야지. 조만간 말을 해주지 않을까 싶다."

"그렇다면 다행이고."

현우와 손태명이 나란히 걸음을 옮겨 어울림 본사 옆 별관
앞에 도착했다. 얼굴천재지유 박 팀장과 업체 직원들의 노력
으로 이미 별관 단장은 끝이 난 상태였다.

"연습실에 거울이랑 환풍기도 다 달았다. 내일부터 사용 가

능할 거야."

"잘됐네. 슬슬 바빠지겠다, 태명아."

현우의 말에 손태명이 별관을 올려다보며 고개를 끄덕였다. 송지유의 리메이크 앨범 작업과 함께 1차 공개 오디션 날짜가 점점 다가오고 있었다.

"바빠지겠지. 그리고 좋은 소식이다."

"뭔데?"

"아까 아침에 조필오 선생님 측에서 연락이 왔어."

"뭐?"

현우가 화들짝 놀랐다. 손태명이 가왕 조필오를 거론하고 있었다.

"조필오 선생님께서 왜?"

"벚꽃 콘서트 관련 기사를 읽으신 모양이야."

"그래서?"

"지유 리메이크 앨범에 곡을 주고 싶다고 하시던데? 선생님 곡 중에서 지유가 마음에 드는 곡 딱 세 곡만 주신단다."

"미친."

현우가 자리에 멈춰 서서 입을 다물지 못했다. 조필오 본인이 딱 3곡이라는 표현을 하긴 했지만 가왕의 노래였다. 조필오의 히트곡은 수십 개도 넘을뿐더러 곡 자체도 워낙 좋아 오랜 세월이 흘렀음에도 여전히 큰 사랑을 받고 있었다.

엄청난 일이 벌어진 것이다.

"수익금 전액도 기부하겠다고 하셨고 해오름 밴드 측에서도 지유한테 곡을 주겠다고 하더라."

"그분들도?"

해오름 밴드라면 1980년대를 주름잡았던 그룹이다. 가왕 조필오에 이어 해오름 밴드까지, 리메이크 앨범의 무게와 깊이가 점점 커져가고 있었다.

"태명아."

현우가 조용히 손태명을 불렀다.

"왜? 또 뭐 생각났냐?"

"방금 막."

"뭔데?"

"우리, 60년대부터 90년대까지 한국 가요계의 역사를 정리하는 명곡이 담긴 앨범을 만들어보는 건 어떨까?"

현우의 생각에 손태명이 가만히 서서 생각에 잠겼다.

처음의 기획 의도는 원조 국민 여동생이었던 유은아와 원로 가수 정지숙의 곡을 리메이크하자는 것이었다. 하지만 살아있는 전설인 가왕 조필오와 해오름 밴드까지 리메이크 앨범에 참여 의사를 밝히고 있었다.

"스케일이 너무 커지지 않아?"

"근데 그게 어울림 엔터테인먼트지."

현우가 씩 웃으며 말을 했다. 손태명도 픽 웃었다.

"좋아. 한번 추진해 보자."

"오케이!"

그렇게 앨범의 방향을 수정한 뒤 현우와 손태명이 본관에 도착해 3층 사무실로 향했다. 계단을 통해 3층 사무실에 올라온 현우와 손태명을 어울림 식구들이 반겼다.

"철용아, 캔 커피 채워놨냐?"

"예! 현우 형님!"

김철용이 냉장고에서 캔 커피를 두 개를 꺼내 현우와 손태명에게 공손히 내밀었다. 딱! 캔 커피를 따며 현우가 대표실에 들어섰다.

최영진이 소파에 앉아 현우를 기다리고 있었다.

"오셨어요?"

"응. 일찍 출근했네. 너 일본 언제 가냐?"

"다다음주에 아이들 일본 활동 마무리하니까 며칠 더 있다가 다시 가봐야죠. 수호가 워낙 잘해주니까 제가 일이 없네요. 아, 그리고 형님, 김미영 팀장님께서 연락 주셨어요."

"김 팀장님이?"

"네. CV E&M 측에서 '아는 언니' 천만 축하 겸 지유 할리우드 진출 기념 파티 같은 거 연다는데요? 업계 관계자들이랑 셀럽들도 대거 초대할 거라고 꼭 참석 부탁한다고 신신당부까지 하셨어요."

"……."

"……."

순간 현우와 손태명이 서로를 바라보며 얼굴을 굳혔다. 이 시점에 기념 파티라니, 여러모로 공교로웠다.

"영진아."

현우가 더 말을 잇기도 전에 최영진이 고개를 저었다.

"아뇨. 문태진 팀장이 기획한 일은 아닌 것 같습니다."

"확실해?"

"네. 제가 물어봤죠."

"뭐라고 하던데?"

"CV 그룹 차원에서 벌어지는 행사라고, 큰 행사라고 김미영 팀장님이 그러시던데요?"

"그룹 차원이라……."

현우가 대표실 의자에 앉아 손깍지를 꼈다. 손태명이 현우의 맞은편에 앉았다.

"기사는? 기사 떴어?"

"벌써 떴죠."

최영진이 떨떠름해하며 대답했다.

"흐음… 빼도 박도 못하게 생겼는데, 현우야?"

손태명도 불쾌해했다.

현우의 시선이 노트북 화면에 떠 있는 기사에 향했다.

[CV E&M '아는 언니' 천만 돌파 & 주연 배우 송지유 할리우드 진출 기념 셀럽 파티 개최!]

—대기업이 어쩐 일임? 아는 언니 망하길 바란 거 아니었어?

—신의 노래 망하더니 CV가 정신 차린 듯? 그렇지. 밀어줄 사람을 밀어줘야지!

—일 잘하네! CV! ㅋㅋ

—할리우드 진출하기 전에 파티네, 파티.

CV 측에서 사전에 상의도 없이 기사를 내보냈다. 현우의 얼굴이 딱딱하게 굳었다. 하지만 한 가지 사실은 분명했다. 문태진 기획팀장이 벌인 일은 절대 아니라는 사실이었다.

"과연 뭘까?"

현우가 턱을 쓰다듬으며 손태명과 최영진을 둘러보았다. 손태명도, 최영진도 생각에 잠겨 있었다.

"형님, 어떻게 할 예정이세요? 참석하실 거예요?"

최영진이 물었다. 현우가 길게 숨을 골랐다. 그러다 슈트 상의에서 핸드폰을 꺼내 들었다.

"누군데?"

"문태진 기획팀장. 받아볼게."

현우가 통화 버튼을 눌렀다.

"네. 김현우입니다, 문 팀장님."

—죄송합니다.

대뜸 사과부터 해오는 문태진이었다. 굳어 있던 현우의 표정이 그나마 풀어졌다.

"기획팀 차원에서 나간 기사가 아니라는 걸 짐작은 하고 있었습니다."

—…다행이군요.

"어떻게 된 일입니까? 김미영 팀장님 말로는 그룹 차원에서 결정이 난 일이라고 하던데요?"

핸드폰 너머에선 잠시 대답이 없었다.

—지유 씨랑 김현우 대표님이 곤란하지 않도록 제가 따로 조치를 취해 보겠습니다.

"아뇨. 일단 지유한테 물어는 보겠습니다. 이미 기사도 나갔으니까요."

—그렇습니까.

의외의 결정에 문태진이 놀란 듯했다. 하지만 여전히 목소리는 무거웠다.

"그럼 끊겠습니다, 팀장님."

현우가 통화를 끝냈다.

"현우야, 지유가 과연 가려고 할까?"

"일단 이야기는 해봐야지. 이미 기사도 나간 마당에 파티의 주인공이 참석을 하지 않는다면 분명 CV 그룹 차원에서 언론 플레이를 할 거야. 껄끄러운 일이 생길 바에는 그냥 다녀오는 게 나아. 따질 건 추후에 따지자고. 그리고 지유도 프로야."

그렇게 말하곤 현우가 자리에서 일어났다.

"어디 가시게요, 형님?"

"지유 님 모시러 간다."

현우가 대표실을 나섰다.

『내 손끝의 탑스타』 15권에 계속…

초대형 24시 만화방

신간 100%, 샤워실, 흡연실, 수면실(침대석), 커플석, 세탁기 완비

■ 광명 광명사거리역점 ■

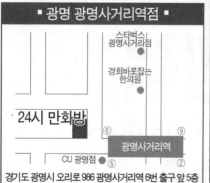

경기도 광명시 오리로 986 광명사거리역 6번 출구 앞 5층
02) 2625-9940 (솔목타워 5층)

■ 강북 노원역점 ■

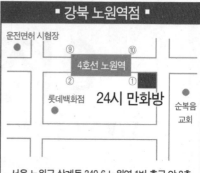

서울 노원구 상계동 340-6 노원역 1번 출구 앞 3층
02) 951-8324 (화용빌딩 3층)

■ 일산 정발산역점 ■

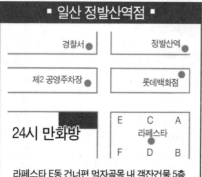

라페스타 E동 건너편 먹자골목 내 객잔건물 5층
031) 914-1957

■ 일산 화정역점 ■

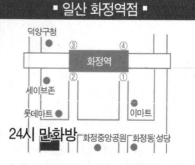

경기도 고양시 덕양구 화정동 984번지 서일빌딩 7층
031) 979-4874 (서일사우나 건물 7층)

■ 부천 역곡역점 ■

역곡남부역 기업은행 건물 3층
032) 665-5525

■ 부평역점 ■

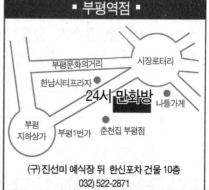

(구)진선미 예식장 뒤 한신포차 건물 10층
032) 522-2871

FUSION FANTASTIC STORY

묘재 장편소설

7번째 환생

이 모든 것이 신의 장난은 아닐까.

영원한 안식이 아닌,
환생이라는 저주 아닌 저주 속에서 여섯 번째 삶이 끝났다.

"드디어 내 환생이 끝난 건가?"

그런데 뭔가, 지금까지와 다른데?

"멸망의 인도자 치우, 그대에게 신의 경고를 전하겠어요."

최치우, 새로운 7번째 삶이 시작된다!

Book Publishing CHUNGEORAM

유행이 아닌 자유추구 -
WWW. chungeoram.com

한의 韓醫 스페셜리스트

가프 장편소설

FUSION FANTASTIC STORY

돌팔이 소리만 듣던 한의사 윤도.

달라지고 싶은 마음에 찾아간 중국 명의순례에서
버스 추락 사고에 휘말리고 마는데…….

구사일생으로 살아 돌아온 지 30일.
전에 없던 스페셜한 능력들이 생겼다?

**초짜 한의사에서 화타, 편작 뺨치는 신의로!
세상의 모든 질병과 인술 구현에 도전한다!**

Book Publishing CHUNGEORAM

유행이 아닌 자유추구 -
WWW.chungeoram.com

침략자 장편소설

FUSION FANTASTIC STORY

작가 정규현

출판 작가 정규현
완결 작품 4질, 첫 작품 판매 부수 79권

"작가님, 이건 좀 아닌 것 같습니다."
"대마법사, 레이드 간다! 5권까지만 종이책으로 가고
6권은 전자책으로 가겠습니다."

"15페이지 안에 흥미를 유발하지 못하면 계약은 없습니다."

**언제나 당해왔던 그가 달라졌다?
조기 완결 작가 정규현의 인생 역전기!**

Book Publishing CHUNGEORAM

유행이 아닌 자유추구 -
WWW.chungeoram.com

기적의 환생

MIRACLE LIFE

박선우 장편소설

FUSION FANTASTIC STORY

"한 사람의 영웅은 국가를 발전시키기도,
타락시키기도 한다"

믿었던 가족들의 배신으로 모든 것을 잃은 최강철.
삶의 의미를 잃은 그는 결국 죽음을 선택하는데……

삶의 끝자락에서 만난 악마 루시퍼!
그와의 거래로 기억을 가진 채 고등학생 시절로 되돌아간다.

다시 얻은 삶.
나는 이전의 비참했던 삶을 뒤로하고 황제가 되어
세상을 질주할 것이다!

Book Publishing CHUNGEORAM

유행이 아닌 자유추구 -
WWW.chungeoram.com